文景

———————

Horizon

日系｜Horizon

社 科 新 知　文 艺 新 潮

京极夏彦作品
KYOGOKU NATSUHIKO

ひゃっき
やこうよう

百鬼夜行 阳

［日］京极夏彦——著

王华懋——译

上海人民出版社

独力揭起妖怪推理
大旗的当代名家——京极夏彦

总导读/凌彻

日本推理文坛传奇

在一九九〇年代的日本推理界，京极夏彦的出现，为推理文坛带来了相当大的冲击。

书中大量且广泛的知识、怪异事件的诡谲真相、小说的巨篇与执笔的快速，这些特色都让他一出道就受到众人的激赏，至今不坠。

此外，京极夏彦对妖怪文化的造诣之深，也让他不同于一般的推理作家。除了小说以日本古来的妖怪为名，故事中不时出现的妖怪知识，也说明了他对妖怪的热爱。

身为日本现代最重要的妖怪绘师水木茂的热烈支持者，更自称为水木茂的弟子，京极夏彦在妖怪的领域也具有无与伦比的影响力。京极夏彦对于妖怪文化的大力推广，也绝对是造成日本近年来妖怪热潮的重要因素之一。

而这一切，或许都是京极夏彦当初在撰写出道作《姑获鸟之夏》时，始料未及的吧。毕竟他以小说家之姿踏入推理界，进而在妖怪与推理的领域都占有一席之地，其实可说是无心插柳的结果。他出道的过程，早已成为读者之间津津乐道的传奇故事了。

京极夏彦是平面设计出身，就读于设计学校，并曾在设计公司与广告代理店就职，之后与友人合开工作室。但由于遇上泡沫经济崩坏，工作量大减，为了打发时间，他写下了《姑获鸟之夏》这本小说，内容来自十年前原本打算画成漫画的故事。而在《姑获鸟之夏》之前，他不但没写过小说，甚至连"写小说"这样的念头都不曾有过。

《姑获鸟之夏》完成后，因为篇幅超过像是江户川乱步奖与横沟正史奖这些新人奖的限制，所以他开始删减篇幅，但随后便放弃修改而没有投稿。之后他决定直接与出版社联络，询问是否愿意阅读小说原稿。拨电话给讲谈社其实也是巧合，他当时只是翻阅手边的小说（据说是竹本健治的《匣中的失乐》），查询版权页的电话，之后便拨给出版这本小说的讲谈社。尽管当时正值黄金周（日本五月初法定的长假），出版社可能没有人在，但他仍然试着拨了电话。

没想到在连续假期中，讲谈社里正好有编辑在。编辑得知京极夏彦有小说原稿，尽管是新人，仍请他寄到出版社来。京极夏彦原本以为千页稿纸的小说，编辑会花上许多时间阅读，之后还有评估的过程，得到回音应该会是半年之后的事，于是小说寄出之后便不再理会。结果回应来得出乎意料地快，在原稿寄出后的第三天，讲谈社编辑便回电，希望能够出版这本小说。

推理史上的不朽名著《姑获鸟之夏》，就这样在一九九四年出版了。京极夏彦的作家生涯，也就此展开。

相较于过去以得奖为出道契机的推理作家，京极夏彦并没有得奖光环的加持，只是凭借小说的杰出表现才有出道的机会。但他的才能不但受到读者的支持，推理文坛也很快给予肯定的回应。一九九五年的《魍魉之匣》只是他的第二部小说，就能够在翌年拿下第四十九届日本推理作家协会奖。一出道就聚集了众人的目光，第二部作品更拿下重要的奖项，京极夏彦的实力，由此展露无遗。

而他初出道时奇快无比的写作速度，则是除了小说内容外更令人瞠目结舌的特点。《姑获鸟之夏》出版于一九九四年，接下来是一九九五年的《魍魉之匣》与《狂骨之梦》，一九九六年的《铁鼠之槛》与《络新妇之理》。表面上每年两本的出版速度或许不算惊人，但如果考虑到小说的篇幅与内容的艰深，就能了解他的执笔速度之快了。除了《姑获鸟之夏》不满五百页，之后每一本的篇幅都超过五百页，后两本甚至超过八百页。如此的快笔，反映出的是他过去蓄积的雄厚知识与构筑故事的才能。

两大系列与多元发展

虽然京极夏彦日后的执笔速度已不再像初出道时那么快速，但他发展的方向却更为多元。在小说的领域，京极夏彦笔下有两大系列作品，分别为百鬼夜行系列与巷说百物语系列，此外还有一些不成系列的小说。在小说之外，还活跃于包括妖怪研究、妖怪图的绘画、漫画创作、动画的原作脚本与配音、戏剧的客串演出、作品朗读会、各种访谈、书籍的装帧设计等许多领域，让人惊讶于他多样的才能。

京极夏彦的成功，影响了日后许多推理作家。讲谈社由此开始思考新人出道的另一种方式，不需要挤破头与大多数无名作家竞逐新人奖项，只要自认有实力，且经过编辑部认可，作家就可以出道。一九九六年讲谈社梅菲斯特奖的出现，也正是将这种想法落实的结果。

倘若比较同时期的作家，从一九九四年的京极夏彦开始，西泽保彦出道于一九九五年，森博嗣出道于一九九六年，推理小说界在此时出现了不小的变动。当许多新本格作家的作品产量开始减少之际，前述三位作家表现出了截然不同的风格。他们出书速度快，短短数年内便累积了许多作品，而且又不会因为作品的量产而降低水平，而是都维持着一定的口碑。此外，更吸引了许多过去不读推理小说的读者，将读者层拓展得更为宽广。

百鬼夜行系列

在大致描述京极夏彦的作家生涯与特色之后，以下就来介绍他笔下最重要的两大系列。

京极夏彦的主要作品，是以《姑获鸟之夏》为首的百鬼夜行系列。到二〇〇七年为止，这个系列总共出版了八部长篇与三本中短篇集（编者注：到二〇一五年的现在，共八部长篇与五本中短篇集），是京极夏彦创作生涯的主轴，也仍在持续执笔中。由于百鬼夜行系列是他从出道开始就倾力发展的作品，配合上写作前几部作品时的快笔，因此作品数很快地累积，而其精彩的内容，也使得京极夏彦建立起妖怪推理的名声。

京极夏彦的作品特色，首推将妖怪与推理的结合。或许也可以这么说，他是在写作妖怪小说时，采用了推理小说的形式，而这正表现在百鬼夜行系列上。百鬼夜行系列的核心在于"驱除附身妖怪"，原文为"憑物落とし"。所谓的"憑物"，指的是附身在人身上的灵。在民俗社会中，人的异常行为与现象，常会被认为是恶灵凭附在人身上的关系。因为有恶灵附身，才使人们变得异常，而要使其恢复正常，就必须由祈祷师来驱除恶灵。

百鬼夜行系列的概念类似于此。每个人都有着不同的心灵与想法，有些人的心中可能因为自己的出身或见闻而存在着恶意。扭曲人心的恶意凭附在人类身上，导致他们犯下罪行或是招致怪异举止，真相也从而隐藏在不可思议的表象中。京极夏彦让凭附的恶灵以妖怪的形象具体化，结果正如同妖怪的出现使得事件变得不可思议。阴阳师中禅寺秋彦（即"京极堂"）借由丰富的知识与无碍的辩才，解开事件的谜团，让真相水落石出。由于不可思议的怪事可以合理解释，也就形同异常状态已经回复正常。既然如此，那么造成怪异现象的妖怪，自然也就在解明真相的同时被阴阳师所驱除。

这样的过程，正符合推理小说中"谜与解谜"的形式。京极夏彦曾在访谈中提及，推理小说被称为"秩序回复"的故事，而他想写的也是这种秩序回复的故事。在这样的概念下，妖怪与推理，这两项看似没有任何关联的类型，在京极夏彦的笔下精彩地结合，成为他最大的特色。

而京极堂以丰富的知识驱除妖怪及解释真相，也让京极夏彦的小说里总是满载着大量的信息。《姑获鸟之夏》中，京极堂所言"这世上没有不有趣的书，不管什么书都有趣"，事实上也正是京极夏彦本人的想法。对于书的爱好，让他的阅读量相当可观，因而得以累积丰富的知识，也随处表现在故事之中。

另一个特点，则在于人物的形塑。身兼旧书店"京极堂"的店主、神社武藏晴明社的神主以及阴阳师这三重身份的中禅寺秋彦，担负起驱除妖怪与解释谜团的重任。玫瑰十字侦探社的侦探榎木津礼二郎，可以看见别人的记忆。此外包括刑警木场修太郎，小说家关口巽，《稀谭月报》的记者同时也是京极堂妹妹的中禅寺敦子等，小说中的人物各有独特的个性，不但获得读者的支持，更成为许多人阅读故事时的关注对象。

介绍过百鬼夜行系列的特色之后，以下对各部作品进行简单的叙述。

一、《姑获鸟之夏》（一九九四年九月）。女子怀孕二十个月却未生产，她的丈夫更消失在密室之中。同时，久远寺医院也传出婴儿连续失踪的传闻。

二、《魍魉之匣》（一九九五年一月）。因被电车撞击而身受重伤的少女，被送往医学研究所后，在众人环视之下从病床上消失。此外，武藏野也发生了连续分尸杀人事件。

三、《狂骨之梦》（一九九五年五月）。女子的前夫在数年前死亡，如今居然活着出现在她的面前，虽然惊恐的她最终杀死了对方，却没想到前夫竟然再次死而复生，于是她再度杀害复活的死者。

四、《铁鼠之槛》（一九九六年一月）。在箱根的老旅馆仙石楼的庭院里，凭空出现一具僧侣的尸体。之后，在箱根山的明慧寺中，发生了僧侣连续遭到杀害的事件。

五、《络新妇之理》（一九九六年十一月）。惊动社会的溃眼魔，已经连续杀害四个人，每个被害者的眼睛都被凿子捣烂。而在女子学院的校园内，也发生了绞杀魔连续杀人的事件。

六、《涂佛之宴》（一九九八年三月、九月），分为"宴之支度"与"宴之始末"两册。"宴之支度"中收录了六个中篇，"宴之始末"解明隐藏于其中的最终谜团。关口听说伊豆山中村庄消失的怪事，前往当地采访。数日后，有名女子遭到杀害，关口竟被视为嫌疑犯而遭到逮捕。

七、《阴摩罗鬼之瑕》（二〇〇三年八月）。由良伯爵过去的四次婚礼，新娘都在初夜遭到杀害，凶手至今仍未落网。如今，伯爵即将举行第五次婚礼，历史是否会重演？

八、《邪魅之雫》（二〇〇六年九月）。描述在大矶与平冢发生的连续毒杀事件。

百鬼夜行系列除了长篇之外，还包括四本中短篇集（编者注：除文中提到的四本，另有短篇集《百鬼夜行——阳》），都是在杂志上刊载后集结成册，有时也会在成书时加入未曾发表过的新作。这四本中短篇集各有不同的主题，皆以妖怪为篇名。

一、《百鬼夜行——阴》（一九九九年七月）收录了十篇妖怪故事，每篇故事的主角皆为系列长篇中的配角。借由这十部怪异谭，读者可以看见在系列长篇中所未曾描述的另一个世界。

二、《百器徒然袋——雨》（一九九九年十一月）、《百器徒然袋——风》（二〇〇四年七月）各收录三篇，主角是侦探榎木津礼二郎，故事中可以见到他惊天动地的大活跃。

三、《今昔续百鬼——云》（二〇〇一年十一月），共收录四篇，本作的主角是妖怪研究家多多良胜五郎，描述他与同伴在搜集传说的旅行中所遭遇的怪事。

巷说百物语系列

京极夏彦的另一个系列作品是《巷说百物语》，这个系列于一九九七年开始发表，一九九九年出版第一本，到二〇〇七年为止共出了四本。本系列的第三本《后巷说百物语》更让京极夏彦拿下了第一三〇届直木奖，成为他作家生涯的重要里程碑。

《巷说百物语》刊载于妖怪专门杂志《怪》上，是这本杂志的创刊策划，一直持续至今。在试刊号的第〇期，京极夏彦发表了《巷说百物语》的第一个故事《洗豆妖》，之后除了两期之外，其余每一期都可以看见《巷说百物语》系列的小说。京极夏彦总是提及，只要《怪》继续出刊，《巷说百物语》就不会停止，由此可见他重视这本杂志的程度。

刊载于杂志上的巷说系列，每期都是一个完整的中篇故事，目前为止尚无长篇连载。而在汇总出版单行本时，京极夏彦会再新写一篇未发表在《怪》上的作品，作为每部小说的最后一则故事。本系列至今已出版了四本，从一九九九年八月的《巷说百物语》，二〇〇一年五月的《续巷说百物语》，二〇〇三年十二月的《后巷说百物语》，到二〇〇七年四月的《前巷说百物语》，除了《巷说百物语》收录了七篇作品之外，之后的三本都收录了六篇作品（编者注：二〇一〇年七月出版了第五本《西巷说百物语》）。

巷说系列的背景设定于江户时期，从一八二〇年代后半期开始。在那个时代，妖怪的存在依旧深植人心，人们深信妖怪会作祟，怪事的发生也可以归因于妖怪而不必寻求合理的解释。系列的灵魂人物是又市，一个以言语欺瞒人们的诈术师。在《巷说百物语》中，诡异的怪事不断发生，而这一切怪事，其实都是又市在幕后设计的。他接受委托，并与伙伴们刻意制造出妖怪奇闻，借由这些怪事的发生，使得他能够达成真正的目的，并且能够隐藏在怪异之下而不为人知。

《续巷说百物语》与前作略有不同，着眼点较偏重于角色，固定班底的描写在本作中被凸显，他们的过去也借由不同的故事被一一呈现。《后巷说百物语》发生于江户时代之后的明治时代，四名年轻人每逢遭遇怪异，便来请教一位隐居在药研堀的老翁。老翁由这些怪事，回想起年轻时与又市一行人所遇到的事件，并在故事最后会同时解决现在与过去的事件。

《前巷说百物语》的设定再度转变，描写的是又市的青年时期。在前三作中，又市已经是成熟的诈术师，但他并非生来如此，《前巷说百物语》中的又市还年轻，他的技巧也还不纯熟，因此故事又再次表现出和前三作不同的风格。

巷说系列目前共包含上述四本，但还有另外两本小说与其相关，那就是《嗤笑伊右卫门》与《偷窥者小平次》。这两本其实是京极夏彦改写日本家喻户晓的怪谈，使其呈现新貌的作品。但是由于巷说系列的重要人物又市与治平也出现在其中，而且对他们两人的生平有较多描述，因此虽然小说本身的重点在于固有怪谈的重新诠释，但由于人物的重叠，其实也等同于巷说系列的外传作品。而在京极夏彦的得奖史上，这两部作品同样都有得奖的表现，《嗤笑伊右卫门》拿下第二十五届泉镜花文学奖，《偷窥者小平次》则获得第十六届山本周五郎奖。

开创推理小说新纪元

京极夏彦的过人才华，发挥在许多领域上，也让他有着非凡的成就。过去台湾曾经出版过京极夏彦的数本小说，读者们也已经对他有了一些认识。可惜的是，过去都未曾以作品集的形态来全面地引荐与介绍，因此对读者而言，期待度极高的京极夏彦作品，也始终都是传说中的名作，无缘一见。

如今，京极夏彦的小说再度引进，而且是他笔下最主轴的百鬼夜行系列作品全集，读者们可以从完整的小说集中一睹这位作家的惊人实力。足以在日本推理史上留名的百鬼夜行系列，其精彩的故事必然会让人留下深刻的印象。妖怪推理的代名词，开创妖怪小说与推理小说新纪元的当代知名小说家京极夏彦，现在，就在眼前。

二〇〇七年五月九日

作者介绍

凌彻，一九七三年生，嗜读各类推理与评论，特别偏爱本格。

纵智识过人，亦脱不得因果——

【目录】

青行灯——
灯将灭时还复明
残灯无焰影憧憧
谓时有青行灯者现
古来行百物语之人
皆以青纸糊行灯[1]也，因以名之
勿于昏夜谈鬼事
谈鬼事，则怪至

——今昔百鬼拾遗／中之卷·雾
　　鸟山石燕（安永十年[2]）

【第拾壹夜】

青行灯

1

我，有手足。

——我这么感觉。

"感觉"这种说法似乎很暧昧，但我只能这么说。

因为，我**不知道**究竟有没有。

不，不会不知道。我没有兄弟，也没有姐妹；也不是曾有过而手足逝世了，完全没有存在过的痕迹。在户籍上，我是独子。

但不知为何，我就是觉得有。

以前，我常在无意识中去确认我户籍上的名字旁边是否还有别的名字。需要誊本、抄本的机会不少，因此每回我都会确认。

，不管查看多少次，文件上我父母底下的孩子就只有我一个。

其余全是空栏。没有任何除籍或抹消的痕迹，亦无任何但书，干干净净。即使是誊本，亦等同于公家文件，因此不可能草率记载，更不可能每一次看，内容都不相同，但……

我就是忍不住要确认。

我不是怀疑户籍，也不是怀疑自己的眼睛，也绝非在看的时候强烈质疑上头怎么可能什么都没有。

我从一开始就知道上头不会有东西，却仍半出于习惯地逐栏检视，如此罢了。因为我早就知道结果，纵然确定了真的没有，也不特别感到失望。

只是心里会萌生些许怪异感。

我没有兄弟姐妹。尽管没有，每回看户籍，都会感觉到一丝扞格。只是这样而已。

那小小的**疙瘩**，正是我之所以说"我感觉"的由来。这是微小的谬误。或许是误会、一厢情愿、妄想这一类。

应该就是吧。

结婚时我迁出户籍，成了户主。父母也已入鬼录，我意识到那**疙瘩**的机会也少了，它在我心中徐徐萎缩了。

不过尽管萎缩，却没消失。介意的频率少了，但任凭马齿徒增，它就是没有彻底消失。

然后过了壮年、不惑，那长年盘踞在我心胸的小**疙瘩**，化成一股模糊的不安。

有手足，没有手足——这件事已变得无关紧要。不，别说无关紧要了，我根本就没有手足，这是不可动摇的事实。

那么，为何我会这么感觉？

尽管理智明白，我心中一隅却似乎从未接受过这个事实。虽然**疙瘩**变小了，但依旧存在我心中。换句话说，我内心某处拒绝接受我没有手足的现实。

这是为什么？

如果是我误会了，那么我误会了什么？

如果是一厢情愿，又怎么会萌生如此一厢情愿的念头？

若是妄想……

那是怎样的妄想？

我开始介意起这些问题。

难道是我的精神出了毛病吗？如果不是，会不会是我忘了什么——而且是重大的什么？我是不是一直都忘了它？

这么一想，我不安起来。

然而，那种愚不可及、微不足道的不安，终究成了注定要埋没在日常生活中的琐事。实际上非处理不可的事务日复一日，多如牛毛，若不解决这些，就无法过活。记账、打电话、会客——不，比起这些，穿鞋、吃饭、睡觉、起床这些理所当然之事才是最重要的；暧昧不明的念头，其优先级极低。

　　我不是十几二十岁的孩子了。

　　我已经够老了。

　　所以没空为那种问题劳心费神。我日复一日被驱策着，对不安视若无睹地过日子。光是度日，就已如此窘迫了……

　　有过一场骚乱。

　　是一场大骚动。

　　有人过世，而且是社会上的杀人凶案。我以几乎是那起事件当事人的身份过了几天。说是当事人，我也只是刚好撞见命案现场，因此或许该说是相关人员比较正确。也可能曾经是可疑嫌犯。我遭到拘留，接受没完没了的侦讯。

　　这起事件似乎震惊社会，但没多久案子就破了。破了是破了，但就连作为相关人员的我，仍不确定事件究竟是怎么解决的。警方最后是判断那不是杀人命案了吗？不过无论结果如何、时间有多长，那无疑仍是一场大骚动；而这场骚动，也确实给我的生活带来了重大影响。

　　事件本身无所谓。它已经确实解决了，没关系了。我的工作与那起事件的中心人物有关，我目前仍从事那份工作。由于发生命案，我的业务量增加到平时的几十倍之多。但幸而这份工作并没有出货期限之类，因此一天的工作量并未大幅增加，但非处理不可的事务变得极为庞杂。

我的工作是管理某位人士的资产，并适当地加以运用。话虽如此，我并非单纯受雇于富豪人家的监事人员。

我说的某位人士，是一名前伯爵，也就是旧华族[3]。现在他的户籍中只有他一个人，因此他的资产指的便是他的家——旧华族家的资产。

我是某个团体的干部，这个团体是该旧华族家的分家联名设立的，以防止旧华族家拥有的一切财产散尽。

这个团体叫作由良奉赞会。

没错……

令社会喧腾一时、被诅咒的伯爵家——由良家，管理它的财产，便是我的工作。

公卿华族大半是贫困的。据说除了掌握国家中枢要职的一小部分人士以外，几乎都为生计而苦。有家产的人坐吃山空，或是创业然后败光。这些人一辈子没有劳动过，因此这也是没办法的事。毕竟历史和声誉没办法填饱肚子。说到没有劳动经验，诸侯华族也是一样的，但诸侯至少还有土地，似乎比公卿华族好过一些。

但由良家的情况有些特殊。

由良家的分家亲戚创业全都成功。

明治中期以后，身为儒学家的由良本家上上代公笃伯爵向众亲戚商借了大笔金钱，在交通非常不便的荒郊僻野，兴建了一栋极其豪奢的宅第。至于由良公笃究竟是出于怎样的想法兴建这样一栋豪宅，无人知晓。

这块土地埋藏了由良家祖先遗留的财宝——这种玩笑般的流言蜚语似乎被煞有介事地传播着，但不必说，全是空穴来风。

没有那种财宝——应该。

由良家只留下了天文数字般的债务，以及本家与分家之间难以填补的鸿沟。

然而那些原本应该不可能偿还得了的债款，竟奇迹般很快就全数还清了。

据说这全要归功于上代当家行房伯爵——他从事博物学家这种与赚钱沾不上边的职业——娶了暴发户的千金。话虽如此，也不是请妻子的娘家帮忙还债。据说是成亲之后，妻子的家人亲戚陆续死绝，那庞大的资产与权利就这么全数落入由良家的口袋。

从当时的账册来看，动产不动产合计起来，数字相当惊人。许多公司与店铺都成了由良家名下的资产。

要让这些财产就这样被扔进水沟里吗？——分家众亲戚打起算盘来。

若是以一般的见识来看，那是一辈子挥霍不尽的金额，但由良家的情况不同。儒学也好，博物学也罢，由良家的当家都把钱花在不食人间烟火的地方。管他是做学问还是消遣，在旁人看来都一样，全是浪费吧。由良家代代缺乏社会性，因此实在不可能好好经营公司行号。纵然能停止浪费，资产也绝不可能增加。

这简直就是暴殄天物。

不仅如此……若是由良家再度没落，蒙受困扰的将是众分家。分家不能只是坐视状况恶化。因此众人商议之后，决定以和由良家没有直系血缘关系的相关人士为中心，设立一个代为管理运用资产的组织——由良奉赞会。据说这就是它的来历。

这全是战前的事了，当然我也只是听说。如今回想，我也觉得这件事颇为蹊跷。在华族制度已经废除、爵位也早已失去威望的现代，这难免给人一种时代错乱之感。

然而，时间的流速并非每个地方都相等。由良家的时间停止了。一开始我也颇感困惑。

我是个平民，与华族原本没有任何瓜葛。我也并不富裕，是半工半读的穷学生。毕业后我进入一家叫有德商事的贸易公司谋事，除了被征兵的那段时期，前后总共任职十年。

战前，我被分配到的工作只比清洁工像样一些；但复员回来后，便被交派会计工作，我努力尽职。

我除了工作以外，别无兴趣和优点，因此宛如拼命三郎般镇日苦干，就只知道工作。

结果我似乎因此受到会长的青睐……

有德商事的会长——创始人由良胤笃，是由良家上上代公笃伯爵的幺弟，也是由良分家会的第一号人物。我受到胤笃先生推举，以从有德商事借调的形式，成为由良奉赞会的理事。

然后我认识到有些地方的时间流速是不同的。

一天是一天，一年是一年——但他们的百年不及我们的一日，我有这种感觉。

附带一提，胤笃先生是在幼时——由良家受封爵位以前，就被送去分家当养子，因此他并非旧伯爵家的人。被送出去当养子的阶段，他就失去华族的资格了。

不知是否因为这个，胤笃先生似乎与我生活在相同的时间里。说得好听，他直肠直肚，热心做生意；说得难听，就是个贪婪的俗人吧。

然而我之前完全不清楚由良家与亲属之间复杂的内情，因此单纯地以为胤笃先生也是旧伯爵家的成员之一，一开始是以胤笃先生为基准去看待那些人的。坦白说，我想得很简单，认为即便是公卿、华族、伯爵之流，也都是胤笃先生那副德行。

然而，由良本家硕果仅存的成员——当家前伯爵，完全不是那样的人。简而言之，他不是一个过日子的人。

我真的为他感到担忧，将大笔金钱托付给他这样的人，确实是个问题。

我在与世俗隔绝的前伯爵，以及宛如世俗化身的会长之间取得平衡，跌跌撞撞地努力执行职务。只管钱的话，没有华族和平民之分，这是唯一值得庆幸的事。但习惯真是可怕，几年过去，我便完全熟悉那种怪异的感觉了。

然后事件发生了。

平衡轰然瓦解。

2

怎么了，平田先生？男人问。

我茫然若失了一阵。

"金额这样就可以了吗？"

"啊——不……"

我没仔细看。我急忙望向明细，但那与其说是明细，倒不如说已经是账册了，而且有好几本，因此无法立刻确定细节。况且我根本不清楚行情。

我不清楚——我坦白说：

"定价——类似定价的数字，这种情况完全无法作为参考，对吧？哎，这本来就是花上百余年搜集而来的东西，货币价值——或者说单位本身就有所变动，而且也得把定价换算成现在的价格……"

那样做意义不大。男人——古书肆说：

"定价是由卖家定的。在工本费上加上手续费等，若是无法回收超过这个数字的金额，就没有出售的意义。进货价加上希望的利润，就是售价，也就是定价。而另一方面，我们古书肆必须优先考虑的是买家希望的价格。这种情况下没有原价。此外，若是买家心目中的价格比定价更低，就必须估得更低一些。从预估的售价里扣除希望的利润，这个价格就是收购价。那份明细上的金额，就是这样估算出来的金额。"

原来如此，思考程序是相反的。

"旧书买卖中，很多时候折价的概念行不通。"

"跟二手货不一样，是吗？"

二手货一般都比新品便宜。

因为使用愈久，就愈会损伤或耗减。使用十年的物品比使用五年的物品价值更低。

是的，与旧货不同——古书肆说：

"要说的话，与茶具相近吧。"

确实，眼前男人的穿着打扮不像业者，给人的感觉更像茶道大师。不过这只是因为他一身和服打扮，也就是我的偏见、成见吧。

"原来如此，不是旧的、污损的就便宜这么单纯呢，没办法机械性地定价。"

"当然，破损的会比完整的价钱更低；但有些时候即使有损伤，仍具有相当大的附加价值。"

"可以当成美术品吗？简而言之，类似书画古董？"

对我这个不懂情趣的木头人而言，那是遥远的世界，但我听说一只茶碗、一幅挂轴要价几万几十万，有时甚至超出这个价钱。

"正确地说，又和古董不同——"

他的声音十分沉稳，很适合谈生意。

"书籍具有形形色色的价值，也和书画古董一样，具有美术品的价值。由于美丽的装帧、出色的封面装帧画，有些书籍也被当成物品，视为艺术品。此外，书籍也具有稀少价值。发行册数极少，或大部分已经佚失，市场上没有流通，这类书籍容易变得昂贵，同时还有历史上的价值吧。如果历史悠久，即使不是名作，要价也不菲。不过还有一个凌驾于这些价值之上的——"

那就是书籍承载的事物——古书肆说。

"承载的事物？"

是指——内容吗？

"意思是写了什么有用的东西，或具有杰出的文学价值——啊，我对文学艺术一窍不通，该怎么说……"

文学价值又是另一回事了——男人说：

"陀思妥耶夫斯基的作品，即使是旧书，也有一定的需要。

但一本书不会只因为它是陀思妥耶夫斯基的名作，就身价暴涨。只是被视为名作的作品，比劣作更容易售出罢了。不过一本书是名作还是劣作，是由读者决定的，而读者的标准并不一定。"

是这样吗？

"伟大的学者或评论家姑且不论，内容的好坏，不是凭一介旧书商就能决定的。即使文学家不承认它的文学价值，只要有任何一个人想读它，对业者来说，它就是商品。我完全是将需要与供给放在天平上测量后，为它安上一个合适的价钱而已。决定它的好坏的，是惠顾的客人。"

"那么你说的内容是……？"

也就是能不能读啊——古书肆说着露出微笑。

"因为书籍并不是装饰品，而是拿来读的。即使不论水平好坏，有内容，才能算是一本书。"

"或许是吧，但……"

"说到底，书上写了些什么，还有那是谁在什么时候写的——这些事比美术方面的价值、稀少价值等都更来得重要。比方说，附近的蔬果店老板立志写下生平传记，嗯，印个十本好了。对认识那位蔬果店老板的人来说，这或许是一本趣味盎然的书；对他的家人而言，可能是一部珍宝；但对于一般世人而言，它毫无价值吧。不是绝对价值的问题。无论卖得多便宜，应该……也不会有毫无关系的人去买它吧。"

应该没有吧——我回答：

"唔，就你说的来看，买方多么想要它，然后价格是否符合想要的心情，这就是判断价格高低的关键？"

是的——古书肆点点头。

"可是，假设那位蔬果店的老板妙笔生花，文采动人，又会怎样？"

"就算是这样，还是不会有人买吧？毕竟文笔好不好，不亲自读过不会知道。就算免费赠……唔，我的话就不会拿。"

"应该吧。但是假设有人读了它，大受感动好了。或许他会把书拿去借人，或是在公开场合赞不绝口。这么一来，应该会有几个人被勾起兴趣吧。这种情况，不必太多人，光是五六个人对它感兴趣——"

"哦，书就不够了？"

"没错，书只印了十本，可能没办法让每一个想要的人都拥有。无论如何都想得到它的人数超过剩余的册数的话，或许会形成争夺战。若是演变成竞标，即使卖方没有哄抬价格的意思，顾客也会自己加码。不，只是这样的话，应该还不算什么，但假设那位蔬果店老板竟在日后成了著名的文学家，那么这本书……"

将成为极宝贵的珍本——古书肆说：

"这种情况，书会变得非常值钱。价格会比原价翻涨好几倍，有时甚至会飙出不合理的高价。也就是原本大概免费也没有人要的书，被以远超定价的高价交易。不过对于不清楚这些情况、不了解市场动向的人而言，唔……"

它还是一本废纸——古书肆说，指着账册般的明细。

"古董的话，行情会依据鉴定师的鉴定结果而变动，但旧书无法如此。书籍的价值是极为私人的基准决定的。不会因为有谁说它好，它的价值就因而提高。新书的话，有时光靠佳评就能畅销，但只听口碑买书的人是不会来买旧书的。"

总而言之，一切都看客人吧。

"哎，客户群改变的话，或许也能机械性地定价；而且阅读这种行为普遍化的话，旧书买卖的形态应该也会跟着改变——"

阅读不是普遍行为吗？我问。古书肆说如果是普遍行为，书应该卖得更好。

"请想想看我国的人口。若是每一个家庭，每一户都买一本书，那么新书的发行册数应该会是现在的千万倍才对。这么一来，出版公司将会跻身承载我国经济的一大产业，而我也可以更抬头挺胸地走在路上。但是依现况来看，只能说读书家、爱书家是极为特殊的一群。"

"确实……如此吧。"

的确，我也曾被骂过"成天看书没出息"。我觉得这种情况的书不一定全指娱乐小说。比方说，在战前，一般风潮都认为写作不是值得男子汉奉献一生的职业。

"我们旧书商仅以这样的特殊族群为客户做生意。这份明细上记载的金额，是基于那类奇特族群愿意消费的预估金额推算出来的收购金额。当然，我也是做生意的，因此就像刚才说的，收购价里已经扣除了手续费。这上头的金额再加上手续费，就是我贩卖的价格。所以若是不通过我们业者，直接与顾客交易的话……可以卖到更高一些的价格。"

"哦……"

"我们也是要糊口的，若是不在收购价上加上佣金贩卖，就没办法维持生计。而这个佣金，有时是一成，有时高达五成。如果能以比我们加成的金额更低的金额卖出去，卖家就可以卖到更高的价钱，而买家也可以更便宜地买到。"

"哦，也就是我们自己来当批发商，是吗？不是以成本价，而是用批发价卖出去？"

资产的运用管理，也就是利用本金钱滚钱。或许是因为如此，我几乎忘了贩卖物品营利这理所当然的事。

"但我们没有出售的方法，也没有渠道。"

"我已经找到可能的买家，也已经在交涉了。"

"这样吗？"

是的——古书肆说，指着明细。

"毕竟量这么庞大，而且有许多珍本。这次我请来十三名同业协助整理，光整理就花了十四天。数量如此庞大，即使分为十四等份——我们也吃不下来。也就是说，像我们这种零售业者，没有买下由良家全部藏书的资金能力。因此即使只有昂贵的书籍，也必须预先找到买家才行。"

"这么快就找到了吗？"

"我刚才也提过……"

幸好我们的客户群十分特殊——和服男人笑道：

"爱书家都是消息通。值得欣喜的是，从昂贵的书本开始，买家都已经决定好了，目前约有三成左右的书籍已经被预订走了。"

"不先看到货品就决定购买了……？"

我再次望向明细，实在不像书籍价格的庞大数字映入眼帘。

"这么昂贵的东西？"

"没错……这样的金额，实在不好光凭信用就逼迫对方先行付款。因此如果平田先生可以接受这份明细的金额，希望可以让我们先将书搬出。我想让客人确定一下货况。不过基于我前面提到的理由，若是平田先生希望直接和对方交易，我也可以将那些买家介绍给您。"

"这……"

"您意下如何？"

"不。"

然后我想起了那数量庞大的书墙。

不知道有几万册。光是计算，感觉都快疯了。

不，光是想象就吃不消了。

"我们出售这些书籍，并不是为了营利，因此利润多少都无所谓。再说，我很信任你，我不认为……你会故意贱价收购。"

由良本家的当家在事件过后，决定放弃一切权利，将包括土地房屋在内的一切财产全数变卖。对于佣人，将支付一大笔金额作为补偿；其余收入则捐赠给适合的团体——当家如此宣布。

换句话说——

由良奉赞会也要解散了。

但是……状况并非如此单纯。

数不清的庞杂事务手续在等着我处理。因此对我而言，那起事件形同结束之后才开始。

善后非常辛苦。

虽然是陈词滥调，但这种状况只能以"辛苦"来形容。

能够以文件处理的事情还好。计算、申请、请求许可、盖章，我已经习惯这些处理了，也有专门人员。令我烦恼的是上上代兴建的豪宅，以及豪宅中的全套家私该如何处置。

那里累积了百余年的时间。

宅第中的时间流速不同，因此待在里面时看不出来，但是与外头的世界一对照，收藏在里头的物事全突如其来地暴露在时间的重量之中。

家具设备已经找到收购的业者了。

不过，最令我头痛的，还是上代搜集的为数众多的标本。具有宝贵学术价值的物品，我考虑捐给大学及博物馆，但我无从分辨哪些是宝贵的。即使要卖，也完全不清楚要找谁来买。

我请来专家挑选，将一成左右捐给数个单位，其余的全处理掉了。即使制作精良，仍是无用之物。

然后第二个令我头疼的，是超过三代搜集而来、数不胜数的书籍。

我也想过干脆全部清理掉算了。因为我以为书籍就像标本一样，即使千辛万苦找到买家，也只能卖出一成。然而看样子我错了。

如果相信参与事件的古书肆的说法……没有一本书是卖不掉的。

他说即使卖不掉，也有大学和图书馆等地方愿意接受捐赠。因此我决定将藏书全部交给那位古书肆——中禅寺秋彦处理。

一切都交给我——他答应。

"从你的话听来，那似乎不是门外汉能估价的。辛苦你如此详细地列出明细，而我看也不看就盖章，似乎很失礼……不过这个数字就可以了。"

总额比我原本预估的高太多了。

再说……

即使卖书赚了钱，最后也都要全数捐出，漫天要价也没意义。中禅寺说了句"谢谢"徐缓地行了个礼。

"我会在一两日内安排好搬出事宜，再行联络。付款方法及日期到时候再……"

不——中禅寺抬起头来。

"不，在那之前，我还有件事情要商量。"

"呃……什么事？"

"有样东西**不能卖**。"

"意思是……无法标价吗？"

"不是的。"

"那……是没有人要买吗？"

"也不是，研究者应该想要。事实上的确有人开口说想要了。它具有不凡的史料价值。不过它……该怎么说呢？"

中禅寺蹙起眉头，递出一张纸。

"我做了张一览表。这上头的五十册并非市售的商品、所谓的书籍。简而言之……是由良家的记录吧。"

"是……私人的记录吗？"

"没错，就类似日记。"

"这……"

本来就不该是由旧书店经手的商品吧。日记本之类的也可以当成商品来卖吗？

"这跟刚才的蔬果店的比喻不是一样的吗？"

日记不会有人要买吧。但古书肆摇摇头：

"不，不一样。写下这些文书的，是身为公卿，亦曾任职于明治政府中枢的由良公房，以及知名明治儒学家的孝悌塾的塾长由良公笃，还有在大正时代被誉为梦幻博物学家的由良行房。这个呢，是足以成为历史性研究资料、思想史研究资料的一级古文书。"

"古文书……？"

没错。

即使在宅内只是一份日记，但拿到外头，就成了古文书吧。

"这是自江户末期到大正时期的公卿华族的亲笔文献，会有人想要的。不过它同时也是由良家的私人记录……当然，是否要公开它，应该由由良家的子孙，也是它的所有人——现任当家来判断吧。不过他本人宣布放弃这个权限……"

因此状况变得有些复杂——中禅寺说：

"我们以处理所有的书籍为条件，承包这个事项，因此同业把它和其他文献以同样的方式处理。我在与买家交涉之前发现这件事，暂且押下不办……那么，该如何处置它呢？"

"这……"

该由我来判断吗？

的确，财产的去向，小至一粒灰尘都交由我全权处理。

土地、家私、衣物、饰品、有价证券、公司，所有的一切我都处理掉了。不过……

——回忆算是财产吗？

或者那不是回忆？是历史吗？我不太清楚。

这不是回忆——古书肆仿佛看透了我的心思说。

"记录并非记忆。"

"是……这样吗？"

"是的。变换成语言的瞬间，体验就变身为故事了。书写下来的记忆，再也不是原本的记忆。无论怎么客观公正地记录下来，也并非事实。现实是绝对无法书写的，平田先生。"

是这样吗？

"比方说，这份明细上写着书名、极简略的书志、书况，以及金额。我尽可能正确地记录下来了，因此应该没有太多错误。但它并非那为数庞大的书籍本身。这份目录并未反映出任何事物。不论是那些书籍的质感、气味、重量或美感，都无法自这份目录上看出。从这份目录上，应该也无法感受到制作这份目录时付出的辛苦及喜悦。"

"不过可以想象，应该是费了一番极大的辛苦。"

坦白说，我完全无法忖度那需要多少辛劳，我甚至无法想象他说的喜悦。整理书本有什么好开心的？是指整理完毕时的成就感吗？

可是我明白——中禅寺说：

"因为我人在现场，我有记忆。看到这份明细，我便能想起它们每一册。无论是重量、气味、质感，或是开卷时那兴奋的心情、追逐文字的愉悦，所有的一切……都能历历在目地回想。记录不是现实，更不是回忆。"

"即使是描述回忆的记录也一样吗？"

即使写下当时开心、快乐、难过、悲伤的心情，那也不是回忆吗？

不是——古书肆说：

"语言和文字本身并不代表任何事物。语言只是空气的震动。对虚空吐露的话语，不论拥有多么重要的意义，也和风声一样，毫无意义吧。文字也是一样，只是一种记号罢了。文章只是一连串的记忆。不，如果只是被写下来，甚至不能算记忆。文章这东西，终归是不完整的。"

"文章……少了什么？"

"我刚才也说过，书籍的价值在于能不能读。然后决定它真正价值的，只有读过它的人。换言之，被写下来的东西……"

全都必须有人阅读——书商说：

"有读者，文章才算完成。故事仅能在解读记号、理解语言的人的内在产生。语言唯有说话的人与聆听的人结为共犯，始能形成意义。因此即使是同一篇文章，不同的人来读，形成的故事也不同。一本书被多少人读过，就有多少个故事。因此无论怎么致密仔细、穷纤入微地写下回忆，作者的回忆……"

"在阅读的阶段，就成了读者的故事？"

没错——中禅寺说：

"在这之前——在写下的阶段，回忆就已经成了故事吧。第一个读到写下的文字的人，就是写下文章的人。"

这样啊，说得也是。

"总而言之，被记录的事物不是现实。反倒是尽可能排除主观记录下来的东西——比方说这份明细，对回忆更为忠实。不过这只限于拥有回忆的人来翻阅它的情况。"

这份——中禅寺指着纸张说：

"由良家的记忆，对历史家与收藏家而言，应该会是一份上好的研究资料。但是他们并没有回忆。他们当中的绝大多数……与写下它的人甚至缘悭一面。在他们心中形成的故事，是属于他们的。也许最后他们心中会涌出某些宝贵的发现或卓见……但若是与由良家有缘的人来读它，我认为应该会有些不同，因此……"

由良家的人……

硕果仅存的一人——由良本家的当家。

"伯爵他……"

由良家的现任当家被称为伯爵。虽然正确来说，是前伯爵。

"读过这份文书吗？"

"我不清楚。不过依我看，这些文书约半个世纪没有被人翻阅了。"

那么就是没有读过吧。他明明被书籍包围、被书籍淹没、靠书籍哺育，然而祖父及曾祖父亲手写下的文献，却没有过目吗？

我寻思。

当我看到自己的户籍时，究竟产生了什么故事？或许……

我再次魂不守舍。

3

时序已入深秋，我前往由良胤笃位于诹访的别墅。

耗费近两个月的善后工程大致告终，也差不多是时候解散由良奉赞会了。由于我是以借调形式在由良奉赞会任职，不久后就要返回有德商事了吧。

我为了请安兼报告，以及征询今后的指示，前往拜会由良一族的长老，亦是有德商事会长顾问的胤笃先生。

无论人品外貌举止思想，从哪个角度去看，由良胤笃都是个彻头彻尾的生意人。他的品性让人完全看不出他具有公卿血统。而且尽管他已是八旬老者，却仍十分健朗；外表亦是朱颜鹤发，言行神采飞扬。战后他担任会长职，退居幕后，但旗下各家公司的老板仍然仰仗胤笃指导。老人有时严格冷酷，有时聪明老狯，亦常有出人意表的新奇点子。

从这个意义来说，由良胤笃真是个最适合担任顾问的人。

不论在好还是坏的意义上，他都是个怪物般的人——这是我对他最真诚的评价。

而这样的胤笃先生……

在那起事件之后不久，便开始身体不适。

每个人都说，这真是"魔鬼也得病"，然而事件前后一直待在他身边的我或多或少能理解。

他不是身体的问题，而是心理的问题。与其说是心理，不如说是气力？那是一起折损气力的事件。事件后，老人大概瞬间老了十岁。看起来老了。仔细想想，是过去的他太异于常人吧。他现在的萎靡模样，才是符合年龄的原本样貌。我私下认为，那就像是八十年来绷得紧紧的线一下子松弛了。

胤笃先生宣布暂时辞去所有职务，待在别墅静养。他是想换个环境吧。

老人的别墅位于能够远眺诹访湖的闲静之处。

连电话线也没牵，真正是远离尘嚣的幽居。

我带了一名税务师及一名律师。许多人都想拜会胤笃先生，但我把人数缩减到最少。胤笃先生好像说他不想见人。

之所以说"好像"，也是因为无法直接联络到他。

虽然我认为没有电话是当然的，但也知道没有电话会有诸多不便。有些事情光靠电报或信件，实在难以传达。

我无法忖度不想见人的老人究竟是何心情，或是这种心情有多强烈。若是可以听到他的声音，或许还能略微了解。

虽然我曾认为凭着电话这种东西，根本不可能沟通意志，但……

我是从何时开始不再这么想的？

我想起中禅寺的话。话语这玩意儿能够传达什么？从话语能了解到什么？

我从车窗眺望远处的山脉。

信州——其他地方的人常说这里是深山荒芜之地，但我不这么想。

信州确实多山，而且每一座山的山势皆十分险峻，但我没有在山中生活的感觉。因为对我来说，山就像监狱的高墙。

我出生在筑摩野。

由盆地与峡谷构成的土地夏热冬冷，放眼望去四周都是山，幼时的我深信那些山绝对无法翻越。或许是这个缘故，故乡总给我牢狱的感觉。

不过应该只有我一个人这么感觉。

因此……初次看到诹访湖时，我感到豁然开朗。

很奇妙的感想。

初次见到诹访湖，是几岁时的事？

我完全不记得是什么时候了，只清楚记得当时的感想。

我一定是感觉被解放了。目睹有着大片湖水的美丽湖泊，我肯定有了一种宛如被禁锢于山中的囚犯获得释放的错觉。

明明诹访湖就在不远处。

但即使毗邻，我也难得过去一趟。没有事情好去。和现在不同，以前的人是不会出门游山玩水的。所以别人如何我不清楚——不，我想应该只有我一个——对我而言，诹访湖是伸手可及，却又宛如圣地的场所。

从此以后，即使长大成人，诹访湖依旧会给我一种解放感。是初次看到的强烈印象留存下来了吧。

但是，这样的记忆是只属于我的。

就像中禅寺说的，会从诹访湖这一符号得到这种兴致——能得到这种兴致的一定只有我吧。

不过话说回来，若说诹访湖对我是个特别的地方……又觉得似乎不太对。

不，没什么特别的。

我并不觉得诹访湖是什么特别的地方。

我也几乎没有在诹访湖做过什么、发生了什么事的具体记忆。也不是因为去了诹访湖，而有了什么改变，或是有什么开始。那里就和其他众多地方一样，**只是**一个地方。

原来如此，记忆是无法记录的。

如果变换成语言，一切都会变成故事。

只是打开汽车车门，就已经感觉到寒意了。在文件里填数字、盖印章；盖印章、填数字当中，季节已然变迁。当然，从日历上我知道季节变了，但这时我才头一次切身感受到季节。

目的地的地势颇高，确实能将大湖一览无遗。

我依然感到获得解放。

然后不知何故，在心中一隅、脑中一角，我想起了不应该存在的手足……那应该是妹妹。

胤笃先生的别墅比想象中更简朴。

那是一栋融合了日本与西洋风格的摩登建筑，并不新颖。刚落成时应该十分光鲜抢眼，但如今反而显得朴素。

胤笃先生看起来比上回见面时更衰老了。或许瘦了一些。

我花了半天详细报告。老人寡言，专注聆听。我大致说明完毕，准备告辞时，他挽留了我。

胤笃先生说："我会安排回程交通，你一个人留下，我有事和你说，你住上一晚再走。"确实，我在奉赞会解散后，将恢复在有德商事的职位，与只有合同关系的税务师及律师处境不同。

依您的嘱咐——我回答。

我请两人帮忙联络办公室和自家后，请他们回去了。

我们聊了一阵子公事。

晚饭之后是酒宴。

说是酒宴，也只有我和老人两个人。女佣已经下班回去，只留了一位住在宅子里帮忙的厨娘。

平田，平田老弟——胤笃先生叫我。连叫两次名字，是老人的习惯。

"你……工作几年啦？"

"调到奉赞会已经六年了。我进入有德商事奉职，是昭和十年[4]的事。但中间曾经出征，所以有两年的空白。"

"那么已经十八年啦？你几岁啦？"

"四十一。"

"是我的一半。"

老人深深地坐在藤椅中。

"我是明治六年[5]出生的。出生时是华族，但三岁时被送去当养子，所以没资格当华族了。"

也不是当华族就怎么样啦——老人脸颊上的皱纹变得更深了。

"我的生父……就是他写下之前你拿给我的、放在那边的古文书。"

老人指着书桌上。

上头堆积着从中禅寺那里接收的五十本由良家文书。

"由良公房，他是个没用的家伙。我是公房的幺儿。因为我大哥公笃——他也是这些玩意儿的作者之一——公笃生了长子，所以我被送出去当养子了。"

我们家兄弟很多——老人说：

"我的养父，就是我生父公房的弟弟。所以呢，唉，其实是一样的，都是由良家。可是只有本家才是华族。我被送出去以后，由良家就受封爵位，本家成了伯爵家。不过因为被当成叙爵内部规章的例外处理，所以……"

大家都骂由良家是爵位小偷——老人有些自虐地说。

这件事我听过几次。

"我的养父是个没口德的家伙，成天骂本家，骂得不堪入耳。而我就是听着那些污言秽语长大的，所以一直深信公卿、华族全是些蠢货。实际上……"

也真的很蠢吧？老人问我。

我没办法点头同意，却也没有否认。

"那栋……荒唐的城堡般的公馆落成时，我十四岁。那宅子呢，唉，就是个证据。我哥哥公笃、侄子行房，全是群蠢货，对社会一点贡献也没有，也没办法自食其力。我打心底瞧不起他们。我一直这么以为，可是啊……"

其实我是在嫉妒吧——胤笃先生用不像他的语气说。

"嫉妒？"

我感到意外。

当然，在胤笃先生身上看得出这样的态度，看在世人眼里应该也就是嫉妒，但我一直认为即便真是如此，这个人就算撕破嘴巴也不会承认。

"我啊，是有类似自卑情结的情绪。现在也没有华族制度了，但当时还没有完全摆脱德川时代。说什么四民平等，直到我出生前，四民都还是泾渭分明的。不同身份之间的区别，是不可侵犯的。就算废除了，也只会教大家不知所措。"

我懂那种感觉。

方针改变是无可奈何的事。既然改变，应该自有它的理由，而且既然规定下来了，也只能服从。不过姑且不论道理，情感上就是难以接受。

前些日子和美国人洽商时，我就感到尴尬至极，如坐针毡。尽管对方毫无恶意，但直到几年前，美国人还是令人憎恨的仇敌。在论到好恶之前，我更感到有些害怕。当然，合同上不会写下我这样的心情。

人就是想要歧视别人、被别人另眼相待——老人说：

"所以过去的身份差异，说穿了就是被华族制度取代了而已。一瞬间，我的养父就被贬低了。只因为一个是哥哥，一个是弟弟，就被排除在华族之外，那当然要闹别扭了。我的养父本来就善妒，而我完全继承了他那种性子。明明不是他的亲儿子……但我就像养父的复制品。"

太可笑了——老人说。

"可是会长，虽然您这么说，但在您这一代就发迹显达，非常了不起了啊。请您别说这种丧气话。"

"什么发迹、发财，那是理所当然的事啊，平田。只是剩得多、剩得少罢了。"

"剩得多、剩得少……？"

"像你，不也活得好端端的吗？也就是说，人只要活着，就算是赚到了。其他的呢……全是多余的。有钱人呢，就是钱太多的家伙。"

有人说，钱没什么了不起——老人说，露出似哭似笑的表情笑了。

"钱……没什么了不起？"

"钱不用的话，就只是堆废纸……唉，说得也是啦。由良本家那伙人，连自己那口饭都赚不了，所以才说他们蠢。但话又说回来，赚得比够养活自己的还要多，就叫了不起吗？倒也不是。"

一样是蠢啊，平田——老人说：

"都是一样的，五十步笑百步。听好了，平田，平田老弟，我呢，自以为这辈子活得无怨无悔。我向老天爷发誓，我也绝没做过什么愧对世人的事。可是啊，若要说后悔，我这辈子都在后悔；要说羞耻，我简直无颜见人。就是这样的啊，平田老弟。"

是喝醉了吗？他应该没喝多少杯啊。

"现实呢，一旦过去，就不是现实了。所以要怎么说都成。不管是自夸还是悔恨，全看现在怎么说。同样一件事，黑的也能说成白的。没错，过去呢……"

是随人说啊——老人说。

不是现实。随人说的，是故事。

过去会变成故事呢——我卖弄从中禅寺那里听来的说法。老人叹息似的应着：

"没错，就是故事。活得愈久啊，平田，平田老弟，昨天就愈多啊。"

"昨天……？"

"对。明天呢，还没有到。没有的东西是零。因为没有嘛。可是昨天已经过去了，所以……是曾经有过吧。过了一天，昨天就又多了一天。我生下来以后，已经过了八十年之久，所以我有两万九千多个昨天吧。"

往后还会愈来愈多——老人说：

"只要活着，昨天就会愈来愈多。可是昨天不是今天。这理所当然。昨天这东西不在眼前，不是吗？只是**曾经**是现实，但已经不是现实了。"

"或……许吧。"

"我呢……"

看到幽灵了——老人说。

"幽灵……？那件事……"

"嗯，当然，那其实并不是什么幽灵，但也不是我看错，事实上我真的看见了。然后好长一段时间，长达五十年之久，我都一直相信那就是幽灵。这种情况你怎么说？"

怎么说……是指？

"都信了那么久，就已经是幽灵了吧？"

"应该不是吧？"

"其实不是啊。那是像幽灵的东西，但并不是幽灵。不过我是直到几个月前才知道那并不是幽灵啊。当然，知道事实以后，我便不再把它当成幽灵，直到现在这一刻。可是呢，在那之前的一万八千多个日子，我一直活在那就是幽灵的念头中。不管事实如何，那些过去都不会改变，你说是吗？这种情况，把它当成幽灵的我的那些昨天……全都是错的吗？全都是假的吗？那样的话，我的五十年……"

形同不存在啊——老人说：

"昨天反正是随人说。用你的话来讲，不就是故事吗？既然不是现实……那也没有真假对错可言吧？我开始这么想了。"

没错。

如果是故事，虚实根本无所谓。

"我啊……"

一直喜欢她——由良胤笃又仰望天花板，说了不像他会说的话。

"你一定会笑我这个干瘪的臭老头说什么幼稚的话，不过确实很好笑，连我自己都觉得可笑。但事实就是如此，没办法。可是她是我侄儿的妻子，是我嫉妒的华族、本家的媳妇。我完全无可奈何。所以我是加倍、三倍、更多倍地……"

嫉恨着由良——老人缓缓地伸手拿酒杯，我急忙倒入酒。

"她死了。而死了以后，又现身在我面前。那非得是幽灵不可，那就是幽灵。不不不，世上没有幽灵。会相信那种怪力乱神的，全是脑袋有问题的家伙，我也会嗤之以鼻。什么幽灵鬼怪，那种东西屁用也没有。可是啊，没有幽灵的是这个世界。"

"这个世界……？"

"这个世界啊。现实世界。哎，假设现在那边——"

老人指着窗户说。

"那边站着一个应该已经死去的人，然后你看到了。这肯定是你眼花了，要不然就是幻觉啊。一定是的嘛。死人怎么会没事冒出来？死人已经不在了。如果有人坚持不是幻觉也不是看错，那就是神经断掉、脑袋坏掉了。世上根本没有幽灵。可是啊……"

若是昨天，又怎么样呢？——老人说。

"昨天？"

"昨天呢，平田，昨天已经**不是现实**了。"

"哦……"

这样啊，是故事吗？

"昨天没有真假可言。管他是看错还是误会，全是同等的。既然不是现实，那应该也会有幽灵吧。如果昨天不是这个世界……"

那就是另一个世界了——老人说：

"你一定觉得我在疯言疯语吧？"

老人说完，将杯中物一饮而尽。我要斟满，老人伸手制止。

我读了那些文书——老人说：

"我侄子写的东西没有多少，我完全提不起劲去读；但我很好奇我父亲和大哥写的东西，这阵子我一直在读它。"

"那些……古文书吗？"

是由良家历代家长写下的……日记。

"上头写了些老早以前的往事。再怎么说，开头第一篇就是江户时代嘛。可是啊，平田老弟，写的人是我的父亲，还有我的大哥啊。"

这样啊。

这位老人有记忆。对他人而言，那些古文书只是单纯的故事，但是对他而言，却是特别的故事吧。

"由良公房……我的父亲好像是**魔物之子**啊。"

"魔物？"

据说街坊这么传——老人说。

"由良家长子非人之子——据说当时流传着这样的流言蜚语。我当然会好奇既然不是人生的，那是什么生的了。结果啊，不是有那叫什么葛叶[6]的戏吗？"

"安倍晴明吗？"

"安倍晴明是狐狸的孩子。据说啊，我父亲的母亲呢，是一只青鹭。"

"青鹭？鸟的……青鹭吗？"

"没错，青色的青鹭。"

胤笃先生放下酒杯，转向古文书。

"我父亲好像遇到过三次生下他的青鹭。很好笑，对吧？是编出来的，那种事怎么可能嘛。任谁都会这样想，连孩子都不会信——只要有点常识的话。可是啊平田——"

这是以前的事啊——老人说。

以前的……故事吗？

"并不是说江户时代发生过那种违反科学的事。管他是江户时代还是平安时代，没有的东西就是没有，不可能的事情就是不可能。天然、自然的道理，打从开天辟地以来，一定就是恒久不变的。可是啊平田，这个呢，就跟昨天是一样的，不是现实啊。就跟……我的幽灵是一样的。"

"是故事，对吧？"

"是故事。"

没错，没有真假可言。

"上头写着类似家谱的东西，然后确实，我生父的母亲那一栏没有名字。而我养父的母亲，写了……唔，现在来说就是继室的名字，但正室的地方是空栏。"

——空栏。

这样吗？

什么都没写——老人说：

"我啊，平田，我好像是青鹭的孙子呢。很好笑吧？"

"这不是什么好笑的事啊。"

"不，这个呢，平田，对我而言是阐述身世的重要故事，但是对你来说，只是则奇闻怪谈。这样就行了。如果你是那种会把这种不合理的故事当真的家伙，我就不会雇你了。"

应该吧。

我是不可能闯入这位老人的过去的。

"哎，如果是历史学家之类的读了这份古文书，一定会用人名来填入这个空栏吧。会觉得应该是有什么隐情而无法记录名字的女人吧。比方说身份低贱，或是有什么不可告人之事，会这样推测。或许……会去找出她究竟是谁。这才是一般的做法。可是——"

我——老人说。

只有我。

会把青鹭填入这个空栏。

"因为现在世上幸存、身上有着最浓的青鹭血统的人，就只有我一个了。"

这样啊。

空栏。

只要把它填满就行了吗？

老人笑了。

"我的生父呢，顺着竿儿捞到了爵位，却连个贵族院议员也没当上，是个窝囊废……但听说他年幼时遇到过一次、长大之后又遇到过两次他那青鹭的生母。"

就在那公馆落成的地方——老人说。

"您说的那公馆，是白桦湖的……"

"没错，就是那公馆。我那蠢大哥公笃欠下大笔债款兴建……而我碰到幽灵的那栋公馆。"

是我六年之间频繁造访的公馆。

"哎，以前那里没有那样一大片湖泊。那是人造湖嘛。那里过去只是片荒地，就像世界的尽头。据说我父亲就是在那片荒地遇到了青鹭。说是什么他在近处看到一个散发出神圣光芒的女人，变身成青鹭飞走了。"

"那么，那座公馆是为了纪念那个圣地……"

不是不是——老人摇手。

"好像是我大哥误会了。"

"误会了？"

"这误会可大了。我父亲好像从来没有把青鹭的事告诉别人，他把这个秘密默默带进坟墓里了。哎，我觉得这是个聪明的选择，因为要是四处向人宣扬，一定会被扔进疯人院。大哥只是探听到那个地方好像有什么。喏，不是有什么奇妙的传闻，好像是说那块土地有宝藏？大哥一定以为地底埋了财宝吧，就跟流言说的一样。哎，他真是个大傻瓜。他啊，以前开过私塾教授儒学……可是经营陷入瓶颈。"

俗话说，穷则钝啊——老人笑道。笑得很自虐。

"儒学屁用也没有，还儒者呢，我是个俗物，但是对孔子的教诲可是滚瓜烂熟。如果不能应用在现实生活上，书读得再多也是白费。看看他那副德行，岂不等于是为了欠一屁股债而读书的吗？"

老人说到这里，起身走到书桌前，翻找那堆古文书，抽出一张纸来。

"哎，我那蠢大哥的私塾，在明治十年[7]左右时，似乎还经营得有声有色，听说是那时候的事。"

老人说着回座，把手中的纸递给我。看起来像一张浮世绘。

"是锦绘报[8]。类似介于瓦版[9]跟一般报纸之间的报纸。我年轻时还有这种玩意儿。现在的报纸很枯燥，但当时是彩色印刷，还有这样的插图，很有意思。这是《东京插图报纸》。"

印刷的插图画了一位穿着打扮貌似警官的豪杰，正在绑缚一脸奸相的僧侣。周围画了几个用夸张的动作及诧异的表情表现出惊讶的人。标题是"秘密怪谈会中擒拿稀世杀人狂"。

"这……是什么？"

"就报纸啊。是当时的一等巡查逮捕杀人魔的报道。重点在于它的地点。这张画的应该是宴席场面吧。就像标题说的，这是怪谈会。"

"怪谈会？什么是怪谈会？"

"顾名思义，聚在一起说怪谈的聚会啊。百物语怪谈会。"

"您说的怪谈，是有妖怪什么的……像阿岩[10]那类故事吗？"

是故事啊——老人说：

"现在的人都不知道了吗？百物语呢，就是一群人半夜聚在一起，轮流讲上一百个怪谈的活动。"

"一百个这么多？"

"没错。然后呢，像这样在行灯上贴上青纸，在油里插进一百条灯芯。每讲完一则，就抽掉一根灯芯。"

"那么会愈来愈暗呢。"

"没错，每讲完一则怪谈，房间就会愈来愈暗。讲完第一百则怪谈时，四下就会变得一片漆黑，然后……"

发生异事。

老人说。

"异事？是……"

"不一定。可能有幽灵现身，也可能有怪物冒出来。不不不……哎，不会有那种东西啦。我刚才也说过，世上才没有幽灵。所以什么事情都不会发生吧。可是啊，平田，平田老弟，所谓怪谈呢，就像你说的，都是幽灵现身作怪的故事吧。就是那类阴阴惨惨、让妇孺听了胆寒不已的故事。不停听着那类故事，然后四周愈来愈暗的话，多少会心里发毛吧。"

唔，或许吧。

但是我更对说上一百则那种故事的活动感到讶异。

"据说啊，就是举办了那百物语怪谈会。"

"是……谁举办的？"

"大哥的私塾。"

"私塾不是教导儒学的地方吗？"

"是啊，就是这里荒唐，明明子不语怪力乱神，不是吗？可是那些脑袋空空的学生吵着说什么有妖怪出没，而大哥说没那种东西，但就是制不住那帮小鬼，才会闹到要办个百物语会来确认。"

"那……就是这张图吗？"

看起来并不像那样的场面。这张插图怎么看都是全武行。

"哎，站在大哥的立场，他一定认为就算办那种活动，也不会有任何事情发生吧。理所当然嘛，他是觉得能让那些蠢学生因此洗心革面就好了吧。然而……事与愿违，结果闹出了那样的缉拿骚动。"

"也就是说，这就是……呃，所谓的异象吗？"

这哪里奇异了？——老人生气地说：

"这名警官好像是当时的名人，外号叫不思议巡警，他担任那场疯狂娱乐活动的干事，结果参加者中偶然混进了一名凶恶嫌犯，只是这样罢了。不过啊，平田——"

平田啊——老人低唤：

"这件事啊，我父亲在日记里也提到了。"

"公房先生也记下了这件事吗？"

"可是啊，情况好像不太一样。"

"此话怎讲？"

我父亲好像也参加了——老人说。

"参加那个……呃，百物语的活动吗？"

"没错。哎，逮捕事件似乎是真实发生的，但根据我父亲的描述……"

故事……说完了一百则。

"活动完成了，是吗？"

"没错。我父亲写着'**百物语已成**'。"

"那么，意思是**发生了异象**喽？"

没错。

怪异的事。

"据说确实发生了。"

发生了什么事？——我问。

"我父亲——"

见到了他母亲——老人说。

"母亲指的是……"

"就是青鹭啊。第一百则怪谈一说完，青鹭就现身了——由良公房这么记载。"

"可是……"

我望向锦绘报。

"上面没有提到这样的事。"

"没错，我也反复读过好几遍，但报上只提到那场乱斗。似乎青鹭的身影……只有我父亲看得到。"

"那……"

就是幻觉。

不……

不是吗？

那是以前的事。

而且是故事。

没有真假可言吧。没有啊——胤笃先生说：

"我的父亲呢，依据百物语的规则，总共三次……见到了他另一个世界的母亲。"

"另一个世界……"

"是另一个世界啊。生下人子的青鹭，怎么可能属于这个世界？那它就是另一个世界的存在了。青鹭从故事中冒出来，现身在我父亲面前。"

老人的视线变得有些缥缈。

"我说平田啊……"

"是。"

"我呢，想要再一次……"

"再一次？"

再一次见到她——由良胤笃说。

"这意思是……？"

"我啊，平田，已经有了太多的昨天，就要被昨天压垮了。我已经七老八十了，是风中残烛，终将不久于世。也就是说，平田，平田啊，我的人生——"

故事变得比现实更多了。

"既然如此……我是不是还能再见到她？我这么想。"

"您说的她……"

是幽灵啊——老人说得极慢。

"会长，您……"

"我已经累了啊，平田。不……我不是累吧。我总觉得怀念得不得了。过去令我思恋得不得了，或许我想要让自己也变成故事吧。"

老人说完，踉跄着起身，拉扯电灯绳。"啪嚓"一声，房间暗了下来。接着老人缓缓前行，打开通往隔壁房间的纸门。

隔壁是和室。

里头没有任何家具……

只有中央孤零零地摆了一盏行灯。

"青纸贴好了。"

"会长……"

由良胤笃在行灯正旁坐下。

"怎么样？你说呢？平田。百物语……在这个昭和年代还有效吗？你觉得呢？"

老人从衣袖中掏出火柴，点亮行灯。

朦胧的。

漆黑的和室亮起青色。

昏黑的房间染成青色。

"最近找不到灯芯了，所以用蜡烛替代。而且只有一根，方式相差很多。"

老人抬起头，脸上一片青蓝。

"怎么样，平田？你觉得这样彼岸和此岸就相连了吗？"

"这……"

我站起来。

没必要做那种事。

什么都不必做。这个世上充塞着故事。每一个人，每一天，每一本书。

一切都有故事。

现在，很快就不是现在了。甚至用不着搬出昨天、过去。

现在，就只有一瞬。

不，连一瞬也不到。

当我们说"现在"、"这时"，当下就已经过去了。

那么——

"会长……不，由良先生。"

现在这一刻，不就已经是故事了吗？

即使不被记忆、不被记录。

没错，在空栏里写下妹妹的名字吧。由我亲笔来写吧。虽然她不存在于这个世上，但她或许存在于另一个世界。不，她一定就在故事里，一定是的，所以尽管我没有妹妹……

却觉得有。

撰写我的故事的人是我。

"没必要的。不需要这些步骤。我，还有您，都已经……"

我走到行灯旁，从正上方窥看。

幽微的火焰摇曳着。

我，吹熄了那火。

蓦地，一片漆黑。

晦暗之中……

我觉得看到了什么。当然，只是心理作用。

可是，那一定是女人，是个女人。

"会长，您看到了吗？"

那是不是您一直想见到的幽灵？

五十年前您见到的、早已亡故的、您心仪的……

就是那个人，对吗？

由良胤笃茫然了半晌，很快地，"平田，平田老弟。"

他呼唤我：

"刚才，刚才那个人……"

是你妹妹吧？

"妹妹……"

我——

急忙折回原来的房间开灯。人工的鄙俗亮光闪烁了几下，瞬间将原本充塞房间的故事驱逐到彼方。

老人，出神了。

什么妹妹。

我根本没有妹妹。

这是我……

平田谦三彻底失去故事的，昭和二十八年[11]秋天的事。

1　行灯是一种方形纸罩灯座。

2　即一七八一年。

3　华族是日本明治维新后出现的日本贵族阶级，地位仅次于皇族。日本战败后，依《日本国宪法》废除。

4　即一九三五年。

5　即一八七三年。

6　"葛叶"是传说中的狐狸精之名，为人形净琉璃及歌舞伎《芦屋道满大内鉴》之主角，据传为阴阳师安倍晴明之母。

7　即一八七七年。

8　日本明治初期发行的一种图文报纸，每篇新闻附上一张锦绘（一种浮世绘），但只持续几年便没落了。

9　瓦版是江户时代的信息报，具有号外性质，多报道天灾、火灾、殉情事件或热门话题等。

10　阿岩是《四谷怪谈》的女主角。《四谷怪谈》是鹤屋南北依据江户元禄时代发生的现实事件所改编的怪谈，描述阿岩被负心的丈夫伊右卫门害死，化为幽灵作祟报复的故事。

11　即一九五三年。

大首——
大凡物大者
皆骇人也
况乎雨夜星光中
齿牙漆黑[1]之
女人首级
其骇
甚也

——今昔画图续百鬼／卷之下·明
鸟山石燕（安永八年[2]）

大　首

1

太愚昧了。

大鹰笃志的脑中盘旋着可说是自虐亦可说是自诫的话。不，不到话语那么明了，只是一种尚未彻底形成话语、先发制人的后悔般的暧昧情绪。

大鹰眼前有张床。

床上有白布。

布的隆起。

布的皱褶。

布的棱线。

直到稍早前，那块布还齐整地顺着隐蔽于其下的物体的形状贴合着。

然而现在却宛如睡乱的盖被般皱成一团。因为它被拉上去、卷起来了。

惨白灯光仿如消毒般照亮无机质房间的每一个角落，那块放荡的布的波浪形成的有机阴影，格外绽放出异彩。

光是这样，看起来就淫秽十足。

不规矩。

乱了。

左右不对称、不规则、不定形、不匹配、过剩、缺损、变形、偏差。

不知为何这类事物十分**猥亵**。

非常**猥亵**。

那是男人的视线吗？他想。

——不。

或许不是男女的问题。现在大鹰的眼中就只是一块布。与大鹰穿在身上的东西没什么不同，只是个物体。那是日常可见的事物，原本是不可能会撩拨起特殊情感的事物。

大鹰借由透视——想象布底下隐蔽的事物，而萌生特殊的情感吗？应该是吧。

毕竟，情色只是一种概念。

所以……

——不。

这样啊，没错，就是如此。

大鹰颤抖着慢慢站起来。

2

太愚昧了。

这种难以释怀、近似背德的情感是何时萌生的？从很久很久以前……这一点是肯定的。被称为青年的时代，这来历不明的意志，毋庸置疑令大鹰处在莫大的压力之下。那么这种说不出是情感还是感觉的神秘念头，是在少年时期培养出来的吗？

或是更早以前？

再说，对大鹰来说，他并不清楚自己认为什么愚昧，觉得什么愚昧。不过唯一可以确定的是，他发现那与性冲动、性兴奋这类与性有关的情感息息相关。

不过，那与所谓的对性事的罪恶感并不相同。

譬如对于自慰行为有无谓的罪恶感，大鹰就了如指掌。

大鹰今年三十二岁。他算是接受战前道德教育成长的世代，他也会背教育敕语[3]。

其他国家的状况应该有些不同，但无论是基督教、佛教抑或儒教，都有不鼓励耽溺于性欲，或是以戒律加以禁止的文化。若是把那一类的禁欲式道德观奉为圭臬，那么自慰行为就是享乐的、刹那的行为了。即使离开信仰或伦理观，不论东方西方，都有手淫会造成神经衰弱或导致愚笨的俗说及学说。

他听说过这类说法是毫无根据的迷信胡说，也能推测最好把那些当成无稽之谈；但无论有没有根据，这个社会就是建立在这些似是而非的道理之上；再者，那原本就不是可以在人前堂而皇之进行的行为。

不管说出去或是大肆宣扬，都违反世间惯例吧。

当然，既然要做，就必须避人耳目。而既然得避人耳目，那就是私密的行为。因为是自己一个人进行，所以又比一对男女的行为私密得多。自慰的罪恶感，大鹰认为是想抹也抹不去的。

然而……

然而大鹰心中的**那种念头**，性质异于一连串的性罪恶感，与社会、世间无涉。

大鹰认为，反社会的行为都自有其乐趣。大鹰是警察，所以这种说法非常不得体，但事实就是事实。他甚至认为，因此犯罪才会无法根绝。

实际上怎么样先搁到一边，自慰在世间被当成一种坏事。这坏事是在避人耳目的情况下进行的，因此它果然是一种反社会行为吧。

亦即……自慰也有着反社会的乐趣。因为有趣，也才会涌出背德的情绪。而且尽管背德，却并非为法律所禁止。虽然有罪恶感，却不会被问罪。若是曝光，受到的惩罚只有轻蔑或侮蔑这类观念性的反应。

惊险刺激、羞耻心、背德——肉体的快感加上这些精神上的愉悦，自慰才会是一种特殊行为吧。自慰带来的亢奋与虚脱，应该不是全凭生物学就能解释清楚的。

大鹰对这些有所自觉。

因为有所自觉，他才明白个中不同。

是不一样的。

从这个意义来说，出轨或私通，和自慰也许是一样的。

私通。出轨。

背德。不伦。

使用这些词语本身，是否就代表被囚禁于社会这个牢笼？无论是遵从伦理或悖逆伦理，前提都是先要有伦理。道义、伦理、德行这些都与大鹰无关。大鹰会觉得自己愚昧，与社会规范或公共道德应该都无关。

对于他三番两次觉得自己愚昧的念头，大鹰征询过好几位朋友熟人的意见。大部分的人都笑他。

是你经验太浅啦，你还太嫩，却血气过剩——他们都这么揶揄。甚至有人说他是每晚孤枕独眠，过于寂寞，耽溺于自淫，才会陷入那样的妄想，邀他上妓院或介绍风尘女子给他。也有些粗人误会他不识女人滋味，表现出嘲笑的态度。

不是那样的。大鹰看上去确实比实际年龄要年轻个四五岁，但已经不是能被称作小子的年纪了；况且他也没那么晚熟，亦非童贞之身。他没有娶妻，但有同床的对象。

虽然不是每天，但他与那个人一星期会交欢一两次。那是复员不久后开始的，因此他们的关系已经持续了近七年。

大鹰上床的对象是老家的厨娘，名叫德子。德子是盐山农家出身，战后不久就被大鹰的父亲雇用，住在家里帮佣。她与大鹰差了七岁，今年应该二十五了。

那么最早与大鹰发生关系的时候，德子才十七八岁。

不过第一个占有德子的并不是大鹰，而是大鹰的父亲。大鹰的父亲是个严肃耿直的公务员，与其说是严谨，不如说是个小市民。实情或许是因为他没有胆子在外头包养女人，所以才雇了德子代替。撇开德子不说，父亲从一开始就是**那个打算**。

大鹰与德子之所以发生关系，肇因于他偶然窥见父亲与德子的情事。

德子发现大鹰偷看，跑去拜托他保密。

德子似乎深信若是她与父亲的关系被母亲或祖母得知，将饭碗不保。或者父亲曾这么警告她。

当然，大鹰不打算说出去。

但以此为契机，他们开始亲密交谈，不知不觉间发生了关系。

在家中，德子与大鹰年纪最为相近，共享秘密这件事，或许也助长了他们建立起不必要的亲密关系。

大鹰从来不认为德子是自己的情人，现在也不认为。

德子似乎也是。他们关系亲近，也会上床，但德子好像觉得只是这样而已。

当然，父亲并不知道大鹰与德子**有一腿**。

换言之，在短暂的期间——大概两年左右——父子瞒着彼此，分别与德子上床。要论背德，或许再也没有比这更背德的事了。

不久后，父亲搞坏了身体，无法自由行动了。

即使如此，他似乎还是会瞒着母亲把德子叫到病榻，对她上下其手，但他没多久就过世了。母亲毫不知情，因此德子也没有受到任何责罚；而德子也没有提出任何要求或主张，结果她自然而然地成了大鹰一个人的**东西**。

不，女人并不是**东西**，这样说有语病吧。德子只是结束了与父亲的关系，并非大鹰的所有物。

况且这段关系并非大鹰强迫的。他从来没有对德子霸王硬上弓。两人的亲密关系，从一开始就是对等的，行为是两情相悦的。这段关系也是德子希望的。德子喊大鹰"少爷"，但那是一种习惯，脱光衣服后，就没有主仆之分。证据就是，德子绝不会说什么"请您疼我"、"请您抱我"这类小妾般的话。

今天我有空，晚上可以去少爷房间吗？她会这样说。若是更进一步辩解，要求性关系的几乎都是德子，大鹰从没主动要求。

话虽如此，也不是说德子有多好色。有时即使同床，若是不起劲，什么事都不会发生。德子没钱也没时间出去游玩，所以这或许是一种娱乐的替代行为。

大鹰三年前搬出自己的家，在外租屋，结果德子以照顾少爷为名目，开始来找大鹰。这也不是大鹰教唆的，而是德子的主意。

大鹰不清楚德子究竟怎么想。或许是关系拖拖拉拉地持续着，渐渐萌生了类似情意的感情，但德子从没开口要求结婚。或许她根本没有这种念头。

或是无法想象？

对作为佣人的德子而言，这或许是无法想象的事。从德子的身份与境遇来看，与主人家的少爷成亲，这种事她连想都不敢想吧。

大鹰也想，那么自己果然是个卑鄙小人吗？利用对方的毫无所求，恣意玩弄对方的肉体——因为事情也可以这样解释。

但是如果要更进一步辩解，大鹰也数次严肃地考虑过娶德子，也坦白地对德子说出了他的心声。

但他只得到了一阵笑。

他看不出那笑容的背后是什么。也不是因为这个缘故，但他没有把他与德子的关系告诉任何人。他把这件事当成秘密。当然，母亲和祖母也浑然不觉。或许事到如今也没有什么好瞒的，隐瞒到底也没有意义；更何况，这时候再摊开来说也很怪；再说，想到死去的父亲，他更是难以启齿，结果就拖到现在。

这不是出轨，却是私通吧。

大鹰不打算娶德子，德子也不打算跟他在一起。他们是纯粹的肉体关系。

或许他们的关系，是所谓的情夫情妇。

更重要的是，他们对世人隐瞒彼此的关系，所以依然是私通。

私下通好。

或许是因为这样……对大鹰而言，他觉得与德子的关系完全是自慰的延长。

说穿了只是两个人一起泄欲。即便当中有性交的行为，但在心情上，与自己一个人偷偷自慰没什么两样。实际上，刚发生关系时，他们的交流经常并不伴随着性交，也没有爱抚或拥抱，就像情窦初开的孩童那样，只是相互袒露私处，彼此触摸。应该也有过儿次，仅止于这种普通的行为就结束了。

大鹰姑且不论，但德子还年轻，没有经验，这或许是没办法的事。

据说大鹰的父亲虽然好色，但并不贪婪。

德子说，父亲经常是突然要求，行为也很短暂。父亲很多时候是极为单方面而且发作式地发生行为，尽兴之后，便草草善后，逃也似的出门去了。对德子来说，她只要稍微忍耐一下就过去了，所以也不觉得厌恶。

她似乎莫名地看得很开。

即使如此，连话也没说上几句，只是要求交媾，应该还是很令人不是滋味吧。

另一方面，说到那时候的大鹰，他也因为刚从杀伐的战场上归来，心态上变得极为开放吧。他对女体也有着旺盛的探索心，因此即使只是稀松平常的嬉闹，他自认为也花了相当多的时间，尝试过相当多的花样。他不记得自己强迫过谁，但也不记得拒绝过对方的引诱。

对德子来说，与父亲的关系应该是义务、是侍奉；但与大鹰的关系是自发性的……应该这么看待吗？不，或许应该认为，对德子而言，这么去认定是很重要的。持续与老板、支配者的儿子私通，对德子来说，或许类似于一种性的自我解放。

大鹰想，那父亲又是如何呢？

通过以金钱束缚、玩弄对方的肉体，父亲是觉得自己征服了德子这个女人吗？这满足了父亲的独占欲吗？

大鹰不这么认为。

这从父亲发作式地进行宛如鸟儿交配般毫无情趣的交媾，然后就这么外出的态度可见一斑。对父亲而言，德子或许只是对日常的一种细微的，也是徒劳的抵抗。

大鹰觉得生前是个正人君子的父亲，对于背叛妻子、欺骗世人、蹂躏德子人格的下贱行为，应该有比一般人更深的罪恶感。

父亲是个胆小鬼吧。

然而……大鹰在与德子发生关系时，也会感觉到些许的罪恶以及自我厌恶。

那果然是对父亲的复杂情感、是隐瞒母亲及祖母的内疚感、是对世人的借口。那是自己并不道德的反省之心，也是背德的愉悦。追根究底，就和自慰时的心态相同。

这些情绪都与**那种**感觉不同。

——太愚昧了。

那种感觉……果然是异质的。

觉得自己愚昧的瞬间，罪恶感会消失殆尽。那一瞬间，大鹰与社会断绝，没有道德也没有背德，没有父亲也没有母亲，但也并非自我厌恶。

他只是一味地感到愚昧。

那么——大鹰想——

除此之外的情况，会怎么样？

大鹰不是没有接触过德子以外的女人。

他第一次的对象是大他四岁的澡堂老板家的女儿。

那时他被诱惑，任凭别人摆布。

当时他十六岁。后来他也跟两三个人玩过。

虽然当上警察后就停止了，但有段时期他也常上妓院。

出征前他和前来慰安的妓女上了床，也买过流莺。

买妓女不是值得嘉许的行为，但当时和现在不一样，并不违反法律，也不丢人。就算买了妓女，也不会被指指点点。若是过度沉迷，是会受到规劝，但并不是需要遮遮掩掩的事。当时是那样的时代。

他觉得他并没有罪恶感。

那也不是背德的行为。对照今天的尺度，那或许仍是被归类于淫秽不道德的行为，但在大鹰年轻时，那是很普通的事，绝对不是不可告人之事。与自慰、私通显然不同。

可是。

太愚昧了……

他觉得愚昧。

即使耽溺于娼妓的肉体，即使和附近好色的姑娘嬉游，那种念头就是会**找上他**。

不，不是找上他，或许它总是**如影随形**。

不过即使觉得愚昧，激情依然存在。

反倒是色欲会被更激烈地撩拨起来。大鹰想着太愚昧了太愚昧了，持续律动，当他感到愚昧的情绪抵达巅峰的瞬间，大鹰射了。

那比射精的疲劳感更令大鹰疲惫。

会觉得自虐，就是这个缘故。

这个念头会被性的刺激诱发，与兴奋和高潮等比例增大。无论与谁交媾，或是一个人自淫，它都同样地折磨着大鹰。

太愚昧了——它说。

3

太愚昧了。

当时大鹰也这么想。所以那时大鹰细细寻思了一下。

那是去年的事。当时是夏天，闷热异常。他那天休假，或许是正值中元连假，从白天起就待在租屋处。热得像蒸锅的房间正中央铺着潮湿的被褥，上头趴着裸身的德子。

那是激烈的云雨之后。揉成一团的薄纸掉了一地，房间里充斥着雄性的气味与雌性的香味，浓烈得呛人。大鹰应该流了很多汗，但他不记得自己是什么模样，也不记得是坐着还是躺着。他只记得无比疲倦。觉得自己愚昧的情绪强烈到了极点。

这样的情绪迟迟没有凋萎。

性交的充实感与那种情绪呈正比。肉体的满足感愈是强烈，觉得愚昧的情绪也愈强烈。阳具一下子就萎靡了，但那股情绪需要一段时间才会消失。

尽管连自己是什么姿势都不确定，但可笑的是，他清楚记得德子一丝不挂。他把脸颊贴在她柔软的臀肉上，她说很热，别这样。

的确，他也觉得黏糊糊的，不太舒服。

当时大鹰心想，自慰与性交哪里不同……?

射精的快感应该没有多大的差异。不，没那回事，或许有些人会说跟女人做**比较爽**，但大鹰认为如果把身体状况和心情考虑进去，有时舒服，但有时也不怎么样，实际上应该没有多大的差别。

那么是哪里不同?

简而言之，是动员的感官数量不同。

说穿了，自慰是对局部刺激的反应。运作的只有手指和手掌的触觉，以及生殖器官的感觉，顶多再加上视觉性的刺激。

性交的话，就不只如此了。

首先，全身皮肤会彼此相触，因此触觉的活跃程度，不是自慰可以比拟的。当然还有视觉刺激，再加上听觉也必须作用。还有嗅觉，味觉也不例外。

触觉、声音、味道、气味。眼、耳、舌、鼻、皮肤。

五感都动员了。

不仅如此，还必须视对方的反应来行动。对于接收到的刺激，也必须做出适宜的反应。必须用脑，心情也会有所变化。

就这样，动员肉体与精神，最后带来高潮。结果虽然只是射精而已，但过程要复杂得多。

付出的劳力不同。

大鹰看着德子年糕般白嫩的大腿心想。

——官能。

据说享受性欲的活动，就叫作官能。听说这个词原本就和感觉等词语一样，主要是用来表现感觉器官等身体各部位作用的词语，不过有时似乎也包括一些心理活动。

——不对，不是心。

大鹰这么想，然后目不转睛地盯着德子的裸体看。他在想，这女人对他算是什么？

他并不讨厌她。不如说是喜欢她。

但是这里，在这个房间里有恋爱情感吗？

你喜欢我吗？大鹰问。

喜欢呀，德子回答。

"如果不喜欢，才不会跟您做那样的事呢。"

喜欢。是吗？

不是只喜欢我这里吗？大鹰嬉皮笑脸说，抓起德子的右手往自己的胯下摸。

是呀，人家是喜欢这里呀，德子也嬉皮笑脸地翻过身体。这时，她有些失去弹性的硕大乳房摇晃变形。

看到那变形的乳房，大鹰瞬间又硬了。

喜欢——听到这话时，却是毫无变化。

太愚昧了。

这样的想法再次膨胀。然后大鹰嗅着呛人的雌性气味、吸吮着雌性的味道，再次没入女体之中。

——真的。

太愚昧了太愚昧了太愚昧了。

大鹰忘了一切，耽溺在行为之中。眼前只看得到白皙柔软的女体，身体触碰到的全是湿滑的黏膜，鼻腔中充满潮湿的气味，舌尖被黏稠的淫水味道占据。沾湿的阴毛、分泌物、喘息声与呼吸声。布料沙沙摩擦的声音。液体搅动的声音。即使如此——

觉得愚昧的想法益发膨胀了。

后来……

大鹰好一阵子不敢再见德子，他陷入深深的沮丧。

到底是什么愚昧？

是哪里愚昧？

——官能。

意思是器官反应吗？

那么其中没有意志吗？没有感情吗？没有精神吗？

不应该那样的。

不，就是没有。

最近人们都说爱，但以前的人是说情。

是官能与爱情没办法做出妥协，大鹰认为。

——爱情。

不想见到德子的理由还有另一个。

那时，大鹰似乎开始对某位女性萌生恋爱情愫。这并没有什么不对，是很理所当然的感情吧。

对于德子，似乎也不需要顾忌。

那时，德子常把这些话挂在嘴边：

少爷也差不多该讨个媳妇了……

夫人也在为少爷操心……

请快点让夫人抱抱小孙子，尽个孝吧……

少爷也老大不小了……

至少也该有一两个中意的姑娘吧？

那你呢？大鹰问，德子说只要有人肯要，她立刻就会嫁过去。母亲好像对德子说，她在家里帮了这么久的忙，愿意为她主持婚事。德子说她对此很感激，似乎是肺腑之言。

德子看得很开。

至于大鹰……他也并非看不开。

对于与德子分手，他并不感到有多留恋。

他不讨厌德子，但他们从一开始就不是情人。如果德子拒绝分手、要求结婚，那就另当别论，但如果不是这样……

果然没有执着。

实际上，过去大鹰即使和德子以外的女人发生关系，或是上妓院，德子也从来没有表现出嫉妒的样子。

他大概不会跟德子厮守在一起。

那么应该也没必要顾虑。反倒是告诉她自己有心仪的对象，或许她还会为他开心。但大鹰就是没办法告诉德子。

不仅如此，大鹰还避着德子。

他并不是讨厌德子了。他是讨厌性交——

讨厌觉得自己愚昧。德子有照顾他身边琐事的冠冕堂皇的理由，因此会过来替他拿换洗衣物等，但大鹰有阵子谎称身体不适，与她断绝往来。

实在是不行。他讨厌性交。讨厌是讨厌，但……性欲就是不肯消退。每次光是看到来访的德子如丝般的肌肤，大鹰就兴奋了。不管是看手指头、看后颈，还是闻到味道，他都会**产生性欲**。这也令他厌恶得不行。

太愚昧了，太愚昧了，他这么想。

然后他自慰。大鹰想着太愚昧了，射了好几次。自慰时，大鹰脑中浮现的……不是朝思暮想的心上人，而是德子。

而且是德子的**局部**。

手臂柔软的肉。

从底下仰望时扭曲的乳房。

被捏住变形的乳头，以及起皱的乳晕。

露出双臀之间，漆黑濡湿的一部分阴户。

这些毫无疑问是德子的零件，但它们已经不是德子了。是物体，不是人。失去了身为人的轮廓。当然，没有人格可言。

——德子。

德子是个性情温婉，勤劳能干的姑娘。

德子很擅长女红。她不太会读写，但意外地擅长画图。

德子一笑，表情就像在哭。她喜欢羊羹，喜欢金团[4]，讨厌红姜。

父亲早逝，盐山的老家有老母和两个年纪相差甚远的哥哥，还有一个嫁出去的姐姐。不会游泳，所以讨厌去河边……

没有，完全**没有**这些。

那里没有德子这个人的历史。没有意志也没有情感。即使有气味、味道和触感，也没有情绪或感情。那已经不是人了。占据了大鹰脑袋的德子的局部，从别的角度来看，只是丑陋、变色而变形的肉块。

——是肉块。

大鹰被那些肉块撩拨起性欲，然后射出精液。

这就是官能吗？大鹰想。

太愚昧了。

他觉得真是太愚昧了。

如果这就叫官能。

恋爱、思慕、尊敬、怜悯、憧憬、畏惧、慈悲。

这些人性的情感，与官能岂不是毫无关联了吗？不，或许是以扭曲的形式联结在一起。这类人性的感情遭到践踏而获得的背德感，或许都助长了官能。

说到大鹰萌生恋爱情愫的对象，是住在他租屋对面的小学教师。

名叫奥贯薰子。

年龄不清楚，也无从知晓，大鹰从来没跟薰子说过话。

大鹰住在二楼，打开窗户，就能清楚看到薰子的家。

早春时分，他在休假的日子外出时看到她。后来擦肩而过几次，也远远见过她和街坊邻居聊天的样子，当时也听到她的声音。仅此而已。

名字和工作单位，是从房东那里听到的。是他假装闲聊，探听出来的情报。那是位充满清洁感、这一带少见的都会姑娘。

不知为何，大鹰被她深深吸引。俗话说恋爱没有道理，真是如此。

他觉得已经年过三十的男人说什么憧憬很可笑，但他的感情经验不足以判断那是否为憧憬，所以这应该叫作爱慕吗？

爱慕是爱慕了，但无以为继。他觉得不应该要求交往。别说交往了，他害怕认识她。

明明深深为她倾心。

大鹰并没有恶意，而且他也是公务员，没道理受到轻蔑或是疏远。至少应该向她打声招呼的……现在他这么觉得。

可是他办不到。

大鹰……一定是不愿意把薰子当成性对象。他非常厌恶这样。

他不认为恋爱关系就等于性关系。

恋爱是——应该也是相互理解、彼此尊重的关系吧。不只是相互依赖，而是以独立的个人身份，一对异性对等往来的关系吧。他认为追根究底，完全没有性关系的恋爱也是有可能的，也觉得事实上就有。即使不谈什么深奥的道理，世上应该没有多少傻子，会肤浅地认为性交就等于恋爱吧。大鹰也是如此。

可是，即使如此，应该也由恋爱到最后发展出性交。

比方说，有些夫妇即使结了婚，或许也没有性关系，而且也没有人有资格责备他们吧。

但并非每个人都该如此。没有人说夫妻不可以生小孩，也不会有人说不可以相爱到最后彼此结合，发生性关系。

不是只有以结婚为前提的交往才叫作恋爱，也不是说情侣就非得要有性关系不可。但情侣结婚并不是什么怪事，而情侣发生性关系，也没有什么不自然。

但大鹰就是厌恶这样。

如果与薰子的关系变得密切，薰子将自然而然变成他性遐想的对象之一。

这么一来，大鹰就会变得愚昧，一定会变得愚昧。

他不想像他对德子那样，把薰子拆解开来。

疼爱局部、摩挲局部。

曝露着丑恶的肉块。

他烦闷不已。

结果入秋以后，大鹰又开始和德子上床了。

因为他觉得与其想着德子的局部耽于自慰，和德子上床更像话些。因为横竖都要被觉得愚昧的念头呵责。

总觉得肚腹里变得一片糜烂。

结果什么都没变。大鹰继续与德子发生性关系，看着薰子的身影，过了一段时间。觉得愚昧的念头益发强烈，支配了大鹰的绝大部分。

为了逃离那难以承受的情绪，大鹰为薰子倾心；为了滋养那情绪，大鹰与德子性交。

爱情与官能彻底乖离，大鹰整个人分裂了。

4

太愚昧了。

实在愚昧过头了。

去年冬天，大鹰几乎是破灭性地这么感觉。那是年关将至，街上开始变得忙碌的时候。

大鹰听房东说薰子订婚了。

据说她决定嫁到一户住在蓼科的旧华族家。一开始，大鹰没有丝毫感慨。他既不惊讶，也不感到悲伤或懊丧。

当然，他没有告诉房东他暗恋薰子的事，应该也没有被识破，所以他的反应非常理所当然。

他也不打算打破砂锅问到底，不过还是得到了闲聊程度的情报。

据说薰子原本在研究鸟类的生态，而那个旧华族家里有许多宝贵的标本，她前往参观，就是这样缔结的姻缘……

对大鹰来说无关紧要。

他走上楼梯，回到自己房间，来到窗边，望着窗外，这时大鹰总算恢复了像人的感情。

不过，那是一种难以形容的感情。

不是嫉妒或悔恨。

勉强要说的话，接近愤怒吗？是一种烦躁、五脏六腑滚滚沸腾般的感觉。或许也有焦急，也有窝囊吧。

无能为力、无可挽回的状况……就类似眼睁睁看着自己家被火舌吞噬那样吗？事到如今已经迟了。什么都做不了了。只能把这无处发泄的怒意吞下去。

大鹰摇摇晃晃，在浸染了自己与德子情欲的房间里来回踱步。

每次来回，脑中就浮现自己愚昧的模样。

——薰子。

要嫁人了。房东说，不是相亲，似乎是恋爱结婚。

薰子在谈恋爱。当大鹰在这处寒酸、浸染了淫水气味的房间里成为官能的俘虏时。

薰子与恋人说了许多事、看了许多东西，欢喜，滋养爱苗，互诉衷曲。

就在大鹰耽溺于肉块的时候。

抚弄着德子——不，德子的局部的时候。

大鹰颤抖。

房间很冷，但大鹰流着汗。

然后他寻思了一阵，终于这么想了。

薰子也会**变成局部**。

如果结婚，薰子也会**性交**。

那么……

薰子也会失去人格吗？

会失去身为人的轮廓吗？就像大鹰一样。

究竟会不会？薰子也有肉体。那洁白清纯的上衣底下，隐藏着会柔软变形的肉块。既然如此，那么薰子也……

——薰子也会变得愚昧吗？

大鹰冷不防兴奋起来，感情共鸣了。他错觉精神与肉体合而为一了。阳具无意义地勃起，感情与官能交织在一起。

大鹰坐也不是，站也不是，离开房间。近乎疯狂的性冲动涌了上来。与其说是情欲，不如说更接近兽欲，其中已经没有大鹰的意志了。

这时，大鹰成了个真正的愚者。

然后大鹰醒悟了。

要除掉这感到愚昧的心情……

最好的方法就是承认自己是个愚者。只要彻底成为一个愚者就行了——他想。大鹰下楼，穿上鞋子外出，完全没想到下一步要怎么做。

毕竟大鹰是个愚者。愚者不会考虑到往后。愚者什么都不会反省。愚者什么都不要求。

只是纯然地蠢。

然而来到马路上后，不知为何大鹰软了。

因为他一下子变得极为不安无助，就像个迷路的孩子。情欲与兴奋都消失无踪。

那是只维持了短短儿分钟的亢奋。

大鹰宛如退烧般清醒过来，木然立在夕阳的幽光中，茫然望着薰子家的玄关。

他意识到这个家跟自己没有任何关联。

因为那看上去与从二楼眺望的景色不同。

他从来没有跨过这道门，他想往后应该也不会。

四下瞬间暗了下来。

大鹰无奈地直接上街，无奈地喝了酒。若是能痛饮一番，或许还像个男子汉，但他酒量本来就不怎么好，也不喜欢酒家的环境，待不到一个小时就离开了。

——太可笑了。

自己实在过于窝囊，让他连气都气不起来了。

滑稽。简直像个小丑。笑都笑不出来。

这是个月光清朗的夜。

弯过巷弄，站在租屋前，不经意地回头一看。

幽幽的灯光透了出来。那灯光宛如热气般缓缓摇曳，似乎是蒸汽。

大鹰被吸引似的往那里走去。

当然……租屋对面是薰子的家。

跨过玄关，沿着木墙往灯光的方向走去。

来到与邻宅之间的小径。没有路灯，因此狭窄的小径一片漆黑。他稍微踮起脚尖。

窗户微启，蒸汽从那里冒了出来。

只看得到这些。

只有窗户上半部朦胧地亮着。视轴定在那里，稍稍移动。

为何要这么做，大鹰也不清楚。虽然他有几分酒意，但应该没有醉。不过这种行动，偏离了大鹰平时的行动原理。

大鹰是警察。

然后说到当时大鹰正在做的事……显然是轻犯罪。过去大鹰对警察的职务认真执行，从来没做过违法犯纪的事。

有道木门。

轻轻一推，木门轻易打开了。

大鹰屏息。他感觉额角冒出血管。

突然间，大鹰失去了听觉。他穿过木门。

大鹰穿过木门——

大鹰穿过木门——

弯下身子，在窗户的正下方，窗户的……

被切割下来的现实。

窗中被窗框切割成四方形，里面有着薰子的局部。

是光滑的背与右乳。

纤细的后颈，后颈上的毛发。

微红的肌肤。

蒸汽与水滴。

然后……

大鹰恍神了。

悸动乱得可怕，心跳猛然加速，但他毫不兴奋。

——愚者。

大鹰就这么后退，背对着穿过木门，一屁股跌坐在漆黑的巷弄中。

仔细想想，这是公仆非法侵入民宅，偷窥浴室。这是个大问题。然而当时大鹰没有丝毫罪恶感。话虽如此，却也没有偷窥朝思暮想的女人裸体的愉悦。

大鹰软着。

愚昧。

愚昧愚昧。

愚昧愚昧愚昧。

愚昧愚昧愚昧愚昧。

愚昧到了即将崩毁的地步……

他只是这么想。

脑中什么也没有，真的是一团空洞。幸好周围没有人影，如果这时有人在大鹰的身边，一定会目击到一张宛如木偶般呆滞到极点的面孔吧。

这时大鹰**想起来了**。

那是……

战争开始前。

他十五岁的时候。

夏季，为了参加法事，他前往位于小诸的本家。

自年幼时开始，每年他都会回本家一两次。不过那一年是曾祖父的十三周年忌日还是什么，法事异于往年地盛大，约三十名亲戚齐聚一堂。

本家有个名叫百合、年约十四的女孩。百合非常美丽，但瘦骨嶙峋，体弱多病，脸色总是苍白，低低地垂着头。

百合有个随身看护的护士。

记得她叫花田，当时应该二十二三岁左右。

大鹰对那个叫花田什么的护士有着特殊的感情。那是实在称不上恋爱的幼稚情感。只是单纯的喜欢，或者该说受到她的吸引？

不，正确地说，或许他是对她明确地感觉到性的吸引力。没错。那是一种色情的感情。

即使现在回想，那个名叫花田的女性也是个肉感的、淫荡的——虽然这是非常歧视性的字眼——容貌十分撩人的女性。

那名护士总是穿洋装，虽然不是白衣制服，但总是一身白上衣配深蓝色的裙子。当时束口裤和国民服 5 尚未普及全民，但因为是乡下，又是那个年代，所以是相当罕见的打扮吧。或许因此格外有这种感觉。

透过阳光，可以看出衣服底下的肉体线条。

阳光一照，内衣就透了出来。

他记得，那丰满的胸部隆起、后颈垂落的发丝令他看了刺眼，看了心烦。乡下的少年幻想着那白色布料底下的肉体。

不过……也不是因此就怎么样。

当时还是少年的大鹰，并未对她投以比别人更下作的雄性视线。正相反，每当大鹰看到她那个模样，就会别开目光，转开脸去，羞惭不已。

他只是单纯地害羞吧。那时他还很纯真。

而……就在法事当天晚上。

那是个湿度很高、闷热无比的夜晚。

法事顺利结束，客人都离开了，但偌大的屋舍仍留下了约二十名亲戚。酒宴似乎持续到早上，但年纪还小的大鹰先去睡了。

或许是人数的关系，他被安排在不同于平日的房间休息。

天气很热，因此纸门窗户全都打开了。

当时与现在不同，没有电灯，用的是纸罩灯。大鹰准备就寝，熄掉纸罩灯的火，冰冷的月光便无声无息地洒了进来。

那是个明亮的夜晚。实际上究竟有多亮，实情如何，已在记忆之外，但在他的印象里，亮得宛如白夜。

嘶、嘶。

他听见睡着的呼吸声。

邻室挂着蚊帐。

凝目细看。

有团白色的东西。

瞬间，他觉得那是**花田小姐**。

大鹰留意着不发出声音，爬近蚊帐。

不是情欲驱使他这么做。他想他只是疑惑**花田小姐**睡觉时是不是也穿着洋装，近乎一种好奇心。

膝盖擦过榻榻米的声音听起来格外响亮。

汗水……

"嗒"的一声，落在榻榻米上。

蚊帐另一侧，有条白色的东西**伸展**着。

是腿。浴衣前襟整个敞开，两条丰腴的腿摊放在垫被上。

大鹰记得他暂时别开了目光。

因为他记得扔放在垫被旁边，用来驱蚊的团扇上的图案。

画的是小鸟。

他静静不动，过了半晌。

汗水不断地淌进眼中。

然后大鹰轻轻地、极轻地，小心翼翼地掀起蚊帐。

光是捏住蚊帐边缘，就花了好久。

薄膜翻卷开来，没彻底被隔绝的月光照了进来。

大鹰先凝视脚尖。

然后是脚背、脚踝、脚脖子、小腿、膝盖、大腿，细细舔上去似的移动视线。很快地，他盯着微张的大腿根部。

当时与现在不同，没有穿内裤的习惯。

更别说睡觉的时候，没有人会穿底裤。

比起现在，那时女性器官裸露的机会更多。

即使如此……

大鹰的眼睛还是盯在**上头**。

覆盖阴阜的阴毛很淡，但还是看不透阴裂内侧。不过大鹰仍然巨细靡遗地看到了幽微的阴影差异。

然而——大鹰心想。

不知何故，当时大鹰没有更多的兴奋了。

他也没有把手伸进自己的下半身。他只是看。

尽管憧憬的女性裸体——不，生殖器，就如同他一直幻想的，情色无比。

当然，若说大鹰没有性兴奋，也并非如此。在偷窃的罪恶感催化下，大鹰应该充分**勃起**着。

不过也就只有这样了。即使抬起视线，注视那敞开的胸脯，也没有改变。

摆脱了布料压抑的成熟乳房，如同大鹰期待的，有些随意地展现出它的形姿，但……

大鹰只是观察。

那只是观察。

然后不知为何突如其来地……

他感到愚昧。

就是那个时候。那个时候，大概是第一次，那个难以理解的念头降临大鹰脑中。

大鹰冷不防在胸中感到一股余烬闷烧般的不快感，从护士的白色裸体上扯开了视线。

刹那之间，大鹰看到了**另一团肉块**。

它，模样淫猥至极，煽情无比。

看在大鹰眼中是如此。形状并不美，颜色看起来比护士的裸体更白、更冰冷。或许是因为护士的皮肤透出黏腻的桃红色。

而它苍白得就像团鬼火。

那……

是闭着双腿横陈的、百合清瘦的臀部。

看到那裸露的臀部之间、漆黑到诡异的阴影时……

大鹰感到一股冲击自腰椎冲上脊椎。胯下痉挛、收缩了几下。

他射精了。

这意想不到的身体反应让少年大鹰慌了。

他按住胯下，用浴衣前襟遮住前方，周章狼狈，只想设法不被发现，逃过这一劫。

然而下半身却违反他的意志，为射精的快感颤抖不已，视线则完全无法从百合泛黑淫猥的胯间移开。

但是……

大鹰的眼睛明明盯着**那里**……

倒映在大鹰的视网膜的，却是百合清纯的**脸庞**。

大鹰喷洒精液，脑中明确地想起了百合的脸。

他不懂。

他从来没有对百合有过性方面的兴趣。

然而，即使看到那般痴心妄想的护士衣物底下的肉体，他也丝毫没有那种意思，然而……

——太愚昧了。

太愚昧了太愚昧了，这念头如此强烈。虽然近似后悔，但并不是后悔。

心情与身体分崩离析。他注视着淫靡的女阴，看见的却不知为何是百合清高的容颜。明明完全不匹配，为何这个女孩却是一个女人？

这时大鹰软着腿，倒退着离开蚊帐，糊里糊涂地逃回自己的房间。

从此以后。

大鹰就开始被那呵责自己的神秘感觉，被那可说是自诫也可说是自虐的、难以形容的念头给囚禁了。

一模一样——他心想。

这个状况与过去相同，他想。

然后……

大鹰逃也似的回到租屋，蒙上被子颤抖不已。

后来过了半年多，大鹰笃志得知了奥贯薰子的死讯。

5

太愚昧了。

大鹰真的太愚昧了。

搜查总部现在仍上上下下一片混乱。应该也有调查员正彻夜搜查。然而身为搜查一课负责人的大鹰却……

——我在这里做什么？

到底是在做什么？

大鹰坐在太平间的硬椅子上。

他居然正在亵渎死者。

是亵渎。这种行为除了亵渎，不可能还有其他意义，大鹰这么认为。

隐藏在台上白布底下的是薰子的遗骸。

是已经死去的，薰子的残骸。

是遗体。是尸身。

是物体。

奥贯薰子嫁到蓼科的旧华族家，然后在初夜当晚，遭人杀害。她是被杀死的。

那个冬天窥见的裸身——裸身的局部——成了他最后一眼见

到的生前的薰子。

大鹰混乱了。

而混乱的结果是现在这个状况。

即使看到从现场被搬出来的薰子的遗体，大鹰仍无法掌握状况。他不知道出了什么事，该怎么做。所以他才前来确认。

编了个理由。

三更半夜溜进这间充满线香味，却又有股药品味，即使在夏季也冷得像隆冬的房间。

沿着薰子的形状隆起的白布。

很像护士胸部隆起的上衣，也很像与德子交媾后凌乱的垫被皱褶。

大鹰……

掀起了布。

衣服脱掉了，明天一早就要解剖。

大鹰首先观察脚尖。

接着更进一步把布皱巴巴地推起——就像那天一样。

——从脚背、脚踝、小腿、膝盖、大腿，舔遍每一处似的移动视线。

没有血色。

就跟百合的皮肤一样。苍白，看起来冰冷。

不，实际上它失去了体温，完全冷掉了。皮肤也失去弹性了。即使把脸颊贴在大腿上，也只是一片冰凉，与德子的臀部不同。

他爱抚它。

触感就像在摸索肌理细致的橡皮。

再往上翻卷。很快地，漆黑的阴毛露出来了。

大鹰抓住薰子的右脚，稍微打开紧闭的双腿。

覆盖上去似的把脸凑近大腿根部。大鹰像要把脸埋进大腿般，注视薰子的阴部，然后嗅闻气味。

有药品的味道。

这是尸体。

然而……

明明不可能交媾。

大鹰的身体却起了反应。他有一股想要奸尸的冲动。那是一股强烈到骇人的冲动。大鹰急忙用布盖住薰子的下半身，反射性地抽身，回到椅子上。

——我疯了，他心想。

尽管这么想——

却又觉得无所谓。反正那是尸体。是物体。不会抗拒也不会生气。如果把它当成局部来看，是一样的。跟看着春画自慰没什么不同，一样是背德的。要论罪恶感，奸尸要严重好几倍……

——不，不对。

这仍然是疯狂之举。

大鹰感到烦闷。

然而尽管烦闷，大鹰的器官却持续反应着。大鹰几乎要被官能驱动，好几次站起来又坐回去。

愚昧到无以复加。

不知道过了多久。大鹰再次走近白布，这次大大地掀起。

除了脸部以外的裸身几乎都呈现出来。

大鹰用双手搂住遗体的腰部，嘴唇贴到肚脐上，用力吸吮。然后用脸颊摩擦腹部似的把脸滑上去，触碰仍未失去张力的娇小乳房。

不硬，也不软。

乳头已经开始变色了，跟在浴室偷看到的颜色不同。

他用力握住，就像对待德子的乳房那样。

一想到这里，大鹰不知为何瞬间泪如泉涌，觉得空虚得要命，离开了薰子的身体。整个裸身进入视野。

大鹰忽然感到害怕，草草用布盖住遗体，当场蹲下，头贴在地板上。然后他一再用额头撞地板。

不对不对不对。

我不是想做这种事的。

什么是官能？

什么是爱情？

性交之所以愉悦，是因为生殖行为对生物而言，是不可或缺的必要行为。那终究只是为了存续物种的手段，因此射精的快感没有更多的意义了。这是生物学上的手段。

可是对于学会语言，创造出文化的人类，这种动物性的手段再也无法通用了吧。所以才会有另一种手段——冒出情啊爱的。情人、夫妇、家人、亲子，说穿了也是以那样的手段结合在一起，这是观念性的手段。

然而——

然而……观念膨胀了，观念超越肉体了。

与生殖无关的性、迷失了原本样貌的爱情。无论身为人或身为动物都不成立的、作为观念性怪物的——官能。

嘲笑、呵责大鹰的就是那观念的怪物。

会对局部与物体感觉到欲望，是因为肉体被观念超越了。

布就是布，尸体就是尸体。那种东西不可能是煽情的。人要有人格才算是人。而如果大鹰也是人，就应该去爱人才对。

情色毕竟只是观念。所以……

——不。原来如此。

是啊，就是这么回事。

大鹰理解了。

面对薰子的遗体，大鹰身为人该做的事，只有一件。如果不这么做，大鹰一辈子都会被观念的怪物嘲笑吧。

唯有肯定并非局部也非物体的、身为人的薰子——对生前的薰子的人格付出敬意，才是让大鹰从这愚昧狂乱的状态回归日常的唯一方法。

大鹰颤抖着，慢慢站起来。

然后走近起皱的白布。

遗体靠头部的地方设有另一个台子。台上放了一只小花瓶，插了菊花。旁边有香炉、香和蜡烛、火柴等。

——可笑。

太愚昧了。

用不着观念的怪物来指出。

大鹰拿起一根香，点了火，用手掌扇熄火焰。

细烟摇曳缭绕了几圈，很快朝着天花板冉冉上升。

他静静地把香插入香炉。

冲动止息了。

"对不起。"

他想道歉。

他必须道歉。

虽然生前从没交谈过。

然后大鹰静静地掀起先前怎么都无法掀开的、薰子**脸庞部分**的布。掀开的瞬间……

薰子的脸扩大到整个房间，咧开大嘴笑了。

"愚昧啊！"

愚昧啊愚昧啊愚昧啊！

巨大的脸卑贱地放声大笑着。

那是护士的脸、百合的脸、德子的脸，同时也是许多个女阴。

大鹰在愉悦与恐慌之中崩坏了。

就在几天后——奥贯薰子命案侦破的隔天，大鹰笃志辞去警职失踪了。那是昭和二十八年夏天的事。

1　日本古时贵族有将牙齿染黑的习俗。

2　即一七七九年。

3　一八九〇年由明治天皇颁布的教育文件，为战前日本教育的轴心。

4　金团是日本的年菜料理之一，多以蜜饯裹上黄色的栗子泥而成，外形金黄，取其喜气。

5　国民服是日本政府于一九四〇年制定，第二次世界大战期间的日本男性国民标准服装。

屏风窥——
翠帐红闺共枕眠
颠鸾倒凤情匪浅
比翼连枝誓成空
心头三寸恨
纵七尺之屏
犹窥觇

　　——今昔百鬼拾遗／下之卷·雨
　　　　鸟山石燕（安永十年）

屏风窥

1

好内疚……

这种心情，已经几年没有过了？

最后一次感到内疚，是什么时候的事了？

能够稀松平常地感到内疚，究竟是多久以前了？

就是磨损得这么厉害。不是变迟钝了，天不怕地不怕了，厚脸皮了，不是的，而是磨损了。是那种感觉。

多田麻纪心想。

说到底，自己现在几岁了？连这都不清不楚。就连不再计算岁数已经过了几年都糊里糊涂。不计算的时间，不会累积。

不，即使计算，也可想而知。自己度过的每一天，跟牛皮纸一样薄，没有厚度。那种东西，管他叠上多少张，都厚不到哪儿去吧。

一秒和一分差不了多少。一回神，往往一两个小时已经过去。那么十年、百年应该也差不到哪儿去。既然如此，算了也是白算——

多田麻纪是从什么时候开始这样想的？

就连是何时开始这么想的，麻纪都忘得一干二净了。

她毫无疑问是个老人吧。之前的战争开始时，麻纪就是个老太婆了。而那场战争也老早就结束了。

终战之后，已经过了几年？

被世间抛弃，她也抛弃社会的时候，她应该还不是老太婆。所以不管这个国家在战争中赢了还是输了，麻纪都无所谓。世上变成什么德行，她也不在乎。虽然麻纪闷不吭声，但她在心底觉得自己是个不折不扣的非国民。所以她连玉音广播[1]也没听。或许是这个缘故，战败前后的事她完全印象模糊……不过空袭结束后已经过了好几年，宪兵也不见了，所以战争果然老早就结束了吧。

这个国家打输了。

但是，麻纪依然是个老太婆。

还没死。虽然过着跟死了没两样的人生，但她姑且还活着。她会呼吸，也会吃饭，早上会醒来。

虽然只是活着而已。

连狗都不如。跟蝼蚁没两样。

会呼吸，会吃饭，早上会醒来，但也只是这样。

所以不管怎么回溯记忆，麻纪的日常也已经好久好久都没有变化了。十年、二十年、三十年，或许更久，然而那么久远的时间，对麻纪而言，就只有那么一小撮。

但话又说回来，若说麻纪完全不记得过去，也绝非如此。昨天的事、前天的事，她记得一清二楚；去年的事、前年的事，她也不是就忘了。虽然有很多事她想不起来了，但记得的事情也有很多。几十年份的记忆，集中成一撮，留存在麻纪脑中。

不过，是一样的。

昨天吃了竹荚鱼。

前天吃了南瓜。

只有这点差别。发生的事，几乎都是过去发生的事的反复，往后一定也是吧。差别经常只是微小的误差，有等于没有。就算

——计较那些细小差别也没用。

大概用不了几天，又会碰到完全的反复。

就算碰到与昨天完全相同的明天，麻纪应该也不会惊讶，或许根本不会发现。只是像牛皮纸般的时间又重复了而已。

反复又反复，然后死去。

不远的事了。

麻纪是个老人家，不久于世了。而这不久的晚景，与积久的过往应该是一样的。

不，有时也会发生意料之外的事。

虽然会发生，但那也在误差之中。

因为就连那场糟糕的战争也是如此。

上一场战争，还有上上一场战争，麻纪都不清楚是何时开始的。变得吵闹、变得危险；景气转好，又变得连口饭都难以弄到。只是这样而已。

士兵在遥远的某处死了一大堆，飞机在遥远的某处坠毁，军舰在遥远的某处沉没了，全世界都不得了了——到处都在这么传。

可是，麻纪什么都没看到。

渐渐地，附近开始随处掉下炸弹，死了很多女人小孩老人。房子烧掉了，市街毁掉了，路上遍地都是尸体。

麻纪都看到了。

但是，麻纪的家没有烧掉。

麻纪也没有死掉。她什么也没做，只是照常过日子，然而麻纪没有死。

白米粥变成杂菜粥再变成面疙瘩汤，然后变成芋头，最后什么吃的都没了……只是这样而已。肚子很饿，但不至于饿死。不，说到肚子饿，她现在也很饿。每个人都说大后方的生活很惨，但对麻纪而言，日子总是这么惨，往后也都是这么惨。

　　就连这些，都有办法撑过去。

　　不，如果这点事就会死人，麻纪大概早在几十年前就死了。

　　麻纪很穷。她是喝泥水嚼树根、有一顿没一顿地撑过来的。管他是美国的炸弹丢下来了，还是吃的全没了，人也不会因为这点事就死掉。

　　老不死的，这话说得真对。

　　麻纪也这么觉得。迄今麻纪承受过数不清的辱骂诋毁，往后应该也会受人轻蔑厌恶，但不管别人说什么，他们说得都对，所以麻纪也不生气。

　　连她都觉得自己是个死老太婆。

　　卑贱强韧、贪得无厌、乖张偏执、冷漠无情、尖酸刻薄、吝啬小气、冥顽固执、自私自利——麻纪体现了所有老人家的坏毛病，彻底到近乎有趣。

　　她是故意的。

　　她觉得老人就该这样。老人都是这样的。什么明理、亲切、谦和的老人家，根本胡扯。没道理年纪变大，就会自动变得了不起或是聪明。

　　光是活下来就竭尽全力了。

　　光是呼吸吃饭，就再也无暇顾及其他了。没空装什么体面，为他人着想。逞强穷忍耐她固然会，但那也是为了活下去。

是为了活下去——麻纪看开了。

这样一看，麻纪觉得自己也不是因为成了老人才**变成这样**的。快要活不下去了，豁出一切的时候，麻纪就已经摆出老人的阵仗，这才是实情。

那么，那是更早更早以前的事了。

抛弃世间——不，被世间抛弃的那时候，麻纪就已像这样豁出去了。

那么，那时麻纪应该还不是老太婆，是不年轻了，但还不是老人才对。从那时起，麻纪就已经踏上符合死老太婆条件的道路了。

那个时候……是什么时候？

被男人拐骗卖掉的时候吗？

被丈夫抛弃的时候吗？

父亲破产的时候吗？

还是更早以前？

她觉得或许是天生的。这么想，心里要好过些。

如果认为是随波逐流、被打压、受挫折，最终造就了今天的自己，那她觉得太惨了。很多人会把自己的处境怪罪于周围，但麻纪觉得那就像是在找借口，很难看，虽然事实上也存在由周遭社会带来的难以抗拒的灾难。

话虽如此，世间这玩意儿，同样压在每个人身上，如何在底下钻营，全看个人本事。

自己是什么模样，是自己决定的。如果今天变得这么难看，那是因为本来就这么难看。麻纪认为，人不是因为被谁陷害，才会变得难看的。

摆谱也是白费功夫。架子这东西，不是**装**出来的，而是**天生**的吧。如果只能摆出这副难看的模样，那是自己太不会处世了。结果才会变得肮脏难看，如此罢了。变得肮脏难看，又怪罪到世间的话，麻纪觉得那就输了。

所以麻纪虚张声势，表现得像个死老太婆。会惹人厌、肮脏难看，全是自己的意思。身上沾满烂泥，不是烂泥不对，而是沾上烂泥的自己太傻。然后麻纪宣称那个泥是自己去招惹的。

麻纪浑身泥泞。

浑身泥泞，再抹上泥泞，还没来得及冲掉，又裹上另一层泥，已经弄不清楚最早弄脏是什么时候了。

麻纪很脏。她相貌丑陋，做事也不得要领。不会打扮，也不想改变。干的营生……

也很脏。

况且她根本不把它当成一种营生。

她只是出租房间。说是租，也不是供人住宿，而是所谓的休息，也让人过夜。正式的称呼，好像叫作"小间式简易住宿设施"，不过麻纪当然没有申请登记，是没有许可的，非法的。

但麻纪不认为把房间租人需要官府许可。就算法律这么规定，也不关麻纪的事，那种法律反正都是后来才有的。麻纪从老早以前就是这样活过来的。

手脚不灵活，没有一技之长，也没有积蓄。

如果要多少挣点钱，就只能利用能利用的东西。说到能利用的就只有这栋破房子。麻纪没有其他财产，也没有亲人，甚至没有朋友。

在麻纪的观念中，把自己的房子借给别人收取租金，是天经地义的事。况且她不是公然这么做，连招牌也没有，再说根本就没赚头，只是老人家赚赚零花钱而已，难道警官连这种东西都要查禁吗？

不，如果说真的都不行，管他们要逮捕还是怎样都随便了——麻纪这么想。就算被抓，也不可能被判死刑。就算被打进牢里，也不是就要死了。不管是在监狱里还是牢笼里，只要能呼吸能吃饭能睡能醒，跟现在也没多大差别。

这种变化，都在误差之中。不，在牢里还保证有饭吃，或许被关起来要好过多了。麻纪真心这么认为。

逮捕我吧，她想。

她完全看开了。

可是警察不来。四谷警察署就在一箭之地，警官也成天在附近晃来晃去。然而警官就算会跟麻纪打招呼，也从来没有警告过她。明明他们也不是不知道麻纪靠什么糊口。

是警官宽宏大量，对她睁只眼闭只眼——

麻纪不这么想。

警官凭什么向她施恩？她不屑。

麻纪以前曾是个妓女，靠着卖春谋生糊口。从那时开始，她就与警官合不来。

现在也是，会利用这栋房子的，全是自行接客的散娼——所谓的流莺。

就算脏，至少有屋顶，有榻榻米。总比随地铺张草席办事要像话些。

麻纪不知道现在的法律如何，不过现在妓女是警察取缔的对象。她不懂什么红灯绿灯，不过警察经常搞什么大规模扫荡。换句话说，警察是麻纪的客人的……敌人。所以麻纪——

现在也……

2

好内疚。

她有段时期也曾陷入这样的感觉。

那是什么时候的事了？

麻纪出生在鸟居耀藏[2]过世那天。那个叫鸟居的是个怎样的人、那是哪一年的事，麻纪不清楚。

不过她小时候身边的人常这么说。

大概，是明治初期吧。

麻纪懂事时……那时已经没有人头上绑髻了，但街上的风景仍是一派江户景观。杂乱无章，质朴，寒碜，但没有现在这么煞风景而显得杀气腾腾。

视野辽阔。

因为全是简陋的平房吧。

那时的事，麻纪记得很清楚。

那究竟是几岁左右的回忆，是明治几年的事，这些细节还是一样暧昧不明，但看到什么、听到什么，她记得相当清楚。其中她印象尤其深刻的是——

屏风。

是四片一对、相当高大的豪华屏风。

图样她也记得，底是金箔，下方画着流水，上方有云彩流过。水上漂浮着好几种水鸟，天空也有许多鸟儿振翅飞翔。应该还有唐风的佛堂或梅林之类的景色，也有人物，画了几个穿着打扮像异国人的男女。

应该不是日本的风景吧。

她不知道是谁画的。她没问，也没有人告诉她。不过看在孩童眼中，仍觉得画工极为精湛，美丽绝伦。也许是知名画家的作品。

或许很昂贵。

不……它确实很昂贵。

那时麻纪家里很有钱。

她家经营料理店，店面也颇具规模。与其说是料理店，或许称为高级日本餐厅才正确。不过似乎也不算是什么老店，水平也不到一流，但是上门的客人都很体面，生意十分兴隆。

有重要的客人上门，或是举办大型宴会，还有喜庆时，那对屏风就会被搬到大厅装饰。

每次麻纪都会坐在屏风前，看得出神。

直到宴会开始，她就这么看呆了。

她不会妨碍宴会准备。因为麻纪那时还是个小娃儿。她不会吵，也不会跑来跑去，只会一屁股坐在屏风前，呆呆看着屏风画。

从她三四岁时。

就这样。

——直到十一岁的夏天。

没错。

那是十一岁时的事。

她穿着红色的和服。

头上插了叮当作响的发饰。

她……什么也没想。明明应该是能充分思考的年龄了，但麻纪不记得当时的自己究竟在想些什么。她记得看到了什么、听到了什么，因此如果不记得想了什么，表示她应该是什么也没想。

听说那天要光顾的客人身份不凡。

仔细想想，那时是华族令刚颁布的时候，所以或许是**新科华族大人**也说不定。贵宾预定傍晚莅临，然而那天从上午就开始准备了。由于客人身份非同小可，所以要仔细布置客席吧。

屏风从上午就摆出来了。

麻纪还是一样坐在屏风前。

下女们擦拭着榻榻米，很多人频繁地出入厨房与后门。每个人都匆匆忙忙的，整个家上下忙碌不已。

这种日子，小孩子无处容身。不管去到哪里，都会被嫌碍事。

所以她也才会坐在那里吧。当然，也因为看屏风成了她懂事以来的习惯。

屏风摆饰的地点，依据场合不同，位置也不尽相同；而当时是在下座，成对放在一块儿。那一区有负责上菜的侍者，所以是打算做遮掩之用吧。

她已经看惯屏风了。

因此到了那个年纪，麻纪已经不会再如痴如醉地看着屏风了。虽然不是看腻了，但那已是熟悉的事物。

她一直很喜欢。

直到那个时候都还喜欢。

画中的异国景色。

周围嘈杂的喧嚣，也完全不影响画中——

清冽的流水。

远大的云朵。

——那。

是翠鸟吗？

是鸳鸯吗？

群飞的是什么鸟？

正中央一只体形格外庞大的鸟，是她从未见过的绝美的鸟。一对屏风各一只，面对面展翅翱翔。

是凤凰吗？

听说凤凰有雄鸟与雌鸟。

麻纪脑袋放空，也不是真的放空，而是几乎恍惚地看着那只巨鸟。只是看着，以茫然的视线投向那已经看了好多年的画。

刹那间。

喧嚣忽然停了。

连声音也听不见了。

麻纪陷入仿若进入画中的错觉……

结果，她看到上面了。

云的，上方。

屏风的边缘。

有人在窥看。

一半的脸。隐没在黑影之中，漆黑的脸。

不知道是谁，也不知是男是女。

黑黝黝黑魆魆的东西。

在窥看。

眼睛……

她和眼睛对望了。

与黑黝黝黑魆魆的东西……四目相接了。

瞬间她感到害怕，麻纪——十一岁的麻纪身子后仰，反射性地举起手来。挥起的手，指尖擦过屏风表面。

唰的一声。

事情发生在转瞬之间。

漆黑的半张脸已经不见了。

不管怎么凝目细看，屏风上也什么都没有了。

视轴往下。云朵，凤凰，唐人，水鸟，流水。

水鸟那里……

有条痕迹。

没见过的痕迹。

接着不知为何，麻纪先检查了自己的右手指头。因为指甲尖留下了一股无法形容的感觉。

指甲和手指并没有异状。

理所当然。因为那感觉是碰到什么——不，刮到什么的触感。

麻纪再一次看向屏风。

水鸟上方。

斜斜地……

一清二楚地，冒出了一道约三寸长的白线——刮痕。

啊啊，她心想。

是指甲太长了吗？不，或许她刚剪过指甲，应该吧。总之，麻纪只是想，啊啊。

这么一想，瞬间喧嚣又回来了。

开始听到声音了。声音消失——或者说麻纪听不到声音——其实只有短短的一瞬间，那真的是发生在转瞬间的事。

在那短暂的期间，麻纪看到从屏风上方窥觑的黑色物体，害怕地举起手来，然后在屏风上……

留下了刮痕吧。

再一次抬头仰望。

什么都没有。小姐，怎么了？麻纪听到声音，但脑袋依然空白，伸手指向屏风上方。

她应该什么也没说。

一个不记得叫什么名字的上了年纪的男仆，站在她身后。怎么了？屏风上有什么吗？男人说着，然后说到这里就噤声了。

接下来一阵骚动。

当然是因为那道刮痕。

不可思议的是，没有人认为是麻纪刮伤的。没有人识破，也没有人怀疑。

明明……

在水鸟上刮出白色痕迹的就是麻纪。

麻纪反而受到称赞，说多亏她发现了。

是搬运途中擦到或撞到的吧，要不然就是摆设的时候刮到的吧——不知为何众人如此认为，开始究责，许多人挨骂了。

麻纪不发一语，只是在一旁观望。

脑袋一直是空白的。

她什么也没在想。

她并没有隐瞒。

或许她隐瞒了。

伤痕似乎比想象中的更深、更醒目。

父亲说，不能把这种破屏风在重要客人的宴席上摆出来。

屏风被收起来，然后说大厅的陈设不吉利，一切重新来过。幸而当时还是上午，时间非常充裕。

结果那一整天，麻纪都没有开口。

是我弄的——她好几次想说。想说是想说，却找不到开口的机会。

不。

比起自首……

还有更令麻纪耿耿于怀的事。

当时。

事情闹开来，众人开始仓皇奔走，整个大厅充满怒吼与哭声，然后麻纪的脑袋才总算开始运作了。麻纪总算开始思考。

——好奇怪。

不管是检查屏风伤痕的父亲。

还是收拾屏风的男人们。

每一个——

都比屏风矮。

那对屏风，高度似乎有七尺。这个家里没有一个男人高于七尺。不，那么魁梧的男人，这一带难得一见。那个黑魆魆的东西……

不是踮起脚尖。

反而是由上往下窥觑。

而被收起来的屏风后方，没有任何踏台。

难道是骑在别人肩上吗？

再说……

那，是在**做什么**？

是在看麻纪吗？

是吧。

那么——

难道它从很久很久以前，就一直在看着麻纪吗？从她懂事以来，一直看着。看着坐在屏风前，被屏风魅住的麻纪。

麻纪自以为在看屏风……

其实一直**被看着**吗？

麻纪想着这样的事。

所以，即使来到父亲面前，想要自首是她弄伤屏风的——

结果还是说不出口。还没寻思该怎么说，那个黑魆魆的东西就先浮现在脑中。追根究底，都是它害屏风损伤的。都是它偷看，麻纪才会弄伤了屏风。她把再宝贵、再美丽不过的屏风给糟蹋了。要说是谁不对，都是那个黑魆魆的东西不对。都是那黑黝黝黑魆魆的东西偷看……

那是什么？怎么会有那么高的东西？它为什么……

要看我？

她想问。

却问不出口。

首先，她无法解释。就算解释，也不会有人相信吧。那只是托词、借口。即使只有十一岁，只要仔细想想，这点道理她还懂。

那是不可能存在的东西。

没有人能从七尺高的屏风偷窥。不可能有那种东西。那是不可能存在于这个世上的东西吧。

但是……

她看到了。

麻纪看到了。

虽然看到了。

麻纪看着大人吵吵闹闹的景象，完全失去自信了。她开始想，不，那是幻觉。

屏风被收起来以后……

她觉得一切都是假的了。

自己是眼花了，麻纪先是这么想。

毕竟事情发生在一瞬间。一切都在转眼间结束了。无论如何，那都会被当成误会、当成眼花吧。就像把草绳误认为蛇那样。

无关紧要的。

而要紧的是。

那无关紧要的错觉，带来了屏风刮伤这个灾厄。唯有那伤痕，不是梦境也不是幻影，而是现实。

唯有它，是毫无疑问的现实。麻纪愚不可及的幻觉，引发了不可挽回的状况——结果就是这么回事。

真的，无可挽回。

那天的宴席顺利结束了。

然而隔天，有三个人被开除了。

是把屏风从仓库搬到大厅的三人。长久以来，麻纪都觉得何必闹到开除；但如今想想，那或许是很宽大的处置。毕竟那对屏风，不是在高级餐厅打杂的人赔偿得起的东西吧。

果然是很值钱的东西。

尽管实际上……

弄伤它的是麻纪。

但是，她说不出口了。那不是事到如今还能招认的事。都变成这种状况了，教她怎么开得了口？

到了这步田地，什么有个超过七尺的漆黑男人从上头偷窥，所以被吓到，这种蠢话她说不出口，真的是胡言乱语。一个晚上过去以后，那一瞬间在麻纪心中已成了虚妄。不能拿虚妄来当理由。虽说仍是个孩子，但麻纪已经十一岁了，不是懵懂无知的幼童。她认为毫无契机、毫无理由，就莫名其妙弄伤了屏风，这种说辞不会被接受。

但是，她想不出大人会接受的理由。

想着想着，她愈来愈难开口了。

就这样。

那黑魆魆的东西被当成错觉，在麻纪心中只留下难以形容的愧疚。

即使没有人怀疑，自己还是知道。

不对的是麻纪。

被解雇的三人是被冤枉了。是麻纪让他们顶罪的。只有麻纪知道这件事。她知道，却佯装无关。

好内疚。

这股内疚持续了很久。

持续了很久，但……

不知不觉间消失了。

不，不是消失了。即使忘了也会想起来；想起来了还是会忘。想起来的间隔愈来愈长，直到完全不再想起来——是过了一年、半年、一个月，或许更短——总而言之，麻纪借由忘掉这件事，克服了内疚。

——一直都忘了。

但几十年过去之后——

都成了死老太婆，却又想了起来。

成了死老太婆的麻纪，仍能历历在目地忆起当时的屏风图案。就连色泽和形状都能够精细地重现。

流水、水鸟、人物、凤凰、云朵……

还有——

那黑魆魆的东西。

麻纪也想得起来那东西。现在的话，她想得起来。

那才不是她眼花，不是错觉，也不是幻觉。

那是……

3

好内疚。

第二次这么想，是过了二十岁以后的事吗？

自从弄伤了那屏风后，麻纪的家便开始家道中落。屏风不可能左右一家的家运，所以那应该是碰巧，但上门的客户群愈来愈差，员工的素质也下降了，很快地，生意门可罗雀。

麻纪十五岁的时候，父亲把店顶让出去。

麻纪失去原本生活的家。

话虽如此，也不是一家子就此流落街头。

多田家虽然不是老字号，却是资本家。把土地房屋家私等变卖之后，换得了颇为可观的一笔钱。

那对屏风也卖掉了吧。

那对屏风怎么了？卖了多少钱？被谁买走了？麻纪不知道。

那屏风被刮伤、收进仓库以后，麻纪再也没见过。那是她最后一次看到它。

父亲把所有的家产都卖了。衣物、衣柜等全都卖了。卖不掉的就丢了。生活必需品就算处理掉，也得重新买过，那么应该要留下来才对，但当时父亲也说不吉利，卖了。过去的生活全部换成金钱。

大笔欠债全数偿清后，那笔钱还有剩。

似乎还足以买下一栋房子。

然后麻纪的父亲真的买了房子。父亲似乎是认为，只要有居住的家，其他的总有法子。

父亲买了栋很小的房子，距离原本的家大概三町³远。

当时麻纪觉得好小。实际上应该只有原本的家的三分之一大。即使如此，现在回想，那房子绝不算小，生活起来应该没有任何不足。

与麻纪现在居住的破屋子相比，更是大得多了，大上好几倍。然而还抱怨它小，实在太奢侈了。

也没有佣人了，麻纪和父亲、母亲、祖母、哥哥五个人生活，所以甚至是宽广过头了。

即使要买，也应该买更小一点的房子。

不，用租的就够了。不管怎么样，都应该多少留点现金在手上的。

因为没有工作了。

麻纪的父亲身为大厨或许非常杰出，但似乎不擅长在别人手下工作。母亲和祖母说，原本站在别人上头颐指气使的人，突然要他变成被指使的一方，不可能做得来，但麻纪不这么认为。只要明白人不管处在怎样的境遇，都能好好活下去。

但父亲完全不明白。

过去只是运气好，上一代开的店扩大，而接手经营的时候都没问题罢了。

明明已经不是雇主的身份了。明明是供人使唤的身份，根本没必要住这么大的房子。这个住处根本超出本分。

父亲应该不是爱慕虚荣。说穿了他就是这样的人吧。

上了年纪以后，麻纪已经非常了解。父亲是……没有先见之明、没用的男人。

可是，十五岁的麻纪依然什么都没想。

也经常忘了内疚，只是**无忧无虑**地生活。

不久后，父亲应该是被某处的高级日本料理店雇为厨师，但好像撑不到一年。父亲似乎厨艺相当出色，因此很快就找到了下一家店，但在那里也没待多久。离开第三家店后，父亲换了工作。

不知道他开始做起什么。

当时的麻纪对这些毫无兴趣。她一直以为生活就是**过得下去**的。

没有钱就填不饱肚子、坐在家里钱也不会凭空冒出来、即使拼命工作也不一定能赚到温饱，这些天经地义的事，当时的麻纪却一无所悉。她不知道如果赚不了钱，除非去偷去抢，否则日子过不下去；如果不豁出一切省吃俭用，就只能饿死。

她什么都不知道，也不想知道，也从来没想过。

因为她是个小女孩。

该说她愚昧吗？

真的很愚昧。

虽然有房子，但光靠父亲的收入，无法维持一家五口的温饱，所以母亲和哥哥都外出工作，祖母也在家里接裁缝活儿。

即使如此，麻纪还是不工作。

当时女人也是要工作的。虽然还没有职业妇女这种响亮的名称，但穷人家的女人都要工作，连小孩子也得出去工作。小孩子通常被送出去帮佣，如果家里还是供养不起，就会被卖掉。

麻纪也是，只要有那个意思，应该什么都能做。

但麻纪只是游玩。

当然，麻纪也依稀察觉到家计似乎捉襟见肘，但她也认为那些烦恼与自己无关。

不过原本在学的才艺全部停止了。父母不让她学了。

她无事可做，可是她什么也不做。

当时的麻纪没有劳动这样的选项。

即便如此，仍然没人责备她。拿家里的钱出去夜游时，她终于挨骂了；但虽然被责备，却也没人叫她工作。

就算叫她工作，她也不会听从吧。

很快地，麻纪有了男人，是个年轻书生。

说是书生，也就是挨家挨户站在门前，身上披披挂挂，拨弄着月琴或古琴讨赏钱，在门首卖艺的书生。简而言之，就类似乞讨的艺人。

根本不是什么恋人，只是姘头。

不是爱上了，而是玩玩。

麻纪当时是个糟糕透顶的姑娘。

真的是个无可救药的女孩。

不过……换个角度来看，当时的她或许是幸福的。她没吃到一点苦，也没有任何悲伤难过的事。

——不。

纵然如此，麻纪依然算不上幸福。因为当时的记忆绝对无法说是安稳的。

全是些自暴自弃、令人不快的回忆。

就连回忆都觉得空虚。

实在奢侈。

不管怎么游玩，都得不到满足。不管怎么巫山云雨，都无法开心。不管怎么笑，都只觉得空虚。

是因为……她内疚吧。

纵然内疚，她就是克制不了。

虽然麻纪完全不知道父亲做什么事业，或只是受雇于人，但换了工作以后，父亲经常在外头过夜，有时会将近半个月都不回家。母亲和哥哥也从早到晚地工作。狭小却又大到和收入不相符的家里，只有祖母一个人。

麻纪开始带男人回家。

是那种想要钱，但不工作的没用男人，比父亲更没用吧。

麻纪也从一开始就知道那是个没用的男人。

没用也无妨。或者说，对那时候的麻纪而言，**没用的才好**。

她这么想。

愈是自甘堕落愈好。

人是有那种时期的吧。毫无建设，什么意见都不听。什么也不看，只是背对着，背对一切，即使如此，仍坚守只有自己是特别的，只有自己是对的信念——就是那样的时期。

差劲透顶。

卑鄙的事，愚昧的事，淫荡的事，不对的事。

或许麻纪是为了确定自己究竟烂到什么地步，才会故意表现得既愚劣又淫荡。

即使如此，还是没有人说什么。

是放弃她了吗?

应该是无暇理会她吧。

因此，麻纪与那个书生大白天就开始颠鸾倒凤。在家人汗流浃背地工作的时候，在祖母在邻室努力做裁缝的家中，麻纪与男人媾合。

——无以复加地内疚。

她觉得自己当时真是内疚到极点了。

不过祖母耳朵重听，或许根本不知道书生来了。即使知道书生来了，应该也料想不到孙女会在有亲人在的家中，在只隔了一扇纸门的近处，大白天开始就跟访客翻云覆雨。

即使如此——不，正因为如此，麻纪才会内疚。

她感到从胸口内侧缓缓灼烧般……

那样的内疚。

与男人肢体缠绕，麻纪或许是想起富裕的童年时期。

富裕的当时，没用的父亲并不是没用的。

母亲也很温柔，祖母也很慈祥。

很幸福。不，应该是幸福的。

但孩子都是傻子，所以不管怎么得天独厚，也不懂得感激。既不觉得感激，也不觉得内疚。明明如果不内疚——

就可以更快乐了。

就可以更满足了。

如果不内疚……

有一次，媾合之中，纸门就打开过那么一次。

祖母看到孙女淫媾的场面，露出极悲伤的表情。麻纪老早就忘了祖母的长相，但只有那表情她记得。

麻纪的内疚加倍了。

麻纪她……

在通往邻室的纸门前，摆上屏风。

聊胜于无。

如果她真的那么内疚，就应该停止那种淫荡的行为。就算聊胜于无地摆上屏风，也于事无补。

然而，她欲罢不能。

屏风……

是在储藏室找到的老东西。

应该是上一代屋主的东西吧。

屏风上画着展翅飞翔的青鸟。

麻纪第一次看到时，就想起那对屏风。虽然笔致、构图、大小、色泽、形状，都截然不同。

以屏风来说应该算大的，但高度还是只有五尺左右，与那对屏风相比小了许多。

后来好一段时间，麻纪一边让那愚蠢的书生拥抱，一边看着那屏风的图案。

不管是母亲回来。

还是哥哥回来。

她都不在乎了。

不，不是不在乎了。会摆上那种敷衍一时的遮蔽物，就证明了她非常在乎。

然后。

那一天……麻纪也在没有窗户、四张半榻榻米的闺房里铺上被褥，在纸门前摆上屏风，与那有些苍白的书生交缠着湿滑的四肢。

是夏季来临前，不热也不冷的时期。

月琴和蓑衣草斗笠丢在房间角落，书生的和服与麻纪的衣物一样以淫荡的形状随随便便地纠缠在一块儿落在地上。气温很低，但空气莫名潮湿，浓密到几乎令人呼吸困难。那个苍白的书生是叫进吉还是达吉来着，究竟叫什么呢？

名字不记得了，但小腿的黑痣还有后颈的触感，她记得一清二楚。

那一天，祖母，还有母亲大概都在家。

不用理会。这四张半榻榻米的房间里，找不到出嫁前的闺女应当如何如何这类陈词滥调。

麻纪，二十出头时自甘堕落的麻纪环绕住男人的颈脖，脑袋放空，隔着男人的肩膀看屏风。虽然不必理会，但她或许还是在乎。

她是在期待祖母或是母亲打开纸门斥责她吗？

但纸门没有打开，听到的只有男人愚蠢的喘息声。被男人吸吮着颈脖，麻纪呆呆地看着屏风上的青鸟。

刹那间，声音消失了。

不经意地抬起视线，屏风后方……

在看。

没错。

那张黑黝黝黑魆魆的脸。孩提时代只见过一次，躲在屏风后黑黝黝黑魆魆异类的脸……

正在看她。

黑黝黝黑魆魆的那张脸。

正凝视着麻纪愚昧的模样。

4

内疚的心情消失了。

消失得一干二净。

后来……麻纪的父亲事业失败，上吊自杀了。祖母也生病过世，母亲和哥哥扛了一大笔债，走投无路。很快地，麻纪被卖到风月场所，是去当妓女，不是艺伎也不是陪酒小姐。她年纪太大，没办法从头训练才艺了。

卖掉……他们本来就是这么打算的吧。母亲和哥哥都是。

打从一开始就没有好好抚养，把她风光嫁出去的打算。所以即使她过得如此浪荡淫乱，也什么都没说。

麻纪察觉了，但并不放在心上。

但即使卖了麻纪，所得似乎也是杯水车薪。就在麻纪堕入风尘不久，家里就第二次卖掉了房子。麻纪失去了可以回去的地方。母亲和哥哥都下落不明，后来再也没有见过，应该是落魄潦倒地死在哪里了吧。

挂念的对象也没有了。

在这个阶段，麻纪的内疚消失了。

在妓院的那段日子糊成一团，她记不清楚。从早到晚，她只是不停地重复相同的事。

但是，除了把脖子抹成白色，对象从姐头换成客人以外，其实跟原本的生活也相去无几，因此也没造成什么冲击。所以她也不以为苦，只是也不开心，不快乐。

不过，偶尔，麻纪会想起来似的，看到那黑魆魆的东西。她觉得看到了。当然，不是每天都看到。是一年一次，或是几个月一次，这已经不记得了。因为一切都糊成了一团，所以不管是看到好几次，或是只看到一次，如今都是一样的了。

在衣架屏风或隔板屏风后。

它往往就在那里。

窥觑着。

那个黑魆魆的东西，目不转睛地看着麻纪对陌生男人献出身体的模样。它不断地看着麻纪愈来愈脏，愈来愈麻木，日渐磨损。

她不怕。

这样的日子究竟持续了几年，麻纪怎样都算不清楚。因为她完全不知世事，所以连那是明治几年都不知道。

那是第几年的事？

麻纪被一个男人带离了妓院。不是被赎身，而是逃亡。她逃走了。

她不是想逃离难过的日子，只是被男人的三寸不烂之舌给拐了。

证据就是，逃脱的途中，麻纪也丝毫不感到内疚。况且妓院的生活对麻纪而言并不难过。

逃到品川后……

男人把麻纪卖到偏僻的妓院——不，娼寮，就这么消失无踪。

男人自以为骗了麻纪吧。

但麻纪不觉得受骗了，所以她也不恨男人，不感到悔恨。或许她有那么一丝、芝麻粒大的寂寞，但也只有这样而已。

只是换了个地方。因为生活并没有多大的变化。

麻纪在那里待了一阵。

但是那间娼寮被警方查获，倒了。

麻纪也被捕了。

她的同事也都被抓了。落网的妓女被送回各自的出生地。其中好像也有些人偷偷跑去别的店里，重操旧业，但大部分不是换了营生，就是回了老家。

但麻纪无处可归。

也不想再继续赚皮肉钱。

话虽如此，麻纪也已经没了展开新生活的斗志。

俗话说沦落于世，而麻纪的人生完全就是一连串的沦落吧。

她自己也这么想。

麻纪在全东京的花街柳巷辗转流离，最后堕入四谷鲛桥一带。

是一般人称为贫民窟的地方。

那里挤满穷人、不幸的人，那里是活不下去的人生活的地方。

——是个糟糕透顶的地方。

有屋子，也有难以防堵风雨的地板，但没有草席——分租给好几户的房子里，甚至连门板都没有。

明治时代，似乎高呼着什么文明开化、四民平等之类悦耳动听的口号，但那里看不到一丝文明、一点平等。

不过，穷人很坚强。

而且很开朗。

即使有一顿没一顿，也死不了人，因为每个人都赌上那口气，心想岂能就这样死了。

实际上就算只有水喝，人也不会死。到了早上，看到太阳升起，这天就活得下去。只要日头在，总有法子想——他们每个人都这样想。

不过即使身在贫民窟，不工作还是会死。不管怎么贫穷，他们也不是游手好闲。那里没有一个人是因为游手好闲而变得贫穷的。每个人都是拼命工作，却仍得不到温饱罢了。那里没有任何一个人是和年轻时候的麻纪一样的。

不管是打零工还是做什么，都是要工作的。若是什么都不做，连水都没得喝。这么一来，人就会死。每个人都想要不计代价活下去、好死不如赖活，所以都坚强地工作着。

因为穷，所以金钱的重量、劳动的重量更显得巨大。

即使在连门板都没有的简陋小屋挨肩叠背地过日子，只要有日子过，就一定有社会。实际上，聚落里有卖米的，也有卖鱼的；有酒行，也有旧衣铺，也有杂货店和酒家。

聚落里有家庭，也有很多孩子是在那里出生的。他们笑，他们哭，他们生气。

麻纪在那里学到了活着这回事，生活这回事。她总算学到了父母没有教她的事。

现在的麻纪，死老太婆麻纪，就是那个时候形成的吧。

那么——

或许麻纪年过三十，才总算成了一个人。

然后，当她变成人的时候——不，在变成人以前，麻纪就已经失去内疚……能这样说吗？那大概是半世纪以前的事了。已经过了大约五十年吧。

麻纪工作，做了很多工作。

然后麻纪第一次有了家庭。

没有登记，是同居。麻纪的丈夫是个车夫，脑袋笨，爱喝酒，也好女色，但不是个坏人。

他叫为次郎，个子异样地高。

与其说是喜欢而在一起，更该说是为了活下去而在一起吧。要不然的话……也只能说是缘分了。其他男人多的是，麻纪觉得也不是那个男人有多特别。

大概一起过了两年吧。

不过后一年等于没有。

两人成天吵架。老公喝酒，把女人带回家里，在麻纪面前上演活春宫，仿佛这是理所当然的。

就好像……

看到闺女时代的自己。

不过……连门板都没有的大杂院里，别说屏风了，连纸门都没有。当然，老公为次郎……

根本不感到内疚吧。

麻纪觉得，这个男人绝对看不到屏风后头那黑魆魆的东西。这么一想，她莫名地厌恶起丈夫。

厌恶已极，厌恶到受不了。

然后，麻纪被抛弃了。

为次郎明明只是个小车夫，居然和绸缎庄的太太**搞上**，最后甚至私奔了。私奔之后被抓了还是没被抓、殉情了还是没殉情，麻纪听到种种风声，但她已经无所谓了。

她不难过。她一直是一个人，终归是一个人。

后来。

麻纪为了活下去，卖力工作。只要是为了吃饭、为了填饱肚子，她什么都做。她也找来相同境遇的女人，做过类似拉皮条的事。

她不是想赚钱。

只是想活下去。

她不是不想死。

只是没有死。

既然没有死，就只能活下去。

既然活着，就需要欲望——活下去的欲望。除此之外的欲望只会妨碍人活下去。麻纪知道，非分之想，会让人变成父亲那样。

这样的麻纪颇受年轻妓女爱戴。因为麻纪虽然找来这些妓女，但只是照顾她们，并没有压榨她们。她们的群体是自然形成的。

到了大正时期。

麻纪在四谷买了栋房子。

就是这栋破屋。

多田麻纪就是这样成为死老太婆的。一直以死老太婆的身份活着，然后进入昭和，度过战争，与世事毫无牵扯地活着，今天依然。

麻纪依然只是活着。

就像蝼蚁一样，只是活着。

麻纪一直以为，到死都会这样过了吧，然而……

5

好内疚。

实在内疚得紧。

那屏风后头黑魆魆的东西……究竟是什么？

世人说，关于男女闺房，再也没有比屏风更了解这档事的了。

屏风是为了遮蔽而存在。为了隐藏不想被看到的东西，所以有屏风，有隔板。那么——如果屏风上有眼睛——那就是屏风在看了。

确实。

据说器物久了就会成精。用上百年之久，无论什么东西，都会显现灵威。而那屏风隔板，也是相当古老的物品吧。那么它是久经岁月，成了屏风精之类的吗？

麻纪觉得不是。

如果它就是屏风本身的话。

岂不等于是它害得屏风自己受伤了吗？不是的。不是那样。

——它，不是那种东西。

那么是画吗？是上头的画的关系吗？

虽然不是左甚五郎雕的木老鼠[4]，但据说巧夺天工之物，有时会获得生命。

栩栩如生的人像画每晚离开画中作怪……

也不是没听说过这样的传闻。

那幅屏风的画，应该也是出自画艺高超之人。

那么……

是画像脱离了画纸吗？

麻纪觉得应该也不是。

那东西，那黑魆魆的东西，不是鸟也不是唐人。

再说，先不管屏风，画在隔板上的青鸟又不是什么名画吧。图案是很不错，但实在不像是出自名家之手。

还有麻纪再三在妓院幻视到的那东西又怎么说？根本没有画。它只是从暗处、从遮蔽物的背后偷窥着麻纪。

既不是屏风精，也不是脱离画中的人像。

不是那类东西吧。

它——

是只会窥看之物。

想到这里，麻纪甩了甩满头花白的头发。自己真是发神经了，是痴呆了吗？那肯定是幻觉嘛。就连刚过十岁的年幼之时，都把它当成眼花解决了，不是吗？徒长了数都数不清的年岁，都成了个死老太婆，事到如今，何必又陷在这荒唐的妄想之中？

想都不必想，就是错觉。

是胡言乱语。

什么物品成精、画中物脱离，那种怪谈也是胡言乱语的一种吧。根本不值得相信。

更别说有什么莫名其妙的东西在偷窥自己，这种蠢话更是鬼扯淡。这年头，就连幽灵都被当成神经病才会看到的东西，光是说出她这样的妄想，搞不好就会被断定为脑袋有问题。

麻纪爬起来，在床褥上坐下。

太早醒来就不会想到什么好事。

最近尤其糟糕。

取缔变得严格，客人也少了。

熟识的妓女都上了年纪，很多人都死了。

就算还在世，这也不是一行可以干上多久的营生。再说，战后冒出许多专做进驻军生意的站街女郎，地头蛇也变得恶劣了，麻纪应付不起。而且……

现在卖春是犯罪，成了犯罪。

协助犯罪的自己，也是罪犯。不知道很久以前是怎样，但现在就是这样。

——所以才会觉得内疚吗？

麻纪觉得不是。不守法或许是坏事，但麻纪的人生可没软弱到犯了点法就会内疚个老半天。无论什么时候、什么时代，麻纪都是唾弃着老天爷活下来的。

事到如今，还有什么好怕的？

麻纪揉揉眼睛。

不知怎么搞的，最近天一暗，就什么都看不见了。是所谓的夜盲吧，说不方便是不方便，但她也不想去治好。

反正都快死了。

她这么想。

望向窗户。

微微地亮了。

看不见时钟，所以不知道几点。不过知道几点也不能如何，所以不知道也无所谓。

昨晚，里头的小房间来了一对客人。

很怪的客人。

不是风尘女。据说是某处绸缎庄，而且是大绸缎庄的少奶奶。

麻纪觉得很可恶。

过着衣食无虞的生活，却在外头接客？那么她不是妓女，只是在做妓女做的事。不是工作，是兴趣。只是在钓男人。

到底在想什么……？

未免太瞧不起正牌妓女了。

根本就是为所欲为。

看不顺眼。说起来，既然身份那么高贵，何必投宿这种破烂娼寮？

这里是连呼吸吃饭都成问题的人才会来的地方。是过着啜菽饮水，连菽水也没得吃了，但还是不想死的人，好不容易找到的地方。

不过麻纪把房间租给女人了。

因为……有人拜托她给这个教人看不顺眼的女人一个教训。

找她商量的是个来历不明的年轻男子。仔细一问原因，实在令人听了不快，所以麻纪答应了。

男人说，绸缎庄的少奶奶在背地里干着妓女勾当。

那个来访的年轻男人，外貌怎么看都不像是大商家老板。无论风采举止，还是他说的内容，都十足可疑，但麻纪私下认定，一定是不安于室的妻子的老公委托这男人办事的吧。

我会让那个女的到这里来——年轻男人说。

麻纪没有问是怎么个安排法，但男人说总之会设计让那个女的投宿这个家——麻纪这栋破烂房子——然后接客。

可以请你趁着女人熟睡的时候，偷走她所有的衣物，让她狠狠地丢人现眼一番吗？男人说。

没了衣服，想回也回不去。别说回去了，连房间都出不来。

偷走的衣物，看你要卖掉还是留着自己穿都行，男人说。

麻纪说她不想当小偷，但男人说就当成工资。不过麻纪还是说不要。如果生活窘迫到不偷东西就活不下去，就算是麻纪，即使去抢也会动手吧。但如果不必要，她绝对不会这么做。她说如果目的是要让女人出丑，等她出够丑了，就把衣物还给她。

男人异样顺从地同意说没错，说会在避免让麻纪吃亏，并且完全不会累及麻纪的情况下，让女人取回衣物。

这太离奇了。不过大商家的老板娘从郊区娼寮只穿着衬衣荣归，肯定会引发轩然大波吧。是打算让淫荡的太太吃顿苦头，或是想拿来当成休妻的理由，麻纪摸不透对方究竟有什么企图，但是弄个不好，这也可能让大商店的招牌蒙羞。可不是一句丢脸、恶整就能了事的。

不过那不关麻纪的事。

或许那个年轻男人不是受丈夫拜托，而是与那家店或那女人有什么冤仇，或许他是想要报一箭之仇。

如果是这样，那就好了。横竖不管怎么样，麻纪都不痛不痒。

如果那真的是个令人不爽的女人，狠狠地羞辱她一番就是了。

女人在夜半来访。

带着一个身形极魁梧的男人。

——看起来，简直像抛弃了麻纪的为次郎。

天色很暗，完全看不到脸，只能看出轮廓，但身材非常相似。虽然也可能是因为早就知道女方是绸缎庄的老板娘，才会看起来像。

——这样啊。

或许是这件事**勾起**了麻纪的过去。她会想起这么多有的没的，或许也是这个缘故。

不过，男的在天色还黑着的时候，就一个人偷偷摸摸回去了。

男人回去的时候，麻纪就觉得失败了。既然客人都走了，不会有哪个傻子继续一个人呼呼大睡。如果她穿戴好了，麻纪也没有机会抢走衣物了。

虽然麻纪觉得都无所谓。

因为与她无关。

然而不管等上多久，女人都没有从房间出来。

好像……在睡觉。

因为毫无动静。

视力减退以后，麻纪对声音变得很敏感。

一点声响、细微的震动，都能把麻纪吵醒。晚上什么都看不见。

没有任何动静。

麻纪……

目瞪口呆。跟男人乱搞，搞完之后睡着，只有客人自己先回去，她从来没听到过这么荒唐的事。这样就连嫖资被摸走了都不会知道。

——不。

难道，是那女的太**没意思**了？因为太没意思，男的受不了，所以先回去了？然后遭嫌弃的女方也不开心，怄气睡了吗？

或许是这样。

再怎么说，那女的都不是正牌妓女，而是少奶奶。一定心高气傲吧。

麻纪这么想。

好半晌，麻纪只是醒着。她什么都不想做。

不过……麻纪发现换个角度来看，这是个好机会。如果女人正一个人蒙头大睡，要摸走她的衣物也很容易。

想到这里，瞬间……

不知怎地，麻纪感到内疚。

麻纪一直在想，这是为什么？结果搞得她没完没了地反刍起愚不可及的回忆、牛皮纸般单薄的每一天的累积。

一切——

都无所谓了。

麻纪决定这么去想。自己是在五十年前就不再内疚的人。什么屏风后面的黑影，那只是妄想。毫无关系。

自己打出娘胎就一直是个傻子。

有一段不知道自己是傻子的时期，然后是一段故意扮演傻子的时期，最后她决定当个傻子，只是活着；然后现在她坐在这里，这破烂寒酸的娼寮里。

——那种女人。

才不可能懂。

麻纪莫名地愤怒。

她慵懒地爬起来。

外头已经全亮了。

打开歪斜的纸门，走过咯吱作响的走廊……

储藏室改建而成的小房间，纸门上的简陋门锁只能从内侧上锁。如果女人在睡觉，男人先回去了，门一定是开着的才对。

但是门锁着。

也就是女人锁上了门。一定是男人回去以后，女人从房间里上的锁。女人锁了门，然后睡了。

是因为内疚吗？

所以才立起隔板吗？围起屏风吗？像这样上锁吗？这种东西不会有半点用的，你明明知道没用吧？

麻纪打消偷偷潜入的念头。因为她真的觉得无所谓了。就算锁上这种后来匆忙弄上去的简陋门锁，也没有意义。毫无意义。

麻纪狠狠一脚踹开纸门。

踹了两下，纸门错位，以门锁的地方为轴心，朝内侧倒去。

"给我起来！要睡到几时啊！"

麻纪吼道，踏进一步。

水鸟的图案。

麻纪倒抽一口气。

衣架屏风上挂了一件加贺友禅和服，画着绝美的水鸟花纹。

在它的背后。

黑黝黝，黑魆魆，不明身份的东西。

就在一眨眼，转瞬之间。

探头窥觑。

多田麻纪发出不成声的尖叫拔腿就逃，而就在约莫一个小时后，她发现了女人遭到残杀的尸体。这是昭和二十八年早春的事。

1　一九四五年八月十五日正午，昭和天皇通过广播向全日本人民发布终战诏书，宣布日本无条件投降，称为玉音广播。

2　鸟居耀藏（一七九六～一八七三），江户时代的幕臣，曾在天保改革中大显身手。

3　日本的一种长度单位。一町约等于109.09米。

4　左甚五郎是传说活跃于江户时代初期的雕刻匠，日本各地都有据说是出自左甚五郎之手的作品。有一则落语描述左甚五郎为偶然下榻的破旅舍"鼠屋"雕了一只老鼠，祈求生意兴隆，结果木老鼠居然自己动了起来，异事传开，许多人认为是吉兆，纷纷投宿以沾喜气。

鬼童——
鬼童丸
于雪中
披牛皮
潜于市原野
欲伏击赖光 [1]

——今昔百鬼拾遗／中之卷・雾
　　鸟山石燕（安永十年）

〔第拾肆夜〕

鬼 童

1

我是人，但不是人。

碰上这种情形，一般人会怎么做？

我正在吃饭。太格格不入了。

与其说是格格不入，不如说是不对的。

我坐在矮桌前，手中拿着碗筷，默默地吃着饭。

以完全无异于昨天早上、前天中午、大前天晚上的姿势。

这已经成了许多的过去、无数的日常丝毫不变的情景的一部分。

我借由融入日常，来度过非日常。

——不。

我觉得我并不明白眼下的情况哪里算是非日常。就是因为不明白，所以无从应付起。我只能做出日常的行动。那么比起吃饭这个行为，问题更出在不了解差异这个前提吧。

确实，昨天与今天不同。昨天下雨，今天大概会是晴天，但是对我的差异就只有这样。

无论我以外的事物有多么剧烈的变化。

我都不会改变。

无从改变。

即使围绕着我的除我以外的世界的所有一切，有一天忽然完全变了样……我，依然还是我吧。

那么，改变后的世界，对我而言仍是日常。

虽然若是一早起来，自己的样貌完全改变，或是忘了一切，那另当别论。

不会有那种事。

不会吧。不会的。

冷掉后变得有点硬的饭粒，不太好吃。

不过我本来就尝不出味道。虽然有个比喻叫味同嚼蜡，但也不是那种感觉。它的口感完全是米饭。感觉有点干，偶尔会咬到一些特别硬的饭粒，不过米饭就是米饭。只是总觉得没味道。

而且我并不饿。我从一早就什么都没吃，但没有饥饿感，也觉得像是在勉强自己进食。

尽管是这种状态，而处在这种状态，为何我会想要吃什么饭，这一点连我自己都不是很清楚。

打开饭桶。

里面还剩下一碗左右的饭。

我心想：啊，非吃掉不可。我无意识地从橱柜取出饭碗，添上冷饭。

为何会打开饭桶，我也不明白理由，但我也不是特别混乱或是怎样。

当时我并不心慌意乱，现在也是。我非常冷静。

硬要说的话，我无法理解那彻底冷静的自己——不，我就是不愿理解、承认，所以才刻意做出牛头不对马嘴的行动吗？

不对。

不是那么容易懂的。

我没有那么聪明。我要混沌多了。与其说是混沌，对，不如说我的脑中像泥土般黏稠，看不清，也使唤不动。胸中和腹中也塞满黏糊糊的东西。它有时会很热，非常灼热。

就像融化的铅。

全身充满那种烂东西，当然不可能正常思考。

也就是说，我并不是冷静。我是迟钝。我只是什么都感觉不到。不，表面上是感觉到了什么，但无法传达至中心。

所以——我不是人吧。

我嚼饭。一次又一次嚼，然后咽下去。

咽不太下去。水分不够。果然太干了。

没有配菜。应该有剩的菜，但已经是四五天前的，一定馊了吧。不是臭了，就是干了。那么来泡个茶吧，可是又懒得烧水。

但净是嚼着无味的饭，我还是觉得受不了了，所以从柜子里拿出腌梅子的壶，捏出一颗。

壶里很暗，水汪汪的。

闻到紫苏的香味，我这才发现家中充满令人不舒服的臭味。

我真是迟钝到了极点。

肯定就是这股异臭，减损了饭的味道。味觉暧昧模糊，有一半是依靠嗅觉来决定的。

这下伤脑筋了。

这种状况，不会有人想吃饭吧。

不是出于道德、常识、社会通识这类理由。当然，以那类意义来说确实也是如此，但这是更基本的问题。

绝对不会有人在这种环境下勉强吃饭。太臭了。一旦开始介意，就摆脱不了。虽然不至于臭到无法忍受，但也不想一直闻着它。那是一股不愉快的、生理上难以接受的臭味。

幸好现在是天冷的时节。

这气味该不会泄到外头吧？会不会已经传到邻家了？开窗就行了吗？可是如果开窗，这令人不快的臭味岂不是会弥漫到大街上？

——会吗？

我把饭碗搁到矮桌上，转向旁边。

大开的纸门另一头，母亲死在那里。

她不会动了，所以一定是死了吧。

已经有半天以上没动了。从早上就一直没动过。这阵子母亲都躺在床上，不过就算卧病在床，还是稍微会动，所以她并不是睡着了。

因为她的眼睛睁着。

人不眨眼，这太奇怪了。应该也没有呼吸，一动也不动。

是死掉了。

我就在母亲的尸首旁边吃着饭。

我不是人。

碰上这种情况，一般人会怎么做？

我想会联络哪里吧。医生，或是警察，或是居委会，或是寺院，或是火葬场，唔，应该是全部吧。

要怎么说才好？

我自以为已经活了很久，却连这点事都不知道。我纳闷起来，一直到今天，我到底都活了些什么？即使这么想，也无法重新来过。就算要从头学起，但要把二十几年份的人生重来一次，一样得花上二十几年吧。

但是没有人教我这些。

母亲死掉的早晨，要如何度过？应该没有人教过我。就算有……在理解记住之前，我应该无法接受吧。

母亲已经发黑了。

皮肤的质感也变得像纸。

她仰躺着，姿势有些后仰，仰头倒看着这里。不，她没有在看吧。死掉的话，什么都看不见了吧。不可能看得见。眼睛的黑瞳部分宛如围棋黑子。一片混浊，什么都没有倒映出来。

嘴巴张开一半，露出小小的牙齿。

是死人的脸。

母亲死了。从今早开始，一直死着。

眼睛、鼻子、嘴巴，形状和大小，都和活着时没半点不同，然而看起来却像别的东西了。实际上也是不同的东西吧，不只是颜色或质感不同而已，有某种决定性的不同。

——是尸体。

我不知道世上究竟有没有灵魂。如果有，应该也脱离母亲了。

虽然我不知道它离开去了哪里。

四下张望，也看不到任何东西。

房中景象和母亲活着的时候一样，没半点不同，不同的只有气味。

已经开始腐败了吗？

我不觉得那么快就会腐败。

我看着母亲的尸骸。

手好像缩短了些，是手肘弯曲的缘故吧。

姿势就像拎着包袱。

早上看到的时候好像更直一些，双手搁在小腹上，而现在是放在肚脐一带。是因为干燥之类的缘故吗？或者本来就会这样？

总觉得……

无动于衷。

也没有泪水，我想至少该流个眼泪。

我总是这样。

迟钝、不是人。

我不是没有感情。我有喜怒哀乐。好笑的时候我也会笑，如果觉得不甘心或难过，也会流泪。如果觉得不畅快，也会生气。

可是——

没错，我实在不太了解开心、伤心这些感情。暧昧模糊。理智上是明白，但就是无动于衷。

比方说，受人亲切对待、收到礼物……这种时候，我真心觉得感激。会非常感谢，也不觉得不舒服。所以我会道谢，并努力表现出很开心的样子。没错，我得努力才能做到。

虽然我应该确实很开心。

我觉得如果不努力表现出开心的样子，别人就看不出来。实际上我开不开心，我也不知道。我觉得舒服，但不知道这是否就是开心。关于悲伤也是一样的。我会感到不快或不满，但我不确定那是不是悲伤。

我这么觉得。

至少这种时候，我是不是该感到哀伤？

或者说，我为什么不哀伤呢？

亲人——而且是唯一的亲人死了，我一定很难过。实际上我不觉得好笑，当然也不开心。母亲死了，我不可能开心。然而我……

我的心却像黏土一样，完全无动于衷。

我是不是觉得这根本没什么？

那么我一定不是人。

我应该伤心的。

我参加过几次葬礼，每个人都在哭。

他们真的伤心到呼天抢地，就连不是死者家属的人也在哭。是觉得死者很可怜吗？还是觉得家属可怜？他们啜泣着，眼眶泛泪，也有人失声痛哭。

一定很伤心吧，我想。

如果我的心能够像那样剧烈动摇，真不知道该有多好。

堵塞我内在的黏土，若是被那样剧烈摇晃，是不是也会稍微动弹一下呢？如果被摇晃，至少也会有点裂痕吧。如果继续摇，是不是就会碎裂，变得像沙呢？

啊啊，我想有颗流动的心……

然而，即使面对母亲过世这种大概是冲击最剧烈的事件，我的内在依旧凝固着。

与其说是黏土，感觉更像是灌了铅。

黏稠的铅，冷却、凝固了。

若非如此，不可能坐在母亲的尸首旁吃着冷饭吧。做不到吧。这是不可以的吧。

理智上我是理解的，真的。

但是，我就是掉不出一滴泪，我就是不知道该如何是好。那么我也只能这么做了啊。我就是灌了铅、我不是人，应该就是吧。

如果我痛恨母亲，那也就罢了。

但我喜欢母亲，就连她死去的现在还是喜欢。我不知道别人如何，但我觉得自己跟普通人一样爱着自己的母亲。虽然我连普通人是怎样的都不知道。

因为是亲人，我们也会有争吵，但母亲总是待我很好，而且她性情十分温和。更重要的是，她一个女人家把我拉拔长大，我没有理由恨她。

她一定是太苛待自己了。

不管是大后方的生活还是战后的生活，都非常困苦。

虽然为了活下去，那是没办法的事。

但她就是过度操劳，才会变成这样。

那么，母亲会病倒，有一半是我的错。或许有一半以上是我的错。因为如果没有我，母亲应该可以过着不同的人生。

然而我却……

玄关传来声音。

2

登美枝姐，登美枝姐，怎么啦？

今天身体状况如何？

今天店里还是休息吗？还是可以开店了？

从玄关传来说话声。大概是熊田嫂吧。熊田嫂是在店里帮忙的妇人，在战争中失去了丈夫和儿子，孑然一身。

失去家人的时候，熊田嫂很伤心吗？

母亲开了家小熟食铺，我也在那里帮忙。不过我不擅长厨房活，因此请了熊田嫂来帮忙。与其说是雇用，更接近合伙开店吧。

这个月店一直关着，因为母亲病倒了。熊田嫂也要生活，这样下去也不是办法，但没有母亲，我也无计可施。我什么都不会。都这把年纪了，却是废物一个。

阿彻，阿彻你在吗？熊田嫂说道。还传来敲门声。我觉得必须应些什么才行，但是我该怎么说？是要呆呆地走到玄关，说母亲死掉了吗？这样可以吗？

会不会看起来就像个傻瓜？

如果我哭泣慌乱也就罢了。

但我很平常。这样看起来根本泯灭人性吧。虽然实际上我就是，没办法。不过用应付路过的拾荒者的态度，把母亲的死讯告诉别人，我觉得这样也太无情了。

到底怎么样呢？我在心中问着尸体。

已经死了，不会应声了吧。

母亲。

只是死着。

只是死了，腐烂了。

不可能回答我。

啊啊，如果我再疯一点就好了。跟死人说话，这不是常人会做的事吧。换言之，现在的我不能说是平常人。

这么一想，我有点放心了。母亲的死或多或少影响了我。即使是像冷硬铅块的我，也变得与平常有些不同了。

——是吗？

真的是这样吗？我只是在乎世人的眼光罢了吧？其实明明无动于衷，却不想被人看出我无动于衷，又不知该如何表现才好，所以才假装依赖母亲，这样罢了吧？明明母亲已经死了。

证据就是，我有点不耐烦了。

都是母亲招来这麻烦的状况。

都是母亲死掉害的。

不，母亲也不是想死才死掉的。

这叫冤枉，还是叫迁怒？

但也不是我害的啊。我不可能治好母亲的病。如果我做得到却没有做，那另当别论，但我不可能治好疾病，所以不是我害的，一定是的。

脑袋一隅冒出这样的想法。

不过，那不是我真正的想法。

应该不是我的真心

——不，真情。

——什么叫真情？

怎么，阿彻，你明明在家嘛！熊田嫂格外响亮的声音传了过来，还有门"喀啦啦"被打开的声音。

——啊啊。

臭味会飘出去。可是外面的空气流进来稀释的话，充满家中的母亲会稍微淡掉一些吧。原来如此，或许这味道就是母亲的灵魂。它是从死人身上散发出来的，所以一定是吧。

那么，它最好快点减淡消散。

母亲也不想凝聚着吧。

凝聚再凝聚，变得像我一样僵固的话，就无计可施了。

"怎么了，阿彻，我说阿彻！你是怎么啦？你妈的病情……"

是熊田嫂。她进来了吗？

"等一下，我说阿彻……"

啊啊，一定很臭吧。

灵魂的气味。

"怎么了，你……喂，你是怎么啦？"

一直望着母亲遗骸的我，这时总算回过头去。

熊田嫂睁圆了小眼睛的脸就在眼前。

"怎么……"

我该说什么才好？

"等一下，登美枝姐、登美枝姐？"

熊田嫂推开我，上前蹲下身子，手放在母亲的尸体上摇晃。登美枝姐、登美枝姐啊！她喊着，一再地摇晃。

那样摇，灵魂会漏出更多的。

稀释是好事。

"登美枝姐！"

熊田嫂格外凄厉地一喊，然后回头看我说，"阿彻、阿彻。"

"嗯……"

我没办法正常回话。

是因为一直没有说话的关系吧，或者是吸了太多灵魂渗出来的不洁空气？

"阿彻……登美枝姐，你妈……"

死了啊。

我知道。

"哎呀，怎么办？该怎么办才好？阿彻，你振作点啊。唉，我知道你很伤心，可是……"

我不伤心。

因为我不是人。

喂，你要振作起来啊——熊田嫂说。

"哦……"

我只能这么应。

"什么哦……不，说得也是呢。你们母子相依为命，那种痛，我再了解不过了，可是不能让你妈就这个样子啊。喂，你妈过世啦，你看。"

我知道。用不着别人说。

看就知道了，都黑掉了。灵魂都飘散出这么多，而且死亡的味道这么浓。

"我知道你不愿意承认，可是就算你一直呆坐在这儿，你妈也不会活过来啊。得快点叫人来才行。阿彻，振作啊！"

熊田嫂这回摇晃我。

摇也没用。光是摇晃我这个冷却凝固的铅块，不会有任何影响。况且，你的声音传不进我的内侧。

"阿彻！"

双眼充血。

鼻翼翕张。

甚至噙着泪。

熊田嫂惊慌失措。动摇的是她，她想把她的动摇推到我身上。

但是，我这个铅块无动于衷。

真是无可救药。

"要……"

要怎么办才好？我说。

"怎么办，是啊……不，等一下……"

熊田嫂再一次推了推母亲，然后整张脸皱成一团，用听不见的声音说了什么后，紧紧地抱住我，号啕大哭起来。

原来如此。

只要这样做就好了吗？但我没办法做得这么好。

"你也是——不，登美枝姐也是，怎么会这样呢？神明佛祖为什么要抛下你们呢？为什么要这样待你们呢？"

那么努力打拼，接下来才正要享福的啊。

——接下来。

是这样吗？

我不太清楚。

她以为接下来会有多大的不同呢？只有晴天或阴天或雨天这点程度的不同。不，没有不同，都是一样的。

证据就是——

母亲都死了，天地也没有翻转。天空的颜色，街市的模样，还不是一模一样吗？我也没有任何改变，没有丝毫变化。

只有熊田嫂一个人狼狈周章。

熊田嫂离开我，不停掉泪，然后反省似的重新跪坐好，对着母亲的尸体双手合十。

——这样啊。

说得也是，死人都讳称"佛"，所以应该要像这样膜拜吧。但是魂魄都消散了这么多，这种尸体到底有什么好拜的？

这部分我实在无法理解。

这不就只是一团再也不会动弹的肉、骨头和毛发吗？

如果说膜拜生前的母亲，我还可以理解，但尸体就是尸体。都快烂了。

我想着这种事。熊田嫂对着母亲的尸体拜了一阵，用手背抹去眼泪，然后重新转向我。

"彻也，我知道你六神无主，可是你一定要坚强起来。如果你不在这时候好好撑着，登美枝姐在天之灵也难以瞑目的。因为全为了你这个儿子，登美枝姐才会那样粉身碎骨地拼命工作，你懂吗？"

这我知道。

"听好了，你待在这里，千万别动傻念头哦，知道了吗？"

什么叫傻念头？

反倒是如果能够变得痴傻，我还真想试试看。因为我实在是太没有变化了。

"喂，你真的没事吗？"

我没事，我说。

"我现在……就去叫佐藤医生来。可是已经没有呼吸了，还是该先叫警察？不……唔，等一下，说得也是。啊，应该先叫邻居呢。"

"叫……邻居？"

这跟邻居有什么关系？

啊，因为臭味可能会传到那里吗？

隔壁家的死人灵魂飘进家里来，果然还是会造成麻烦吧。

"傻瓜，当然要先叫邻居。这种时候，第一个就该通知左邻右舍啊。不都是这样的吗？马上就会有人来了。你要好好的啊。"

好好的……好好的做什么？

熊田嫂再一次用手背抹脸，猛地站起来，拍了几下我的肩，再次悲伤地看母亲，然后快步往玄关走去。

啊，这才是一般的反应吧，我想。

确定母亲过世以后，好几个小时过去了，但我什么也没做。而熊田嫂来访之后短短几分钟，她惊讶、悲伤，然后鼓励我，接着行动。我不懂什么叫正常，也无从判断，不过熊田嫂的应对一定才算正常吧。

就像熊田嫂说的，很快就有人来了。

是右边人家的古贺太太，还有左边人家的石村爷。

这两个人我都很不会应付。

"江、江藤……"

石村家的隐居老爷不知为何，这么说着走进家里来。他是要说江藤怎样了？江藤登美枝死在这里，江藤彻也坐在尸体前，而这些他应该早就听熊田嫂说了。

"啊，登美枝太太……"

古贺太太停在玄关口，用类似手帕的东西按着眼角。我暗自佩服着：大家果然都是这种反应。

石村爷进了客厅，看也不看我一眼，站在母亲的尸首前，站着打量了一下母亲后，在枕边跪坐下来，一样双手合十。然后他无视我，转向玄关的古贺太太说：

"过世了，要怎么办？医生过来之前，不要动比较好吗？"

"可是……"

古贺太太只说了这两个字。

石村爷总算注意到我，"噢，彻也老弟。"

"是。"

"要怎么办？不，问你这种问题或许太残酷了，不过你妈好像过世了。"

"哦……"

为什么这些人净说些明摆在眼前的事实呢？

要摆成守灵的姿势吗？石村爷问。

"守灵的姿势？"

"呃，哦，就是让她重新躺好。"

"石村爷，再等一下吧。"

古贺太太带着哭腔说。

"要等吗？"

"至少先等医生确认过……而且彻也也还……"

"哎，是啊。可是看这样子，过世之后好像已经过了很久。你都没发现吗？"

不。

我当然知道。

看就知道了。

"你……是不想承认母亲已经过世了吧。不，别怪我不近人情，但你不能这么幼稚啊。你也不是十来岁的小娃儿了，已经老大不小了。一个大男人，怎么可以这么没担当？你得面对现实啊，要不然……"

"石村爷，那种话也不必偏挑这时候说吧？这可是在死者面前啊。彻也，你妈刚刚才咽气的啊。"

"所以我才要说啊。而且我说过了，人不是刚死的。"

"我说是刚死的，就是刚死的。"

"不管怎么样，太太，总之都得办丧事，丧主这副失魂落魄的德行，要怎么主持？"

"所以才需要我们帮忙呀。你也想想彻也的心情吧。"

——啊啊。

吵死了。

只会自说自话。

母亲死了，得做点什么是当然的。

而我什么都没做，所以挨骂也是没办法的事。

但是说什么大人小孩、男人女人，我就不懂了。如果是小孩，就可以什么都不必做吗？如果不是的话，就是年纪太小，即使想设法，也无能为力的意思吧。到这里都还好，但他说什么多大年纪的男人怎么样，我也不能如何。而且这跟男女性别无关吧。

邻家的隐居老爷开口闭口就是男人。

我完全无法理解。

若说身为一个人不可以这样，那我还懂。作为一个人，我有缺陷，所以我不是人。连我自己都这么认为。但说身为一个男人要怎么样，我一头雾水。男人和女人或许不同，但在计较男女差异之前，我作为一个人就不够成熟了。与其说是不成熟，不如说我到现在都还不是人。既然不是人，在变成男女之前，必须先变成人才行。要变成男人，得先等到变成人了再说。

还有。

邻家主妇的说辞也莫名其妙。

她叫老人考虑我的心情。

但我根本没有心情。我的脑袋里、肚子里全塞满了铅。没有心情。没有心情介入的余地。所以我也不明白自己是不是伤心。连我自己都不明白的事，别人不可能明白。

就算要别人体谅，也只是强人所难吧。事实上，老人不就显得为难吗？

两人在争论着，但我已经听不见了。不，从一开始我就没听进去。虽然听得到声音，虽然可以理解内容，但完全打动不了我。

只觉得吵。

邻居的争吵和我及母亲都没有关系了。只是在眼前搬演，但就像发生在另一个世界的事。随你们去吧。虽然如果要我做什么，我什么都会做。

或者说，我觉得非做点什么不可。

只要给我指示就行了，什么我的心情根本无所谓。只要告诉我"普通人都会怎么做，你也照做"就行了。我会照着吩咐做。因为我并不觉得讨厌。但如果不告诉我，我就没办法表现得普通了。如果无法表现得普通……

不就会被发现我不是人了吗？

正当我想着这些，医生来了。

3

心脏衰竭——医生说。

我不是很懂，不过好像是心脏停止的意思。我觉得那样的话，不用医生来，看就知道了。

母亲是一个月前生病的。

一开始应该是头痛。大家说应该是过度操劳，累了，要她休息两三天，但还是没有好转。母亲说头晕想吐，我和熊田嫂都叫她去医院，但母亲说要顾店，不能去。

的确，少了母亲，店就没办法做生意，而且看医生要钱，所以我认为母亲说得很有道理。

我并不是不担心。

但是在内心……我接受母亲逞强的态度。

因为我不懂进货、店面租金那类事情。当然，我也不会做菜。

有熊田嫂在，所以我还可以假装知道，瞒混过去；但如果连熊田嫂都不在了，我便会顿时失去方向。因为我只会打扫、搬运重物、送东西、算钱这些小孩子都会的事。我不说我没用，但除了我会的这些以外，我什么也不会。

不是我不想做，也不是学不会。

但是现在这样就够了，我也不求更多更好。我不想做什么，也不想成为什么。这样就好了。永远这样下去就行了。

当然，我不认为可以永远持续下去。

但也没想到这么快就结束了。

——不。

结束的是母亲的人生，我依然没有任何变化。母亲都死了，一切却依然如故。

我在脑中一隅担心着硬撑的母亲，心中某处却期待她能永远硬撑下去。因为那样比较轻松——我比较轻松。

我觉得我很残酷。

我并不是希望母亲死掉，不过那或许是同一回事。事实上母亲真的死了，所以是一样的吧。

虽然我一直担心。

也希望母亲快点好起来。

但那也不是为母亲着想，肯定是因为那样我比较轻松。

我根本不是人。

我也会照顾生病的母亲，但我觉得那也不是出于真心。我深信母亲会好起来，然后继续工作。而这份确信，也是源于要不然我就麻烦了这种利己的欲望吧。

一定是的。

我没有人的心。

所以也流不出眼泪。这么一想，心境稍稍安宁了些。若不这么想，我坐立难安。

来了很多人。

警察也来了。

说是警察，也是认识的警官。因为死因不明吧。不过既然医生说是病死，也没什么好怀疑的——警官劈头就这么说。

——怎么不怀疑呢？

我这么想。

警官说请节哀顺变。对着……坐视母亲死去的我说。这样就行了吗？

她那么难受，我还让她工作。

顺着母亲嘴上说的"我没事"。

我想我应该说过："妈，你不要紧吧？"但那不是鼓励，只是单纯的保身吧。我压根儿没为母亲着想过，我根本就不担心生病的母亲。

而且我——

还想忽略为病而苦的母亲。

母亲虽然回去工作，但过了约一个星期又病倒了。是工作时在店里倒下的。我们送她到附近的医院，院方要她住院。医生说似乎不是单纯的过劳，为了慎重起见，最好进行检查。但我全盘相信医生说的"不必担心，只是保险起见，检查一下"。

我之所以相信，并不是因为希望母亲康复、健康。不管怎么想，那肯定都是为了一己之私，只是毫不批判地相信医生出于常规而说出的套话。

因为听信那话，对我比较方便。

我非常卑鄙。

我也觉得那个时候，我脑中一隅已经察觉母亲可能快不行了。但我还是听从医生的话，隐藏那不合宜的想法。这一切的一切，全是因为那样对我比较方便。

检查结果不是告诉母亲，而是告诉了我。

医生以沉重的语气，带给我符合那沉重语气的坏消息。

不过……我只知道不乐观，医生没有告诉我明确的原因，也没有告诉我病名。他只说，实在**不太理想**，最好到更大的医院去进行精密检查。

我如实转告了母亲。

别说宽慰，更别说鼓励了。医生是考虑到母亲因病而萎靡恐惧的状态，才刻意告诉我，而不是告诉本人吧。然而我却像小孩子跑腿似的，把医生的话原封不动丢给了母亲。

愚钝。

不，我只是假装愚钝。

我只是狡猾。

我把判断丢给母亲本人了。

虽说交给本人，但其实我早就知道结果了。

我知道母亲应该不会去别的医院。

我知道她一定会说我没事了，已经好了。

就算进一步检查也没用，就算检查出什么，治不好的就是治不好。就算能治好，治疗要花钱的话，跟治不好也没两样。家里没钱。那么花钱做检查也是浪费。

母亲会这么想吧。

不，她会这么说吧。

这不是我说得出口的话。

身为儿子，我应该撇下一切，叫母亲无论如何都要接受检查吧。不，就算母亲不愿意，即使硬逼也该要她接受检查。然后如果检查结果不好，不管治疗怎么辛苦，也该让她接受治疗。而如果能治好的话，应该要不计代价治好才对吧。

钱应该是我要担心的事。母亲不该去担心那些。就算撒谎，就算勉强，也该对母亲说"不必担心"让她安心，这才是我身为儿子的职责。而且母亲因为生病，已经变得消极悲观了。

该说"没问题"的是我才对。

然而我却想要母亲说出"没问题"三个字。

我不是人。

母亲……困惑了。她一定很难受吧，也不想死吧。

我也不想要母亲死。我喜欢母亲。

我最爱母亲了。

然而……

我，不是人的我却佯装愚钝，佯装童稚，对母亲撒娇。比起我最爱的母亲……

我更企求眼前的安宁。

我是觉得麻烦。我懒得独立。我想要这样，**就这样**一直下去。多一天也好，多半天也好。不，即使多个一分钟也好……

为了让生病的母亲痊愈，我必须工作。我不是讨厌独立，但我认为一下子要我赡养母亲是不可能的。我肯定是觉得不管母亲难过还是如何，只要她能像原本那样工作，就好了。

我也明白。

结果会害得母亲折寿。

我觉得即使这样也无所谓。反正母亲总是要死的。母亲一死，即使不愿意，我也必须独立。那么一来，我就非得自食其力。没有选择的余地。不过现在还有选择的余地。那么……

那么，就选择比较轻松的一边吧。

我是这么想的吧。

我这个人真的很残忍。不，我不是人。

我这么觉得。

转告医生的话时，母亲的表情阴沉，而且她没做出明确的回答。回到家后，她也只是一直躺着，想着。我觉得她应该是在想。

至于我……

什么也没想。

像个木头人的我只是扮演呆笨的儿子，扮演很迟钝的年轻人。我煮饭、打扫、洗衣、收拾，就好像在照顾病重的老母……

我只是在**假装**。

妈，快点打起精神来，快点好起来，快点痊愈继续工作吧——虽然说出口的话是真心的。

但那是因为这样比较轻松。

如果事与愿违的话……

我是不是希望这种状况快点**结束**？不，一定是的。因为那样一来，我也可以下定决心了。

所以，那天早上。

不，也不到早上，那是黎明。

我明明听到母亲显然痛苦不堪的声音，明明看到母亲在幽光中挣扎的身影，我……

却什么也没有做。

我只是躺着，从卧室里……

呆呆注视着母亲一步步死去。

我见死不救。

当然，我也无能为力。就算火速赶去叫医生，也不可能来得及。附近的医生已经形同放弃母亲，就算把医生叫醒带来，就算真的赶上了，我也不认为医生能让母亲起死回生。我觉得母亲迟早都要一死。不过，应该不是那种问题吧。

简而言之就是心意的问题。说什么来不及所以什么也没做，而也真能见死不救的我，果然不是人。即使太迟了，即使做错了，就是忍不住要设法，这样的态度，我觉得才是身为一个人正确的样貌。

母亲大概痛苦了三个小时。

然后她安静了。

啊，她死了，我心想。

只是这样。

我在与平常相同的时刻，只收拾了自己的被褥，像平常那样洗脸。

后来好几个小时……我什么都没做。我寻思着我该做什么，时间不断流逝，中午过去，然后我才慢慢吃起冷饭。就连回想，我都觉得太残酷了。

虽然觉得残酷。

——可是没办法啊。

毕竟我不是人。

4

葬礼结束了。

人们吵吵嚷嚷地进屋来，为母亲更衣、立起屏风、摆设祭坛。

吊唁者陆续来访，向我致哀，烧了香，送了奠仪。和尚现身诵经敲钲说教。然后母亲被抬出去，进焚化炉里烧掉了。

我真的什么也没做。不只什么也没做，几乎连话也没说。但每个人都对我亲切、同情，而消极的我因为消极，甚至显得悲剧。

看起来如此。

即使身为丧主的我什么也不做，事情也一样样完成了。

死亡登记、守灵安排、纳棺出棺火葬，所有大小杂事都顺利进行，一眨眼母亲就被装进骨灰坛了。有牌位，上头也取了法名。我只是照着旁人说的去做。接下来只是垂着头，不停地应声点头。

也没有强烈的情绪起伏。

就好像在看电影。

唯独确实的一点是，毫无现实感。

就像完全不触动人心，闭着眼睛就会过去的祭典。母亲，我唯一的母亲过世了，却跟一场骤雨没两样。

——没了她也无所谓。

我的身边。

我以外的人。

不停地转来转去。

世界运转着。

原来是这么回事啊——我心想，即使我不在，也会有人替母亲好好送终吧。

我是个木头人。

就像根没用的木头。

而许多人对着这根木头致哀。

真可怜，一定很难过吧，一定很伤心吧，真同情，太悲惨了；不要输，要加油，振作点，要连过世的人的份一起活下去，接下来就轮到你打拼了。

意思我明白。

但我不懂，我并不可怜也不值得同情。毕竟我连哀伤都感觉不到。就算叫我加油，我也不知道该怎么做才好。

他们为母亲哀悼，我很感激，但就算同情我，我也无言以对。毕竟再怎么说——

我都不是人。

同情不是人的家伙，也只是白同情。

每个人都错看我了吧。我并不是需要人来同情的状态。不，我绝对不是一个值得别人同情的人。我是个人渣。我是个对母亲见死不救，在母亲的尸首旁吃饭的人渣。我反倒应该被轻蔑、被唾弃、被疏远。

每个人都错了。

所有的人都……上当了。

但我没有要欺骗旁人的意思，因为我也没有刻意隐瞒我不是人的事实。

我只是沉默。

每个人都贸然断定。

用自己的尺度来看我。

若是以他们的尺度来看，我应该不折不扣就是个人吧。

因为看起来像人，连和尚都会对我说教。

他相信我是人，才会对我说教吧。如果是人，神佛的功德应该也有所护佑，但对于一个不是人的家伙，不可能有任何作用。

对不是人的家伙，说教是对牛弹琴。

宝贵的经文比致哀更无法传入我的心，我连那是在说什么都听不懂，我只是假装在听而已。

装傻瓜。

假愚直。

只要这样，看起来似乎就像个人。

我是个伪装成可悲愚者的非人者。不是狐假虎威，而是抢走了牛的功劳的虫子。

牛很有用。我只是利用了牛那愚直温厚的家畜良好形象。剥掉牛皮，底下却是毫无用处的蝼蚁。牛的内在其实塞满恶心的毒虫。

虽然每个人都亲切地待我。

都为我操心、照顾我。

我很感激，但肚子里什么感觉也没有。

心里头觉得无趣。

脑袋停滞。

就像被灌入融化的铅。我的内部被灼热的铅烧烂了，所以脑袋才会这么沉重。所以才感觉胸口这么苦、肚子这么烫。铅徐徐地冷却，凝固。

葬礼结束时，我内在的铅完全僵固了。再也听不见任何人的声音了。

即使如此，一切仍顺利结束了。

只留下骨灰坛里的母亲。

究竟是怎么一回事？我忍不住想。

家中完全收拾干净，甚至比母亲在世时还要整洁。是街坊邻居帮忙打扫的。

已经没有灵魂的气味了。

被出入的人群、烧香与供品等各种气味搅散，母亲的灵魂似乎淡去了。

现在只剩下一丝幽幽的线香气味。

一切……

都已恢复原状。只是母亲的形姿改变了而已，其余没有任何不同。世界的模样、街市的模样、房子的模样，还有我，都没有不同。

我看着变小的母亲，忆起小时候的事。

那是五岁或六岁，大概那个年纪的事吧。

我对母亲说：

我的脑袋里塞了东西……

我是真心这么感觉。母亲急忙铺床让我躺下。可是我知道，这不是病。不是不舒服、觉得恶心或哪里痛。

一直堵塞着。

要说奇怪，那就是天生的了。

我心想，自己是不是不太对劲？因为我只是坦白说出来，就被迫躺下了。

当时看到的天花板纹路，我到现在都可以清楚地回想起。

我也不困，所以只是盯着天花板看，然后明白了。

——我只是烦。

没错，我觉得母亲很**烦**。

不，我绝对不是讨厌母亲。孩子也不可能讨厌母亲。就算被拳打脚踢，遭到不合理的对待，孩子都是爱慕着父母的。更何况我的母亲很温柔。她从来没有恶狠狠地骂过我。母亲总是担心我，为我的未来烦忧，为了我而活。

我喜欢母亲。

可是她对我的爱令我厌烦。

与母亲应对、与母亲交谈，让我觉得麻烦。即使她对我付出深情，我也无法给予相应的回报。我想我从那么小的时候就感觉到这件事了。

所以我讨厌母亲热切地对我说话。

不管是温柔地说，还是热情地说，都一样讨厌。

别人的话从耳朵侵入，我的头盖骨里就会有淤泥累积。淤泥沸滚、融化，然后像铅一样凝固。就连母亲充满慈爱的声音，我的内在都拒绝接受。

更不可能接受旁人的絮语。

——我真的不是人。

我这么想。

母亲已经结束了。这不是人。在火葬场搜捡回来的母亲，只是某种聚积物。这种东西已经不是母亲了。虽然不是母亲了……

——但这样比较好。

我想着这种泯灭人性的事。

这时，又有讨厌的声音从玄关侵入。

阿彻，阿彻，辛苦啦……

我又不累。

是熊田嫂。真麻烦。好不容易脑袋开始变轻了，这下子铅不又塞住了吗？熊田嫂絮絮叨叨地进入家中。

滚回去啦。

"我说阿彻啊，抱歉在你累的时候打扰。"

那你就回去啊。

"我说啊，就是关于店里的事啊，那里啊，要是登美枝姐不在了……"

把店关了吧，我说。

"关……了吗？"

"我没办法打理那家店。"

"这……这样啊。哦，我也是这样想啦。"

店关了，熊田嫂大概很困扰吧。因为这样她就失去收入、失去饭碗了。

"唉，会让你想起母亲吧。"

并不会。

母亲已经不在了。死了……

——死了就没了。

"阿彻，你有点可怕呢。"

熊田嫂说：

"不可以那样钻牛角尖啊。唉，那么久以来你们母子俩相依为命，一定很寂寞吧。我也一样很寂寞啊。可是彼此都得继续走下去啊。"

不对。

不是得继续走下去，**只是活着而已**——对我来说。这个人根本什么也不懂。你不管在那里叽叽喳喳多久，声音也完全传不进我的脑中。

我塞满了铅的脑袋中，没有你的话侵入的余地。

的确，母亲的世界结束了，但我的世界仍继续着。而那是与昨天、大前天毫无不同的事物。只是平庸的日常。

即使如此，我还是持续着。

因为我活着。

因为我只是活着。

如果对世界而言，我只是个木头人，那么对我来说，世界只是背景画。

站在舞台上的只有我一个，我以外的一切全是木板上的背景。我不知道哪一边才是真的世界，但对我来说，我才是真实。

——原来如此。

所以我才不开心也不伤心吗？

因为母亲或许也只是背景画。

所以我才会什么都听不进去吗？不管是这个人的话、和尚的说教、街坊邻居的安慰，那些都是与我的人生没什么关系的事。不管是安慰、说教还是致哀，都无法传入我的心中。

背景画说出来的话就像舞台提示吧。因为那不是在舞台上被说出来的台词。我的舞台上，演员只有我一个，观众也只有我一个，所以这是没办法的事。除了我以外的一切，甚至不是观众，而是画在木板上的风景的一部分。

——啊啊，吵死了。

真的烦死了。

熊田嫂的嘴巴不停开合，发出类似话语的声音。我听得到，也了解意思，但那是与铅做的我无关的事情。

——她是想要钱吧。

我不需要。

我掏出奠仪。

"阿彻，你这是做什么？"

"请收下。呃……你是想要上个月跟这个月的薪水吧？"

"可是这个，你……"

"不够吗？"

"也不是不够，可是……"

你不就是想要钱吗？

"可是，呃，接下来你还有很多需要花用的地方吧？"

"是吗？"

无所谓了。

"你往后要怎么办？还有你妈的墓也……"

"墓……"

我想都没有想过。

也不想去想。

我还是该晚点再来的——熊田嫂说：

"我自己呢，唉，日子也不是那么好过，所以才……唉，没考虑到你的心情。对不起啊，阿彻。"

我的心情。

我根本没有所谓的心情。

我不是人，你不可能懂的。

"熊田嫂。"我说，"其实我不难过的。"

"咦？"

"我妈过世了，可是我一点都不难过。就连这骨灰坛、这牌位，我甚至想现在就扔了。"

"你、你在说什么？"

"是真的。我不是大家以为的那种正常人。我根本不是人。要不然我应该觉得很伤心才对。我妈死掉了呢。可是我却流不出半滴眼泪。我的心没有半点感觉。"

"那是因为，呃，伤心这回事，都是慢慢才会涌上来的。你现在还在惊慌失措……"

"我才没有惊慌失措！"

我大喊起来。

"我没有半点动摇。我是个铅块啊！我妈那么苦，我却什么也没做，眼睁睁看着她死掉。因为太麻烦了。我什么都不想做，我什么都不想要。我不想见到任何人，也不想听到任何人说话。我……"

"阿彻……"

你回去！我说，把奠仪扔向熊田嫂。

5

把店关了，处理完各种手续。家私全部变卖，储蓄也都用光，落了个干净。

总共花了三个多月。进入新的一年，二月以后，我把开熟食店借贷的钱全数还清了。

对于熊田嫂，我也为了葬礼那时的失礼郑重其事地赔了罪，给了她尚未付清的薪水和一些津贴。熊田嫂用一种看怪物的眼神看我，但是一拿到钱，就换了副嘴脸，说不对的是她。

没关系。

反正跟你也从此一刀两断了——我想着。

我和熊田嫂无冤无仇，也不恨她，我反倒觉得应该感谢她。她对我有不少恩情。

但我不喜欢她，也不想和她有瓜葛。

这时我发现，不只是熊田嫂，我生性就不愿意和我以外的人有任何关系吧。因为我对其他人没兴趣。那么我对自己感兴趣吗？倒也不是。

完全没兴趣。

不过我也不想死。

所以就这么散漫地活着，只是这样。

我等于失去了工作、住处等一切，但我并不特别焦急，也不感到不安。

就连失去母亲，我都不觉得寂寞了，这是当然的。

我并没有什么盘算，但也不是想得太天真，觉得总有办法。我是个凡事缺乏计划性的人，况且乐天这个词离我太遥远了。

我只是觉得，就算走投无路也无所谓。

但也不是豁出去了。

也不是自暴自弃。

我觉得我压根儿就对活着没有执着。我并非强烈地想要活下去、不想死。我只是碰巧没有死，所以就这样活着而已。所以一切我都无所谓。

尽管我如此消极，但世事似乎总有办法。

我一如往例，什么也没做，周围却擅自为我安排。不仅是将来，连明天的事都在不知不觉间决定好了——尽管我完全没有设想过自己该如何安身。就算是我这种人，只要活着，似乎暂时就不会被社会排除。即使觉得一切都无所谓，也还是活得下去。

——既然如此，那样就好了。

只要活到死为止。

我很快就决定如何安身立命了。

石村爷的某位远亲在神奈川县开酒行，正在找伙计，供食宿。

人家问我要不要去试试，我没理由拒绝，便答应了。

人家说，等我安顿下来就去看看吧。

人家说，什么都不必准备，人去了就行了。

就算要准备，我也身无长物。

我一无所有。这个家也是，三月底就得搬走了。

空无一物的客厅里，只留下骨灰坛和牌位。

我坐在那骨灰坛旁，吃着熊田嫂给我做的饭团。

我想起那天在尸体旁边吃的冷饭味道。

虽然根本没味道。

结果……

等于什么事也没发生。

我觉得只是我稍微胡思乱想了一阵而已。

比方说，母亲死了。抚养我长大、无可取代的亲人在眼前死掉了。这……是一件大事。

对世人而言，母亲只是个贫穷的熟食店老板娘，但对我来说，母亲是无可取代的亲人。她的存在无可估量。

那么，如果母亲过世的话，而且是死在眼前的话，我……我的这个世界，是不是会风云变色？

那个时候，我是不是幻想着这类荒唐的情节？真是自私透顶。那么，这等于是我做了一场实验——以母亲的生命为材料。

实验失败了。

结果我什么都没变。没有涌上心头的哀伤寂寞痛苦，什么都没有。一片混沌的脑中的铅依然冰冷僵固。

无聊。

我为了摧毁这无聊，故意对母亲见死不救……

或许是这么回事。

虽然结果毫无意义。

——我不是人。

我这么觉得。

不经意地抬头一看。

是一间空无一物、空荡荡的房间。

柜子之类的都搬走了，所以檐廊的玻璃完全裸露出来了。

上头……倒映出我。

我手中拿着饭团站起来，走到玻璃门前。我想看看非人者的脸。看看那张在别人看起来像个人的、自己的脸。

这样的我看起来像个人吗？看起来像个善良诚实的人吗？如

果像，那是因为钝重。因为钝重得像头牛。可是内在宛如蛇蝎般令人退避三舍。是受人唾弃的蛆虫。而这蛆虫当中……

灌满了铅。

是披着牛皮的虫……

不。可是。的确。

倒映在玻璃门上的我，不是那种东西。

就算是这样，外表还是个人啊，我想着。

像死鱼般毫无生气的眼睛。

表情愚钝的、茫然的脸。

"不是人。"

我说出口来。

结果，眼睛里头有个骇人的邪恶之物探出头来，推开松弛无力的眼皮。

是鬼。

鬼爬出来了。

我瞪着我眼中的鬼。

"骗子。"我说，"蒙骗再蒙骗，连自己都蒙骗。就算骗得了背景画，也骗不了你自己。你——"

别说不是人了，根本是个**杀人凶手**……

鬼用吓唬、嘲笑般的语气说。

对了。

没错，就是这样。

我不是见死不救，不是的。

我……

真的实验了。

这样啊。我，我不是把母亲，把痛苦挣扎的母亲的嘴巴给捂住了吗？

因为太吵了，因为太烦了。

我以为这样做就能有什么改变。

我，把最喜欢的母亲——

杀死了。

一想到这里，脑中的铅瞬间宛如蒸发似的消散一空。充塞我内在的钝重事物一眨眼烟消雾散。

"啊啊，真爽。"

我出声说，打开玻璃门，把骨灰坛和牌位扔到了庭院里。

把一切都给扔了。

就这样……江藤彻也连人的身份都抛弃了。

这是昭和二十八年三月的事。

---

1 源赖光（九四八～一〇二一），平安中期的武将，留下许多消灭鬼怪的传说逸事。与鬼童有关的传说，是赖光拜访其弟赖信家，发现鬼童丸被绑缚在厕所里。当晚赖光夜宿赖信家，结果鬼童丸挣脱锁链逃走，潜伏在赖光床下。赖光发现，故意说出明日要去鞍马参拜之事，鬼童丸便在半途披上牛皮埋伏，反遭赖光砍死。

青鹭火——
青鹭经年者
夜飞时
其羽必放光彩
其目辉映
其喙锋锐无匹也

——今昔画图续百鬼／卷之中·晦
　　　鸟山石燕（安永十年）

［第拾伍夜］

青鹭火

1

鸟会发光哟——宗吉说。

会发光？我用满不在乎的语气应道，宗吉便有些开心地回应，"就是啊。"

我在读到一半的合卷本[1]书页中插入书签，静静合起，将身子转向泥地房间。

"像电灯泡那样发光吗？"

"不不不，不是像电灯泡那样。我想想，就像太阳反射在玻璃上那样发光吧。"

可是你说的是晚上吧？我问，宗吉回答是晚上。

"在晚上反射阳光，这我难以想象呢。"

写小说的老师怎么可能想象不出来？宗吉愉快地笑道。

"喂喂喂，宗吉先生，声音太大了。喏，请别把我的身份给泄露出去了。"

我懂我懂——这个年约四十多岁，看起来像好好先生的男人难为情地说，用食指搔了搔头发理得很短的后颈。

宗吉是我唯一的近邻，也是现在的我会随意交谈的唯一对象。

我们认识不久，所以交情还没到可以称为朋友的地步，不过我们相当亲近。

可是啊老师——宗吉露出讶异的表情说：

"太过谨慎也不太好哟。"

"这怎么说？"

"还用说吗？哎，我是不想这样讲，不过村子那里，也有人觉得老师，怎么说，嗯，很可疑。因为老师一直躲躲藏藏的。"

很可疑，确实可疑——我回答：

"如果我是村民，也一定会起疑。毕竟一个壮年男人，不工作，也不上战场，大白天就饱食终日，无为度日嘛。"

我不懂什么无为度日啦，可是啊——宗吉一本正经地说：

"如果说那是**好吃懒做**、**窝囊废**之类的意思，那是说我才对。我啊，是本庄天字第一号好吃懒做的窝囊废啊。大家公认的，本人也第一个跳出来承认。而老师却跟我这种人打交道，这一点呢，也很不好。"

"不好吗？"

"不好啊。会被人用有色眼镜看待。因为我是个没出息的草包嘛。"

不可以跟我这种人混在一起——宗吉板起脸，手在那张脸前挥着。

"伤脑筋啊，跟你断绝往来，我会饿死的。"

就是要说这个——宗吉转过身子，探头过来。

"我说你这位老师大人，本来到底是怎么个打算？如果没有我，你原本准备怎么在这种地方过活？附近没有亲人照应，又不是仙人，可以不食人间烟火。在这种村郊的森林旁，就算有钱，也什么都买不到啊。"

说得没错。我本来以为总有法子——不，我什么计划都没有。

"而且突然跑来，一个人在这种小屋住下来，就算被怀疑是逃兵或是共产主义者也没办法。因为就疏散来说，这地点太半吊子了。"

我是来疏散的，没错啊——我说。

实际上更接近逃避。

"要疏散的话，怎么不去更远一点的地方？甚至还有人从这里疏散到后方去呢。别看这里这样，以前也曾是中山道首屈一指的驿站呢。虽然现在只是个乡下地方。"

"不，也不算乡下啊。这一带虽然什么都没有，但就是这点好。就算敌人的飞机飞到本土，也不会在这种地方丢炸弹吧。虽然这么说，像儿玉那一带，不是就挺热闹吗？"

也没有啊——宗吉说，掏出烟管。

"请让我抽个一管吧。哎，这一带每一家都是养蚕户嘛。干这一行，从外表实在看不出兴衰呢，不过我想显然是冷清了。"

"现在是战争时期，没办法。"

不是那种冷清法——宗吉说，用力吸了口烟。烟管头红了起来。房间里没有火，因此即使是一点小火苗，看了也令人心安。

"我觉得二十多年前热闹多了。不，镇上的居住环境或许变好了，但人的……嗯，该说活力吗？"

我也不是不懂那种感觉。

是因为没有年轻人吧——我回答。年轻人都出征去了。城市里还看得到年轻人，但在没有军方设施的地方，真的不见半个年轻男丁，只剩下老弱妇孺。

"到底会如何？会打赢吗？要是输了，阿兵哥都白死了呢。"

我认为就算赢了也是白死，但没有说出口。我已经习惯把这类发言吞回去了。

"一定会赢的……唉，就算是骗自己，也得这么说啊，宗吉先生。"

"是输是赢，我都没有真实感啊。"

因为我是个窝囊废啊——宗吉说，再次吸了口烟。

就那个意义来说，我也是一样的。

"哎，只要住在这一带……就不必太过操心国家的未来嘛。外地应该很辛苦……不过这些事跟山啊河的都没有关系。"

"是啊。"

宗吉"噗"的一声，把烟从鼻孔喷出来。

"虽然不在乎，还是得设想一下吧。"

"不，待在城里，首先气氛就一片剑拔弩张。然后呢，即使不想去在乎，不管怎样都还是会去想。这里住起来才舒服啊。"

虽然完全称不上方便，但也不是方便就算好的。有时生气勃勃反而令人疲累。宗吉转了一下脖子问，"这种破房子住起来舒服吗？"他鼻子和嘴里冒着烟。

"老师，这小屋连电都没有呢。说到电，我住的地方都有。虽然断断续续的。老师带这么多书，又只靠蜡烛跟煤油灯看，眼睛会瞎掉。我是不识字，可是细小的东西已经看不清楚啦。"

"唔，总有办法的。听说古人都是靠着月光、雪地反射的光来念书呢。不过就像你说的，眼睛实在吃不消，因为我也没那么年轻了。"

更重要的问题是取暖。

现在还是十月，但已经相当寒冷了。早晚时分，手都冻僵了，让人懒得翻页，得认真考虑弄个取暖工具。

宗吉把火种点到泥土地上踏熄，说这里很冷。

"周围什么都没有，不是森林就是河，再来就是山。这栋小屋以前是什么？我不知道之前是谁在住，不过连地炉都埋起来了……是老师埋的吗？"

这里从一开始就没有地炉。

"不，这房子是有人的。我是向他承租的。"

我说出房东的名字，宗吉厌恶地说那家伙是靠养蚕致富的暴发户。

"后来成了到处搜刮地皮的大地主。一定是觉得这里迟早会被开发吧，真是贪得无厌。只是他买来的土地上刚好盖着这**玩意儿**罢了，他才不是本来的屋主。那当然了，我行走这一带的山林，前前后后都十四年了，但那个时候这里就已经是空屋了。至少十四年没人住了，难怪阴寒成这样，当然会冷了。"

"在那之前，你是住在镇上吗？"

"我？我啊，我以前是开电车的。从本庄到儿玉那里的路段。"

很时髦的职业哦——宗吉笑道。

电车，就是路面电车。我记得小时候曾搭过。

"现在已经废除了，在昭和五年[2]的时候。八高线也铺设了嘛。哎，那时我也好一把年纪了，也没多少家人要养，其实不必勉强汗流浃背卖命工作的……哎，我这么想啦。后来就开始种菜，采采野菜，游手好闲。我是个失败者啊。"

"托你的福，我才有南瓜吃。"

"虽然收成一点都不好。"

毕竟是失败者，门外汉种菜嘛——宗吉咧开大嘴笑了。

宗吉是不是失败者，我无从判断，但他被当地居民视为怪人，这一点毋庸置疑。

宗吉没有所谓的职业。

今天是我第一次听说他之前是做什么的，但听说宗吉一直——如果他刚才说的是真的，那么就是从十四年前开始——靠着种菜、摘野菜过活。不，他不是种了菜把收成拿去卖，借此维生；是吃那些收成过活。

吃多少种多少，有什么收成就吃什么。

宗吉在时局变成这样以前，就过着自给自足的生活——似乎。他只有当需要购买自己无法生产的物品时，会工作一下。

可是需要的东西很少啦——宗吉说。只要有可以遮风避雨的家，其他就只需要被子、锅子，到死什么都不缺吧——即将迈入老年的男人笑道。

初次见面的时候他这么说。

总觉得宗吉十分可靠。

我没有任何计划，也没有依靠，就搬到这荒郊野外来，受到偶然认识的宗吉诸多照顾，过着日子。

他把粮食分给我，为我张罗日用品……实际上完全是我单方面受他照顾。他为我做了许多，但我完全无法同等地回报他。我好几次想给他钱作为送我蔬菜的回礼，但他说有钱也没处花，只收过一两次。

或许……真的没处花。

宗吉一身轻。

与我不同。

我自认是无业游民，长年来一直放浪形骸，但不管去哪里做什么，似乎终归还是与某处联系在一起。

比方说钱。我想得很简单，觉得只要有钱，不管到哪里都活得下去。

又不是要住在沙漠或丛林，只要人在这个国家，有钱在身上，要什么大概都买得到，而且又不是旧幕府时代各藩发行的纸钞，不会碰到有钱却不通用的情形——我这么认为。

的确，在任何地方都可以使用钱，但也有些地方，已经没有用钱的意义了。

在树林、草原和河川，钱不能用。当然，只要去到城镇就行了，但也只是钱可以用，没办法靠它过活。钱不能吃，也没办法烧来取暖。钱这条绳索，把我与某个奇妙的地方系在一起。其实如果系着绳子，不管我自以为多么逍遥自在，顶多也就是一只风筝。没有风，立刻就会坠落。绳子断了，也会坠落。

宗吉自由自在地逍遥于世，轻盈地活着。虽然他停留在这里，却没有被系在任何一处。

我好羡慕。

我认清了自己不仅受到拘束，而且毫无建树。

老师真是个怪人呢——宗吉说：

"哎，我也知道东京很麻烦啦。深奥的事情我不懂，不过只是因为写东西，就被怀疑在做什么坏事，没人受得了呢。可是就算是这样，什么家具用品也不带，就只带了这些书……"

"被你这么一说，我也觉得惭愧。要不是那时候宗吉先生叫住我，关心我，我现在已经不知道变成什么样子了。"

我想得太天真，身无长物，便来了。我计划趁这个机会沉浸在书香里，所以买了大量的书寄过来，但仔细想想，送货的不会帮我拆包裹，就算拆了，也没有书架什么的可以放。看到小屋前堆积如山的可疑包裹纸箱，我哑口无言。

"不管怎么拆，里头也全是书，没半只锅子也没碗筷。"

惹人猜疑是当然的，宗吉再次笑了。

"如果有太太或是孩子还另当别论。但一个五十多岁的男人，而且是相貌凶恶的单身男人，人家当然会想，这一定是做了坏事，跑来避风头的坏蛋嘛。"

"哎，说得也是。"

我笑了。

"我没有亲人嘛。原本我一直认为这样很轻松自在，不过也有坏处呢。原来一个人的品行，是要靠家庭来保证的。"

"在乡下尤其是。"

宗吉说完后，转身背对我。

"这么说来……我问个私人的问题，宗吉先生，你没有家人吗？"

宗吉说自己和家人有缘无分。

家人无疑也是一种羁绊。

"逃走了。"

"逃走了……？"

"对，一下子飞走了。张开翅膀飞走了。"

宗吉这么说。

2

我的职业是小说家。

别人都尊称我为老师，但我不是什么高尚的文学家。我自认为写的都是些低俗的大众小说。有杀人犯、恶人、怪物什么的嚣张跋扈……令健全人士蹙眉的那类小说。

不是侦探小说，而是犯罪、猎奇——不，怪奇小说吗？

不具逻辑性，而且有些老派，所以应该不能算是侦探小说，比较接近说书。

也有人称赞它富有幻想性、耽美，但站在写作它的本人立场，那完全是荒诞无稽且耽奇猎奇。况且我本来就是个俗人。

我的本质是鄙俗的，所以只能想出鄙俗的故事。何况我会开始写小说，动机就庸俗到不行。我不是憧憬高尚的文学，也不是被卓越的思想驱动，只是想要将自幼熟悉的说书故事那种惹人期待的感觉用文章表现出来而已。格调不高，也不具艺术性。

只是我这人落伍，所以表达方式不现代罢了。

或许因为如此，尽管已经写了二十多年，但我至今无法融入所谓的文坛。我不喜欢谈论文学。

并不是觉得自卑。

我不认为大众文学就比高深的文学来得低等。即使真的比较低等——不，纵然要低上一两等，我也不觉得它就比较低劣。所以我也没有特别的使命感，不管别人说什么，依旧云淡风清，二十年来，只是随心所欲地写作。

俗话说得好，持续就是力量，即使是我这样的人，只要撑上二十年，似乎也会被当成大师，别人开始称呼我为"老师"了。虽然我没有弟子门人，但尊敬我的年轻作家和编辑也愈来愈多了。不知不觉间，我已经建立起一席之地。

即使如此。

我不喜欢结党群聚，所以总是以无业游民自居。

只是在装模作样吧。

隐身在这闲居，我总算认清了。

即使自以为自由飞翔，我还是被牵绊着。我是自以为鸟儿的风筝。

结果哪儿也去不了。

听说老师很有名——宗吉说。

哪里有名了？我只能回以不算否定也不算肯定的暧昧回答。

"我听民生委员说，老师写过好几本书，不是吗？我连大字都不识得几个，所以就听广播，会写的也只有自己的名字……"

从此以后，宗吉也开始叫我老师了。

虽然我不太乐意，但也没办法。在这块土地，我希望能隐姓埋名，但眼下这时局，也无法如愿。就算是乡下地方，也不可能接纳来历不明的迁入户。而且要搬到没有地缘关系也没有亲人的土地，名人这个头衔是有一定用处的。

结果……还是被绑着。

不是自由的。我忍不住疑惑，我究竟是为了逃离什么而来到此处？如果根部联系着，那么即使只移动了根的长度，也无法逃离任何事物。

但我在东京待不下去了。

没办法尽情写作。

一开始只是教导我，说不能书写违背国体的内容。

也就是说，现在是国民应该团结一致抵御外敌的时期，即便是虚构情节，也不能书写令人怀忧丧志的东西。

到这里我还可以容忍。

我对战争持否定态度，但也不想进行反战运动。作家里有不少人积极倡导反战，写些反战文章公之于世，但我不同。

我没有兴趣。或许是胆小，总之我看开了。

我写的大众小说是娱乐，娱乐不可能拥有改变社会的影响力。即使如此，该抗议的事还是该抗议，不应该扭曲的事物还是该坚持——我也听到这样的意见，也认为那是对的，但……

我本来就不是那种作风，没办法。

因为有反战意志，所以改变作风，那肯定也是一种变节。如果可以维持原状，我觉得这样就好了。

同业者之中，似乎也有人受到严厉的教导，幸而我的作品没有受到刁难。我的作品虽然打打杀杀，但没有谈情说爱，而且是古装戏。再说，描写妖怪作祟、怪力乱神横行的通俗小说，当局也不屑一顾吧。

因为当局禁止侦探小说，有些人不得已改变路线书写古装捕快故事，但我不受影响。因为从那种意义来说，我写的东西也不算侦探小说。

我为此庆幸，置身事外，继续和过去一样写着荒诞无稽的作品。

然而——

不可违背国体，变成了必须符合国体，很快又变成了必须颂扬国体，我愈来愈感到厌烦。

不可书写令人怀忧丧志的作品，这还没问题。但是叫人写激励斗志的东西，这就伤脑筋了。这完全是把不必扭曲的东西扭曲了。

虽说消极，但我仍是个反战人士，写不出颂扬战争的东西。

言论控制变得严格，媒体也变得迎合国策。

而且还出现了作家之间彼此监视的邻组制度[3]。

拘束到了极点。

小说家除了继续书写巴结国体的作品以外，不被允许存在了。

令人窒息。

有如笼中之鸟。

我停止书写了。

就算什么也不写，也不被放过。我只是因为熟人朋友里有共产主义者和无政府主义者，就被盯上了。沉默已不被允许了。如果不积极赞美战争，便与叛国贼无异——我被这么警告。

我受不了了。

但是——

如果这时候反抗，当下就会变成叛国贼。不是和叛国贼**无异**，而是**不折不扣**的叛国贼。

几名同业被打入监狱。

即使不写成文字，光是谈论，也会获罪被捕。战时流言被严格禁止，特高警察[4]开始连没有社会影响力的一般平民都加以逮捕惩罚。在引发国民不安的名义下，只要是批判的言论，无论是什么，都会遭到封杀。

想要挣脱牢笼——但我明白整个国家都陷入牢笼里，根本无从逃脱。

我决定离开东京，是大本营公布塞班岛沦陷那一天——东条内阁全体成员辞职之后第三天。

塞班守备队全数牺牲的消息公布，应该没有造假也没有扭曲，差不多是据实报道了。

这件事从某些角度来看——不，想都不必想，是一桩大事。要害遭到敌人击破，超过四万名日本兵牺牲了。虽说从玉碎到公布消息，已经过了将近十天，但居然将这么可怕的事实直接告诉国民……这究竟是何考虑？

在这半年左右之前，一名专跑海军新闻的报社记者发表了战况严峻的报道，结果遭到惩罚性征兵。标题为《胜利或者灭亡》的那篇报道，就我看来绝非一篇反战报道。它的论调反倒是在倡导由于局势紧迫，人民必须更加奋起。

这样也触犯了禁令。

据消息人士说，是副标题"竹矛缓不济急"犯了禁。但我完全不懂哪里错了。

这还用说吗？竹矛根本没用吧，就连孩子都知道这个事实。

然而，高层必须让人民认为不管用也得用吧。

这么一来……会怎么样？

塞班岛沦陷的报道，结论也不是"所以状况危险了"，或"必须更加坚持"，而是"即使如此，我国仍屹立不摇"。

报道说，即使如此，日本还是不会灭亡。

怎么可能没事？如果真的没事，就应该让人民知道根据何在。如果岌岌可危，就应该设法挽救。如果要国民齐心协力保卫国家，就应该让每一个国民绞尽脑汁，出点子或出力吧？然而当局这样搞，人民根本无能为力。能做的真的只剩下拿起竹矛了。不仅无法批判，还无法思考，甚至无法自卫。

隐匿事实，或是扭曲事实……这是体制的惯用手段吧。隐匿、捏造，借由操纵信息来诱导大众，这种政策当然不值得赞同，但作为一种手法应该是有效的。因为有时也可能将局势导向好的方向。

　　但是将事实整个公开，又逼人"什么感想都不能有"，这算什么道理？这已经不是言论控制也非思想洗脑，完全是强迫国民停止思考了。

　　我这么认为。

　　我受不了那种苦闷，决定离开东京。即使无法逃离牢笼，只要有似乎逃离了的错觉就好。

　　我拜托熟人，四处打听疏散地点。

　　但迟迟找不到合适的地方。每个地方都有好有坏，不是很合意。

　　我用的养病这个借口也不好吧。因为不想被军方、情报局或特高找碴，我甚至对熟人撒谎说我疑似得了痨病。不过毕竟是装病，就算介绍疗养院给我，我也不能真去，而我也不想去住别墅或旅馆。这不是长期旅居，也不是疏散或游山玩水，而是厌世。

　　开始寻找过了约一个星期时，与我颇有交情的出版社老板偶然帮我探听到了这间小屋。

　　介绍人歉疚地说，那似乎不是什么适合住人的地方。

　　我当场回答说那里就好。

　　坦白说，我就是这块土地——埼玉县本庄出身的。不过也只是幼年住过，在懂事以前，就举家搬到东京了，因此虽然是故乡，但我对这里没什么记忆，也几乎没有半点乡愁。这里没有我出生的家，也没有亲戚朋友。

但我还是觉得这里好。

虽然不清楚为何我会这么感觉，但即使只有一点关系也好，我应该是下意识选择了有渊源的土地吧。

说到底，我根本没有挣脱任何事物。

过去、社会、世间，我依然与形形色色的东西紧紧联系在一起。

别说是被系住的风筝了，现在的我根本是动弹不得的笼中鸟。

没有从任何事物获得丝毫自由。

咯呜咯呜，夜鸟啼叫着。

3

鸟在夜里也会飞哟——宗吉说。

鸟在夜里看得见吗？我问，宗吉说这就不知道了。

"听说鸟在夜里看不见，这是迷信吗？猫头鹰也是夜行性的嘛。"

"这我就不清楚了。也许看不见，是乱飞一通的，不过鸟在夜里确实也会飞。喏，我之前也说过，鸟在飞的时候会发光。是鸟火。"

"鸟火啊……"

像青鹭就经常发光哟——宗吉说。

我还是觉得难以想象。

"说到想象，我才无法想象睡觉的鸟呢。我在森林里混了很久了，从来没见过鸟睡觉的样子。鸟是在树上睡觉吗？不会掉下来吗？"

不清楚呢，我回答。被他这么一说，我也纳闷了。

"以前……对，二十年以前，我养过文鸟，时间很短。可是被你这么一说，我发现自己的确没见过文鸟睡觉的样子。"

会不会根本不睡觉？——宗吉一本正经地说。

"应该还是会睡觉吧，毕竟是生物嘛。哎，小动物很胆小，是不是有人看着就不敢睡？"

"是……生物吗？"

宗吉的反应很奇妙。

"哎，总而言之，我觉得鸟在夜里不会睡。夜里鸟一样会飞，也会叫嘛。所以一点都不稀奇啊，夜啼的鸟。"

不过那声音真是凄凉呢……

宗吉把手中的竹篮放到矮桌上，眼睛转向窗外。

"哎，鸟儿是寂寞吧。"

"宗吉先生，你这话真是文学味十足。的确，那声音听起来很哀伤，也很寂寞……"

"那当然了。我喜欢夜里出门。我觉得我该去当更夫的。"

"喜欢夜里出门？"

"在夜里徘徊。在镇上的话，就是叫人'小心火烛'的更夫，不过这一带人家稀疏，森林里也没人用火，所以在夜里晃荡，看起来就只是个可疑人物，也才会招来村里人的白眼。"

宗吉发出干干的笑声，请我吃笼里的芋头。

他说蒸太多了。我道了谢，用指头捏起一颗。宗吉说已经不烫了。

"我觉得啊，老师你这人，嗯，虽然来历不明，很神秘，但认识的人似乎都很信任你。我去打听过了。难得有人找我，所以我去了村里一趟。然后呢，简而言之，就是我的风评太差而已。老师就是跟我这种人打交道，才会被不认识的人当成坏家伙。我挨骂了呢，说那位老师是知名的文学家，你这种失败者在人家家里走动，会害人误会。"

"挨骂？谁骂你？"

分校的校长啊——宗吉搔搔头说：

"他是我的同窗呢，小学的。我小学同窗都死了，现在只剩下他跟我还活着。他真的很爱唠叨。从年轻时，他就成天对我说教，叫我去工作什么的。今天我也被骂惨了。说什么东京有宪兵过来，警告我不要惹出乱子。"

"宪兵队过来？来本庄吗？"

"不是队，好像只有一个人。说是来找人的。"

"宪兵单独来找人……"

我有些不安。

我自认为没做什么会被捕的坏事。倒不如说，我根本什么也没做。我只是镇日读书，无为度日。除了宗吉以外，我几乎没有跟别人说过话。

即使如此，还是不知道会遭到怎样的抹黑。在这非常时期，居然耽溺于旧幕府时代荒唐无稽的书本之中，太不道德了——若是这样的罪状，我百口莫辩。

不过……现在我在读的是平田笃胤的书。笃胤是国学家，并非剧作家。我正翻阅的也不同于读本或合卷本，并不是为了娱乐而写的书。

不过这点程度的差异，没任何意义吧。我不知道江户时代的国学现在受到怎样的评价，但不可能因为读的是笃胤，就受到赞扬。况且我看的不是国学启蒙书，而是《胜五郎再生记闻》，一本有关转生的见闻录。一样是与国家毫无关系、不被需要的书籍。

跟老师无关啦，宗吉说。

"宪兵好像在找一个女人。说要是看到一定要通报……哎，我就是为了那件事被叫去的。"

"找女人？宪兵吗？"

"很奇怪对吧？可是跟我说也没用啊。

我不知道有什么隐情，不过这种鸟不生蛋的村郊荒地，不可能有外地妇人一个人闲晃嘛。

白天很安静，晚上更是一片死寂。晚上走在外头，也碰不到半个人。村里的人也不会来嘛。我在这儿走动十四年，碰到人的次数都数得出来。晚上……"

就只有鸟啊，宗吉说，又望向窗外。

晚上有那么多鸟在外头飞吗？

"我说鸟啊——"

那鸟啊……

是死人吧？

宗吉说。

"死人？"

"人啊，死掉以后是不是会变成鸟呢？老师。"

是不是会变成鸟，夜里飞……？

这……

这是什么话？

我有些惊讶，沉默了一会儿。

确实，不必举倭建命[5]为例，死后灵魂化成鸟的形态飞离，这样的传说寓言，不分东西皆有流传。

这应该不是多稀奇的概念吧。会在天空飞翔的就只有鸟或虫子，而把灵魂比喻为鸟或蝴蝶，可以说是非常理所当然的联想。

但就算听到鸟是死人，我也不知该如何回话。

"为什么——"

为什么突然这么说？我问。

"哦……难道不是吗？我这个人没有知识嘛。"

"也……不是说不是。"

我不愿否定。不，我无法断定说不是。

只是。

"嗯，死后灵魂**变成**鸟的形态，是有这样的传说或信仰。不过那是化为鸟的形态……"

不，鸟全部都是死人——宗吉再次强调。

"全部……都是死人？"

"我觉得全部都是。因为啊，每次只要有人刚死，鸟就会飞。"

"你的意思是……幽灵吗？"

"我从来没有见过幽灵，不过幽灵是人的形状吧？幽灵是不是没能变成鸟的死人啊？"

"哦……"

也有这种看法啊。

我觉得有些新鲜。

"那么，你是说他们**转生**成鸟吗？"

转生，那正是我目前在读的书的核心。

如果不是死人，怎么会发出那么悲哀的叫声？——宗吉说。

咯呜咯呜。

昨晚的鸟叫声也很哀伤。

——那是死人吗？

对了，老师一直是孤家寡人吗？——宗吉非常突兀地问。

"还是夫妇分居？"

"为什么这么问？"

"因为老师不是一个人吗？如果是疏散，应该会带太太来吧？而且没有佛坛也没有牌位，所以我猜老师是不是一直都是单身。"

虽然没有牌位也没有佛坛。

不过……

"过世了，已经十九年了。"

啊啊——宗吉高声说。

"这……真是失礼了。太抱歉了。"

"不，没什么好道歉的。我这个人没有信仰。虽然对亡妻抱歉，但我不喜欢祭祀那一套。也没有坟墓。"

"连坟墓也没有？"

"亡妻葬在娘家的墓里。"

"哎呀……"

是有什么苦衷吗？——宗吉正襟危坐，身子稍微前倾。

"也没什么苦衷。首先呢，我们家的家墓……没有人去祭拜。家族，或者说子孙就只剩下我一个，而我也不去上香，所以也束手无策啦。相较之下，亡妻娘家有许多亲戚，每个人都很虔诚，家墓也很宏伟，中元忌日都一定会办法事，每个月的忌日也都会供花上香什么的。"

一旦埋下去，就去不了别处了。

她一定会希望有人去看她吧，我这么想。

"再说，坦白说呢，我娶妻之后，短短两年她就过世了。因为胃穿孔，死得很痛苦。她和我在一起的日子很短。如果扣掉疗养期间，甚至不到两年，只有一年而已。如果被葬在这种人的家墓里，妻子也太可怜了。"

妻子……没能撑到昭和就过世了。

那，是大正末期喽？——宗吉仰望，声音有些虚弱地说。

"差不多吧，应该是。比我老婆死得更早，那一定还很年轻吧。太可怜了。"

妻子比我小八岁，死的时候大概二十二岁吧。我如此说道，宗吉便歪起短短的眉毛，难过地说太年轻了。

"她的胃一直不好，而且又死得很痛苦，真的很可怜。"

"就算是生病过世，也太年轻了。我的老婆也是年纪轻轻就走了，但老师的太太比我老婆更年轻。我老伴是十四年前，三十九岁过世的。是因为营养失调，又碰上流行性感冒。"

"等一下，宗吉，我记得你上次……"

——逃走啦。

是这么说的。

"宗吉，你的太太，呃……"

是**死掉以后才逃走**的——宗吉害臊地说。

"死掉以后？"

"嗯。就是，呃……"

我果然很奇怪吗？宗吉垂下头。不，你一点都不奇怪啊，我毫无根据地说：

"我现在正在读的这本书，是以前的知名学者写的，里面有一篇转生的男人的故事。上面提到，有个死去的孩子，在别的地方又出生了。"

"出生？这怎么说？"

"我不太会说呢。唔，比方说，我没有孩子，不过假设我有个叫藤藏的孩子好了。然后藤藏得了天花，六岁的时候死掉了。"

这么小就死掉，太可怜啦——宗吉露出泫然欲泣的表情。

"不，是打比方啦。然后藤藏死掉以后，在完全不同的地方，有个叫胜五郎的孩子出生了。是完全不同的两个人，父母互不相识，村子也不一样。但是呢，胜五郎拥有只有藤藏才知道的、藤藏的记忆。"

"他曾是藤藏吗？"

胜五郎就是胜五郎——我回答：

"我还没有全部读完，不过据说这个胜五郎呢，询问兄弟姐妹说：'你们出生以前是哪里的孩子？'"

"出生以前？"

宗吉面露不安。

"一般来说没有人知道出生以前的事。不可能知道。因为还没有出生，根本**没有**以前可言。但是胜五郎知道。他知道自己以前叫作藤藏，死过一次，然后进入现在的母亲的肚子，唔，他这么宣称。他还说他记得葬礼的情形……不过这是古时候的事了，也无从确定是不是真的。"

"哇……"

宗吉露出快哭出来的表情。

"怎么了？"

"就是藤藏死掉，然后胜五郎出生以前，那个藤藏**怎么了**？"

"哦。"

我读的时候没想太多。

"唔……从葬礼的描写来看，藤藏在被下葬以前都跟尸体在一起，然后好像回家了。藤藏不管跟什么人说话，都没有人理他，然后出现一个白发老人，把他带去别的地方，他就在那里玩耍。"

"别的地方？"

"据说是个很高的地方，是一处花朵盛开的美丽草原。书上写那里有鸟。藤藏想要攀折树枝，结果鸟跳出来威吓他。后来，老人把他带到胜五郎出生的家，指示他从那一家的母亲肚子里生下来……"

"那个啊——"

是不是说那个**藤藏也是鸟**？——宗吉说。

"书上……并没有提到他变成了鸟。"

"没有人看得到自己是什么样子啊，老师。"

"是这样没错，可是……"

"那里，那个花朵盛开的草原，我不知道是极乐世界还是什么，应该是死掉以后会去的地方吧。那样的话，应该会有更多死人才对。可是那里只有那个老爷爷，其他就只有鸟，不是吗？"

那么。

"高处的草原，那会是哪里？高处指的是山上吗？"

这……

"如果可以在天空飘浮，那是不是飞过去的？"

如果是飞过去的。

表示人死了会变成鸟。

会变成鸟啊，老师……

"宗吉，你……"

"我老婆也是变成了鸟啊。"

变成鸟逃走了。

原来……是这么回事吗？

"我啊，是个没用的男人。还做着开电车的工作时，我还算是普普通通地过着日子，可是我的人生里啊，正经工作的也只有那个时候。直到有轨电车废除稍早前，我在那里工作了五年。在那之前，我不管做什么都撑不到一个月，有时候甚至三天就辞职了。我也不适合养蚕。我没钱，虽然也玩过赌博，但不合我的性子。简而言之，我是个什么都不会的男人。明治过去了，变成了大正，有个好管闲事的家伙觉得我只要成了家，就会改过，帮我找了个老婆来。那时我已经三十多岁了，老婆大概二十岁。她是个很能干的女人，也给我生了两个娃儿。"

"原来……你有孩子吗？"

已经没啦——宗吉说：

"第一个不到一岁就死了，第二个活到十一岁，可是也死了。掉进河里溺死了。正好是我被电车公司开除稍早前。"

他们变成鸟了——宗吉说：

"第一个孩子过世以后，老婆不知道从哪里弄来了小鸟，养了一阵子。是一只白鸟。那是我死掉的孩子啊。不过不知不觉间小鸟不见了。第二个孩子死掉的时候，我喝得烂醉，喝到神志不清，所以不知道，可是……"

那孩子也飞走了呢。

飞过夜晚的森林。

咯呜咯呜叫着。

去了某个地方。

"孩子死了，工作也没了，我愈来愈堕落。我什么也不做，就是躺着。老婆到处兼差工作，不停工作，导致营养失调，一次感冒就死了。我……"

我伤心啊——宗吉平淡地说：

"尸体不会动啊。不管怎么摇，怎么捶，不动就是不动。我老婆瘦得皮包骨，头发稀稀落落，变得愈来愈苍白。没钱叫医生啊，只能让她躺着而已。老婆什么也没说，再也不动了。只有眼睛睁着，明明什么都看不见了。"

"宗吉先生……"

"我啊，就一直坐在旁边。像个傻子一样，坐了一整天。结果……"

结果。

"窗外忽然传来翅膀拍打的声音。我立刻转头一看……"

在发光啊。

"青色的光一瞬间从窗外唰地闪过去。我啊，莫名其妙地就是没办法待在原地，觉得我不能待在那里，按捺不住冲了出去。结果啊，屋顶上……"

我老婆就在那里。

"是鹭啊，一只很大的鹭。它呢，像这样发出青光，闪闪发光的。鹭哀伤地叫了一声，然后大大张开翅膀……"

看了我一眼。

飞走了。

等一下，等一下，不要丢下我啊。

不要丢下我啊。

"我追上去，连草鞋也没穿，就跑着。穿过村子，穿过田埂，鹭，我老婆，在荒地上闪闪发着光，像这样，拖出一条光来……"

往森林，往那边的森林，逃了进去——宗吉低声地说：

"后来我开始每天去找。尸体也放着不管，丧事什么的也没办，被村子里的人骂惨了，说我是个遭天谴的。因为村里的人都知道老婆嫁给我是糟蹋了，也知道我让她吃了多少苦。后头的事我全丢给别人，什么也没做，就是在森林里不停游荡。他们一定觉得我疯了吧。可是没办法啊，尸体已经不是我老婆了，我老婆飞走了。"

"宗吉，所以你才……"

十四年来。

每天晚上。

在夜晚的森林。

"不，我也不是一直在找啦，老师。一开始啊，哎，我也莫名其妙，只是糊里糊涂地走着，然后渐渐就成了习惯，这样而已。结果我被村子里的人当成疯子……没办法啊。哎，我没工作，也不想工作，被房东赶了出来。现在住的地方，也是先前跟你提过的同窗校长的房子。那是他分配给我的，一定是看我可怜吧。他是在同情神志失常的儿时玩伴啊。他不算我房租，说那里他们没在使用，要我住在那里。也是啦，我这种人要是待在村子里，总是会闹出问题，所以或许是想把麻烦精隔离出去吧。不过我也算是被村子排挤了，所以没办法，只好自个儿耕作过活。我活着……"

其实也没什么意思了。

"可是啊，人真的很难死呢。结果我就这样活了十四年。"

夜晚的森林有许多鸟哦。

"每晚每晚，这十四年来，没有一天没看到鸟。夜晚的森林里啊，鸟儿会飞，会啼叫，有时也会发光。因为每天都有很多人死掉嘛，所以鸟会飞过来，然后咯呜咯呜地叫，发出青色的火光飞着。我想……"

塞班岛一定全是鸟吧。

那里死了很多人嘛——宗吉说。

我想象覆盖整片天空的鸟群。大地被遍野尸山所淹没，地平线仿佛成了镜面，倒映出对称的镜像。不过——

尸体一动也不动，而鸟群蠕动着。

老师，谢谢你啊——宗吉说。

"为什么道谢？"

"我呢，一直很在意鸟究竟去了哪里。人死掉了，解放了，自由地飞翔了，到这里都还好，可是不知道飞到哪里去了……"

那样不是太无常了吗？——宗吉说：

"飞啊飞啊，飞到天空的尽头，然后消失不见，这样太寂寞了，太寂寞了啊。但是今天听老师说了那深奥的书上写的事，我总算了解了。鸟……"

会转生成人呢。

"转生成人？"

"就是胜五郎啊。胜五郎是人吧？"

"噢。"

原来如此，宗吉将胜五郎的重生自己做了一番解释吧。人死后会变成鸟，翱翔一段时间后，再寄宿于某人的胎内，再次诞生于此世。

那孩子一定也活着呢——宗吉说：

"都还不会说话就死了，一定不记得我了，可是一定又投胎到别处去了呢。那样的话我也安心了。因为我死在河里的儿子……"

还有老婆，都还活在某处，对吧？

希望他们这回不会再吃苦了。

"我呢……"

不会再继续找下去了——宗吉说。

"你要停止夜间的散步吗？"

"不了。死人也不想死掉以后，还每晚看到我这糟老头的脸吧。从今以后……"

我只会在忌日想起来。

想起老婆和孩子。

宗吉如此做结。

4

今天是忌日。

亡妻的忌日。

我的妻子在大正十五年十月十四日过世了。

婚姻生活不到两年，很短暂。我们没有孩子。

我们是相亲结婚的。当时我二十九岁，妻子二十一岁。我是个初出茅庐的作家，刚在杂志上刊登过几篇小说，媒人是那份杂志的总编辑。我们在向岛百花园附近的日式餐厅相亲。妻子从头到尾低着头，不发一语。

结为夫妇以后，我们的对话也很少，但我想我们相处得不错。

虽然也许只有我这么想。

我不知道妻子是否觉得幸福，我也不知道自己怎样。因为首先我就不懂什么叫作幸福，这也是无可奈何的事，不过至少我们算不上不幸。

我只是伏案写作，有时外出流浪。

妻子只是守着写作的我，不管我去哪里，都在家中等候。

过了一年左右，妻子病倒了。

她住了几次院，病倒之后一年，在医院过世了。

我照顾她，为她看护，但不觉得特别累人。只是觉得可怜，太可怜了。没有人愿意碰上疾病。家人——大概是我唯一的家人——生病，比自己生病更难熬。我什么忙都帮不上。出于工作性质，我很清楚鼓励和安慰派不上半点用场。

我必须赚取治疗费，所以不能减少工作量。幸而我接到一定数量的稿约。有时我会在病房里写作。妻子说，我会快点好起来，好起来为你洗衣。

一定是因为我的仪容变得寒酸吧。

妻子有许多亲戚，但没有兄弟姐妹，父母也过世了。

对妻子而言，我也是她唯一的家人。虽然我从来没有想过这件事。

我买了花。

我是买了花，但为何而买、是什么花，却完全不记得了。不过我主动买花，毕生就只有那么一次。我带着花到病房，但妻子已经离世了。

——就像宗吉说的。

尸体不会动了。我没有摇，也没有捶，但妻子不动了。

我应该摇她，捶她，大哭一场的。

都过了十九个年头，如今我才这么想。那个时候，为何我没有大哭大叫，呼喊妻子呢？

很遗憾，病人过世了。病情突然恶化，没来得及抢救。

——嗯。

我只应了一声。

我至少该叫一声她的名字的，应该叫她的。

——什么嗯。

装模作样也该有个限度。我深深懊悔。是这十九年来，我未曾有过的深深懊悔。

我不是为了逃离什么而来到这里。

我并不是想要甩开一切，获得自由。

我反倒是不愿被抛下，我想和妻子绑在一起。

其实我只是不敢正视与妻子生活的短暂岁月罢了。

然后在这第十九年，我总算想起妻子的脸。

啊啊。

我合上书本。

我没有点灯，所以根本看不见字。

今天是妻子的忌日。

妻子在十九年前的今天……

变成了鸟吗？

我抬头，屋内已是一片漆黑，什么都看不见。只有高高堆起的无为书山，黝黑地耸立着。

咯呜。

咯呜咯呜。

死人在啼叫。

是鹭啊。

巨大的青鹭。

会闪闪发光哦。

青鹭火。那是，那是我老婆啊。

我死去的老婆……

我站起来，走出小屋。

太阳还没完全落下。仍是傍晚时分。

景色已经失去了细节。森林、草丛，都化成了暧昧模糊的一团。我仰望屋顶。

什么都没有，不可能有。

森林另一头，是一轮又圆又大的太阴。

天空晦暗，森林幽暗。

我绕到小屋后方。

后方有水井。

——本庄的水很甜哦。

宗吉常这么说。确实，这一带的地下似乎有水脉，也有许多涌泉，水系也十分丰富。我被吸引似的靠近水井。

水井……

据说通往冥界。传说中小野篁[6]便是通过水井往返现世与冥府。

我望向那圆形的洞穴。

黝黑的水面在遥远的下方。

我放下水桶，汲水上来，用手掬起饮了一口。

冰得刺骨。然后就像宗吉说的，十分甘甜。桶中的水也吸取了薄暮的黑暗，一片黝黑。

我注视着它的表面。

缓缓摇荡着。

薄暮摇荡着。

刹那间。

振翅声起。

一道青色的光辉掠过水面。

我立时抬头。

鸟在发光。

"阿里……"

我大声呼唤妻子的名字。鸟拖着发光的尾翎飞离了。

"阿里、阿里等我！"

我追上去。

鸟会发光哦。

鸟在夜里也会飞哦。

鸟全都是死人哦。

原来是**真的**。

我跑了起来。踩过泥土、踹开青草奔跑。

我追赶着妻子，进入森林。

鸟。

鸟火。

那是小小的、微弱的火光。确实就像反射阳光的玻璃一般。

因为很黑，所以才能看得那么清楚。

然后，我在森林里。

唐突地回过神来。

我……一时失去理智了。

宗吉的话、笃胤的书、我心中的积郁与不安，这些交织在一起……让我失去了正常的判断力吧。我不懂为何要离开家，也不懂为何要跑。完全是反射性的行动。

妻子。

我应该是在缅怀妻子的。

我挖掘贫乏的回忆，摇晃干涸的情感，只是沉浸于已逝的过去。

那只是单纯的怀旧。

即将迈入五十大关，或许我是变得软弱了。也有可能是受到不安的世局影响，内心逐渐扭曲了。这些不自然的精神状态，由于一点小事而崩坏，使得累积的过往激烈地决堤而出罢了。

小事。

我停步仰望天空。

鸟火。

青鹭之火。

鸟似乎有时会发光。应该是羽毛的某处反射出微光——夕阳、初升的太阳，或是镇上的灯火吧。

虽然十分富于幻想，但肯定是自然现象。

鸟不可能是死人，更……

不可能是妻子。

我笑了。

然后恢复平静。

——好了。

现在该怎么办？

我经常散步，但从没在这样的傍晚时刻闯进森林里。宗吉说他会在夜间出来漫步。无论动机为何，在树木之间，枝叶底下彷徨，感觉似乎也不坏。

反正我也没别的事。

我并没有受到拘束。世人大概就称这种状态为自由吧。

我走了一会儿。很快就到了小森林的尽头，景色变得开阔。听见流水潺潺声。

是河。

应该是利根川吧。

我来到利根川的河边。

这里我散步来过一两次。

一望无际的芒草在河岸摇曳着。昏暗。河面早已一片漆黑，只有些许波光显示水的流动，让人看出湍流的水面。唯独水声不曾歇止。景色已然昏暝，这是惹人不安，同时也是常见的风景。

水面的波光。

对了，鸟的光很像那水面的波光。

我注视了一会儿。

波光很快就消失了。

我的视线沿着水流移动。

结果看见河川中央处……

有个白色的人影。不，不是人。

那大概是鹭。

人不可能站在河中央。

我这样想，定睛一看，那确实是一只鹭。

我从来没有在东京见过鹭，所以不曾仔细观察过，但现在一看，形状也颇像人。据说自古以来鹭就经常被错认为幽灵，现在目睹，也觉得难怪。

我远远地看着鹭，沿着河边前进。

我什么都没想。

有些冷。皮肤刺痛着。

我直接跑出来，所以连外套也没穿。但我和宗吉不一样，不知为何，没有忘了穿鞋子。

鹭一动也不动。

因为鸟不会思考。

我想，鸟没有过去也没有回忆。

我想着这些愚不可及的事，继续前进。

想要写小说——这个念头忽然涌了上来。写不出来、没人要我写、就算写了也无法刊登、可能会被命令重写——会受到称赞或批评、情报局、特高、军人、战争，这些我忽然都觉得无所谓了。

浑身上下都是文字。不能只是读。我想要写。如果是在稿纸之中，至少我是自由的。因为稿纸当中没有过去也没有回忆。没有战争，什么都没有。空白的格子，只会不断地被文字填满。只要一个字一个字写下去，我可以成为鸟，也可以成为女人。

——难看地活在世上没有意义。但没有意义也无所谓。

即使远离世间，即使与社会隔绝，我也不在乎。

我没事的，阿里。

沉浸在书中。

然后逍遥于荒凉的远古。

慢慢地走在杂草摆荡的河边。

淡月已然升上天际。

掌灯时分的风吹拂而过。

就在这时。

我忽然一阵栗然不安。水声吗？不，是风令草原颤动的声音吗？还是……人声？

——女人。

不知为何我这么感觉。暮色愈来愈浓了。

鹭也在不知不觉间消失了。

一阵沙沙声响。我望向声音的方向，却被高耸的杂草与芒草阻碍，看不清河面。只听到仿佛争执的声音。

——是女人。

我再次这么想。

这种鸟不生蛋的村郊荒地，不可能有外地妇人一个人闲晃嘛⋯⋯

没错。

就像宗吉说的，这种地方不会有女人。不可能有。

如果有。

——那就是青鹭。

我听见一道响亮的水声。

有东西坠河了。一股非比寻常的不祥气息，从河岸的堤坝滚落，落入水中。只能这么推测。我觉得非确定不可，走到堤坝边缘查看。声音停止，气息也消失了。我感到难以释然，因而分开草丛，拨开芒草，跌跌撞撞，下至河畔。浑身沾满了枯草。

空无一物。

只有河水缓缓流过。

太荒唐了。我是疯了吗？

我果然有毛病。

河风极冷。

辛苦下来，却又得爬上去，也教人觉得气恼，所以我决定沿着河畔，往家的方向走回去。虽然很冷，但我认为这样比较好。堤坝就在河边，不管从哪里爬上去都一样。

走回小屋要多久呢？

一眨眼天色就暗了。

已经入夜了。

啊，鹭还在。

河川正中央有鹭在发光。

那是。

那是——

那是女人。

阿里……

我踏入河中。

昭和十九年[7]十月十四日，微寒的向晚时分，宇多川崇救了在河中失去意识的女人一命。

---

1 江户时期出版的附插图的娱乐书籍《草双子》，在进入江户后期开始流行的形式叫作"合卷"，是将原本五张十页一本的《草双子》，数本合并为一本而成。

2 即一九三〇年。

3 日本昭和时期，为了强化国民统管而制定的一种基层居民组织。以五至十户为一单位，置于部落会、町内会底下，执行配给、供应、动员等事务。

4 特别高等警察，于一九一一年设置，直属于内务省，负责镇压共产主义运动等社会运动。日本战败后在盟军最高司令官总司令部命令下解散。

5 倭健命，《古事记》中登场的皇子，在《日本书纪》中的名字为日本武尊。据传死后化为白鸟飞离。

6 小野篁（八〇二～八五三），平安时代的公卿文人，具叛逆精神，有野相公、野宰相之称。传说小野篁每晚经水井前往地府，在阎魔大王身边担任审判时的辅佐。

7 即一九四四年。

墓火——

去者日以疏

生者日以亲

古墓犁为田

松柏摧为薪

阴火熊熊如五轮

心中竟有何执着

——今昔画图续百鬼／卷之中·晦

鸟山石燕（安永八年）

〔第拾陆夜〕

墓火

1

"神佛……"

是人做出来的吗？宽作老翁低语道。说完后，便往地炉里添炭火。天气不冷，但也不热。虽然还不到非取暖不可的季节，但夜里还是颇有凉意。这栋小屋虽然坚固，但十分简陋。

"做出来？……这说法还真古怪。"

寒川应道。

"神佛"与"做"，这两个词语的组合听起来很冲突。不过寒川也只是直率地说出感觉而已，并不是深思后的应答。

老人干燥的皮肤上挤出皱纹，貌似感到意外地反问：

"为什么？"

"为什么，呃，还是只能说古怪啊。因为神与佛是……"

是人工物吗？

不。

"唔，我不懂世上是不是真的有神佛，不过说它们是人做的，也未免太奇怪了。不论实际上如何，那些东西有很多人信仰，那么……对，这样说不是很不敬吗？有些人听了，会说你要遭天谴的。"

寒川只是在说笑而已。

然而宽作老翁的眉头锁得更紧了。

"哪里要遭天谴了？"

"咦？老爷子真爱抬杠呢。我并不是说宽作先生要遭天谴，只是不懂你究竟想表达什么。"

就是字面上的意思啊——老人把脸转向地炉说：

"你才是，你不是去了东京、念了大学的学士大人吗？那么聪明的人，不会相信神啊佛的那类迷信吧？"

神佛不算迷信啊——寒川回答。

"不算吗？"

"不算。唔，这年头的风潮，确实什么事情都爱说成迷信……对，把大半辈子都奉献给明治大正和扑灭迷信的井上圆了[1]老师，他原本也是佛教哲学家。我出于兴趣，也看过几本井上老师的著作，不过他没有否定信仰哦。"

"那个佛教、信仰什么的……是怎样的？"

"什么意思？"

"应该都很深奥吧？村里的老人家拜佛，跟那佛教信仰什么的是一样的吗？哲学的话，就更不懂了吧。"

老人家才不管什么道理——宽作说：

"不只这样，神与佛不是没有区别吗？叫作什么教的什么信仰的，又是不一样的东西吧？只是有学问的学者在那里说说而已吧？"

是这样吗？

"说起来啊，信仰这玩意儿也是，"老人……今天难得地饶舌，"信仰虔诚跟迷信不是一回事？尤其对城里人来说。"

"才……不是一回事，绝对不是。"

"哎，我知道啦。有位老太婆说背很痛，叫神明给她治好，跑去后头的祠堂烧香，这样算信仰吗？她算是信那个祠堂的神吗？我不觉得。老太婆只是背痛而已。只要可以帮她治好，就算是鱼头她也照拜。老太婆大概连祠堂里祭祀的是什么神都不知道吧。这样也算信仰吗？"

"这个嘛……"

这类事情不是寒川的专长。

"唔，如果老先生说的是有没有现世福报，与宗教的教义是两回事，这我可以理解。治好头痛、保佑生意兴隆，与佛教的教义确实……应该无关吧。"

"就是啊。生意兴隆，这可是迫切的希望，生病也是吧。把这些说成信仰，不太对吧？会念佛，是因为想要上极乐西方世界吧？不可能是因为先有敬奉阿弥陀佛的心。"

或许吧。

寒川竖起外套衣领。不是觉得冷，而且他人在室内，应该把外衣脱下来才对。别说脱下了，他在外头时根本没穿外套，是拿在手上的。

进小屋时，寒川穿上了外套。

他觉得在这里就该穿外套。

"可是……也不是说城里人就完全没有信仰啊，宽作先生。不管信的是基督教还是佛教，人们不会因为你信教就轻蔑你。"

"不会吗？"

"不会吧。因为每户人家都有佛坛，忌日和中元的时候，也都会去扫墓；过年的时候也会去神社参拜。侮蔑说这是落伍迷信的人……嗯，也不是没有啦，但也不多吧。"

不多吗？——老人喃喃。

"只是我也了解宽作先生说的意思。"

"你了解吗？"

"虽然只是大概啦。我也觉得那种节日式的活动，还有哀悼死者的心情，不太适合某宗某派这样的分类。每个宗派和地区，应该都有不同的祭祀和祭拜方法，不过根本的地方是相同的吧。最根本的地方，与教义、宗派这些是无关的。"

"就算无关好了，但你说的那个根本，不就是迷信吗？"

"咦？"

老人将清瘦的身子转向寒川。

"我小时候村里有叫作'公子'的人。"

话锋转得太唐突，寒川愣住了。

"公子……？"

"别搞错了，不是诸侯家的公子。我不知道实际上字怎么写。公子是双目失明的女人，对，就类似巫女。公子呢，会降灵，降生灵或死灵。"

"降灵……？"

"你不知道吗？就是召来死人或身在远方的……让他们附身啊。那是叫灵魂吗？还是什么？在像这样的茶杯里倒水，用纸捻搅拌，然后召唤。"

"召唤……灵吗？"

"是啊。然后公子会变成召来的人，替他们说话。"

是迷信哪——宽作老翁说：

"那种就是迷信吧？"

"唔……"

应该算是吧。

"神佛姑且不论，可是灵的话……"

"不，村里的人也都说那是迷信，所以就是迷信啦。还有啊，像是被蜂蜇到的时候，我们会念三遍'蜂忘了平家狩猎蜂巢的弓矢之恩吗？阿毗罗吽欠娑婆诃'。这么一来，就不会肿得太厉害。晚上老是尿床的小孩，就让他背着被褥，在屋子周围绕上三圈，这样一来就会治好。"

"真的吗？"

天知道——老人冷淡地说：

"是迷信。"

是迷信吧——宽作老翁强调说。

"这种不就叫作迷信吗？"

"唔……"

这类行为确实全被称为迷信吧。

啪哧，炭火爆裂。

"那些东西怎么说，都没有根据，对吧？"

"唔……应该是吧。嗯，该说是没有理由还是……"

"道理说不通，对吧？这我懂，就连我这种老古董都懂。不管在屋子周围绕上多少圈，会尿床的孩子还是会尿床。简而言之，道理说不通的事就是假的，是歪门邪道。难道不是吗？"

老人说得没错吧。

然而寒川没有应声。

"你说的那个根本，是不是就是道理说不通的？管他是念咒还是祈祷，都不可能治好疾病。病可不是一句'病由心生'就可以解决的。要是那样的话，就不会有人求神问卜了。更别说什么想要钱、想要讨媳妇，这些事情问神明又有什么用？"

"这……说得没错。"

那就是迷信啦——宽作老翁说：

"相反的，根本以外的地方——宗教啊信仰那类道理说得通的东西，唔，就会被认为是好的，对吧？什么某某宗，或者哲学、道德那类的，会被当成是好的，喏，不是吗？"

或许是吧。

寺院和神社原本都不是为了带给人们现世福报而设的。寺院应该是出家僧修行的场所，神社是祭祀神灵的神圣场域。然而人们却闯进里面，自私自利地倾诉些想要致富、想要变聪明的愿望，说起来，这应该是错误的行为吧。即便它负有驱除灾厄、镇护国家、守护众生的任务，也是一样。

"那样的话，"老人不悦地撇下嘴角，"戒律、教义那些东西虽然被当成好的，但在根本的地方，不也一样是迷信吗？那神佛什么的，也算是迷信的一种吧？难道不是吗？寒川先生。"

"呃……唔……"

老人斩钉截铁地断定，寒川总觉得有些抗拒。寒川立志成为理学博士，而且也不认为世上真有神佛，但还是无法像那样全盘否定。这样否定令他感到内疚。

或者说觉得寂寞。

"不是迷信不迷信的问题，而是……呃，心的问题吧。或者说观念上的事物……"

"所以说啦，这跟刚才的灵什么的又有什么不一样呢？"

"灵……吗？"

"幽灵是迷信吧？"

"是啊。"

确实……这年头应该没有人会真的相信有幽灵吧。不，但也没有人完全否定。简而言之，这是**无关紧要**的问题。

挣扎求生的时期太长了。

战争期间，真的是勉勉强强才能换得不死。

无论在战场或后方，死亡随时阻挡在眼前。处在随时可能会被杀的迫切状况中，根本无暇害怕什么幽灵吧。

而到了战后，整个国家全面进行重建工作。对于死去的人，每个人应该都怀有深切的哀悼，但走错一步，被哀悼的可能就是自己，这也是事实，因此没空去管什么死灵亡灵。

对于拼命求活的人，死人也无从干涉吧。也没听说过士兵的亡灵、死于空袭的人的幽灵这一类的传闻。直到社会恢复平静，才总算稍微听到一些灵异说法。

"如果幽灵是迷信，那神也是迷信啊。喏，你知道那边的……"

老人用下巴比了比。

"那边的神社里祭祀的是谁吗？"

"是……"

距离不近，不能称为"那边"吧，但老人指示的方向前方，毫无疑问就是日光东照宫。

"德川家康……吗？"

"是东照神君德川家康[2]——权现大人。"

德川家康是人吧？——宽作老翁说：

"或许他是个伟人，不过是人啊。伟人的灵就可以吗？祭祀它就是信仰，信我们这种人渣的灵就是迷信吗？"

"不，呃……"

两边都不算迷信——寒川说：

"我刚才也说过，扫墓并不被视为迷信。伟人也只是墓比较大而已吧。东照宫里头的奥之院，不就是墓地吗？"

"墓在别的地方啦。听说是埋在骏河的久能山，牌位放在三河。还有嗮，东京不是有吗？很大的寺院。"

"增上寺吗？"

"那里不是德川的菩提寺[3]吗？所以我觉得那边的那个还是神社啦。"

"那么宽作先生，你认为……神和佛都是人做出来的……"

都是假的？——寒川问。

虽然他不太想说这种话。

老人这回噘起嘴唇。

"不是啦。"他说，"我呢，今年已经八十多了。我是明治出生的。"

宽作老翁确实是个老人家。

但是从他健朗的举止，完全看不出八十高龄的老态。寒川第一次见到他的时候，以为他才六十出头。

"活了八十多岁的我啊，是个古董货了。在我小的时候啊，这座山的寺院叫作满愿寺。听说戊辰战争[4]时新政府打赢了，然后政府就没收了它当时的名字轮王寺，我不知道理由。据说轮王寺原本是皇族御赐的寺名。在得到这个寺名以前，是叫作满愿寺。结果等于是把名字变回去了。不过满愿寺好像原来也是天皇御赐的名字啦。"

"这……样啊。"

"哎，这不重要，名字叫什么都无所谓。可是问题来了。听好了，这日光山呢，有东照宫跟二荒山神社，还有轮王寺，共两社一寺。不过追本溯源，原本都是山的一部分。"

"山的一部分？"

"听好了，寒川先生，在变成两社一寺以前，日光这里呢，据说是男体、女峰、太郎这三山，千手观音、阿弥陀如来、马头观音这三佛，加上新宫、泷尾、本宫这三社——三山三佛三社一体，是没有神与佛的区别的。"

"也就是神佛混--吗？"

那种深奥的词语我不懂啦——老人说：

"这一整座山都是灵场。据说日光山的开山祖师是一位古时候的和尚，叫胜道上人，不过也不是说有佛来到这座山，也不是佛从山里面冒出来。听说当时祭祀的是二荒权现。二荒（hutara）也念作 nikou，据说后来就变成了日光（nikkou）。"

所谓权现，就是神，对吧？——老人说。

"唔，'权'好像就是'权宜'的意思。所以权现就是神明权变为种种不同的形姿现身的意思吧。"寒川说。

"唔，是假借的模样吧。若是以神道教神明的形貌出现，那就是三社的权现；如果是佛教的神佛形貌，那就是菩萨或如来。我是这么认为的。"

"的确，所谓权现，好像就是神佛假借日本神道教神明的形貌显现的意思。"

这好像叫作本地垂迹。

佛也是假借的形貌啊——老人说：

"这里有的就是一座山，所以我觉得家康也是一样的。不是人变成了神，而是家康也是这座山的一种形貌……应该是这样的吧？所以家康也才会叫作权现大人吧？哎，我是个目不识丁的老头子，不懂教义那类复杂的事啦。"

"我也不是很清楚……不过听说有个从天台宗衍生出来的宗教山王神道，它是比叡山的开山祖师最澄，模仿中国天台宗祭祀比叡山的地主神而开始的。轮王寺的住持、侍奉家康的天海大僧正也是天台宗的和尚，所以他以山王神道为基础，建立了山王一实神道这样一个神道流派；然后再依据山王一实神道的教义，来祭祀东照大权现……"

那不就是做出来的吗？宽作老翁说。

"咦？"

"不就是**做**出了一尊神吗？"

"啊……噢。"

原来是这个意思。

"我呢，是在这座山长大的……或者说，我本来就是山民。现在我是有户籍的平民，但我的父亲不是平民。不是士农工商任何一种，是不被算在平等四民里头的身份。不，也不是因为这样就受到歧视或怎样。"

他原本是叉鬼啊——宽作老翁说：

"就是猎熊人。叉鬼在更北方一带有很多，像是青森、岩手跟新潟那一带。像秋田叉鬼就很有名。简而言之就是射手，所以在非常时期很有用。"

就是战争时期啦——老人苦涩地说：

"所以南部藩那些地方把叉鬼当成百姓，好像对他们还蛮礼遇的，不过我住的地方……哎，跟那些地方不一样。"

"不一样？"

"喏，那是叫转场者吧，就是不会定居在同一个地方的山民。虽然我父亲那一代就在这里定居下来了。"

"哦。"

我在小说里见过。

"三角宽[5]写的作品里有……"

那是编的啦——老人说：

"小说里面叫山窝，对吧？那是警察的用词，而且是西方的词。我们才不叫**那什么鬼名字**呢。"

的确，他们应该不是山窝吧。

"山窝"这样的用词，也给人歧视的印象。那原本应该是一种蔑称。

"叉鬼呢，有高野派跟日光派两派。我父亲是日光派的。得到日光权现许可，能够猎捕全日本山中野兽的是日光派；而高野派则听说是领有弘法大师传授的秘卷，可以引导野兽上西天。好像只要有那个秘卷，杀了野兽也不算杀生。我们虽然一样犯下杀生罪，不过是有许可证的。"

这儿呢，老人拍拍胸膛。

"有本叫《山立根本卷》[6]的玩意儿。哎，是秘传书啦。"

"秘传书……？"

"没错。日光派叉鬼的始祖，是住在这座山山脚一个叫万事万三郎的名弓箭手。他受日光权现之托，消灭了赤木权现派来的大蜈蚣，连赤木权现都一起铲除了。为了感谢他，日光权现送了这份秘传书给他。这是日光权现颁发，用来出示给每一块土地山神的狩猎许可证。"

老人再次拍拍胸膛。

"我啊……现在已经不再猎熊了，不过还是有这个。它没有期限，所以现在依然有效。我有资格在任何地方进行猎捕。然后……这怎么看呢？这种情况，我算是信仰日光权现吗？"

"呃……"

"我算是信仰德川家康吗？发出这份许可证的不是中禅寺的立木观音，也不是阿弥陀如来啊。大概是这座山**本身**发出来的。可是啊，却说要把神社跟寺院分开，把祭神也换了，这到底算个什么事？神佛哪是这么方便的东西，可以说分就分，说合并就合并？"

他指的是明治政府颁布的神佛判然令吧。

政府似乎并没有排挤佛教的意图，但以此为契机，确实兴起了排佛毁释的运动，风潮一直延续到上一场战争爆发。

"我啊，寒川先生，那种**做出来的东西**怎样都无所谓啦。管他是迷信还是什么都无所谓。"

是这座山让我活到现在的——老人说：

"所以啊，要怕的话，就该怕这座山。要尊敬的话，就尊敬这座山。该崇拜、该膜拜的……"

都是这座山啊——宽作老翁环顾了小屋一周说。

2

寒川会到访日光，理由一言难尽。

最大的理由，是想要查明父亲的死亡真相。寒川的父亲在昭和九年[7]死于日光。

是坠崖而死。

是自杀、意外甚或他杀？终究没能查出结果。

不，也不是说死因不明。警察做出来的结论是因过失造成的意外死亡，所以父亲应该算是意外死亡吧。

不过寒川无法接受。

之所以无法接受，有几点理由。

首先是父亲死亡的地点。父亲死亡的地点不清不楚。父亲被人发现时似乎已经死亡，但不知为何，人被送到医院了。不是警方的医院，而是私人医院。

寒川接到通知赶来，见到了躺在小诊所简陋病床上的父亲遗体。

不管怎么看都是当场死亡。

父亲的头像石榴般破裂，脖子也严重扭曲。是以这种状态被发现，被送到医院的吗？一般不是应该先报警吗？如果有法医或相关人员前往现场验尸，那还可以理解，但这实在教人难以释然。发现者也不可能觉得父亲还有气吧，那实在不是能够抢救的状态。

然而当时寒川觉得或许程序就是这样的。

死因可疑的情况，似乎会解剖遗体，查明死因，因此他认为应该是为了验尸而如此处理。

但是父亲没被解剖。

这也是当然的，即使是外行人，也一眼就可以看出父亲是坠崖而死。身上找不到刀物等凶器造成的外伤，也没有遭到枪击的痕迹。而且父亲被送去的医院没有可以解剖遗体的设备。不，寒川不知道解剖遗体需要什么设备，或许只要有一把手术刀就可以轻松执行，但就算是那样……

那处设施空无一物。

完全就是间乡村诊所。

而且是在哪里被发现、谁发现的，连这些都不清不楚。

据警方说明，似乎是两名旅人在诊所附近的瀑布发现父亲倒在那里，觉得事态严重，把父亲搬了过来。

而旅人将父亲交给医生后，就默默离去了。医生似乎慌了手脚，别说要他们好好办理手续，甚至连名字也没问。

未免太草率了。

话虽如此，也不能责怪医生。如果突然碰到重伤者被搬进来，首先应该会检查病患吧。既然被送到医院来，当然会认为人还活着。

虽然……人早就已经死了。

但还是会确认一下吧。而发现者就趁隙溜走了。

因此报警的人……是医生。

当然也不能准确知道尸体原本的位置了。不，医生完全不清楚。

警方还是进行了调查，找到了疑似父亲死亡的地点。那是距离诊所约三町远，高十二三米的悬崖底下的瀑布。据说崖上有失足的痕迹。

寒川也去了悬崖底下，心想从那么高的地方摔下来，当然会没命。底下是一片岩地，没有任何缓冲物，如果摔下来，完全是倒栽葱状态。

但是。

没有任何证物。

也没有找到遗留物。没有父亲应该带着的皮包，还有应该戴在头上的帽子。警方似乎判断，是坠落时被风吹到别处，被人捡走了。不过帽子就罢了，皮包能飞到多远的地方去？再说，真的会有人刚好捡到卡在悬崖中间或掉在瀑布里的帽子和皮包吗？另一方面，钱包和记事本、身份证等依然放在外套内口袋里。或许是这些让警方判断不是劫匪所为。

身上物品以外的遗物，都原封不动地留在旅馆。

太不自然了……寒川觉得。

他无法释然。

令寒川无法释然的理由还有一个。

据说父亲被送到诊所是黎明时分的事。死亡前晚，直到晚上八点左右，父亲的去向都很明确。也就是说，父亲是在太阳下山后，天光未亮——一片漆黑的时间，前往悬崖的。他三更半夜去那种地方做什么？

父亲是个植物学家。

是深夜在调查那一带的植被吧——警方如此说明。寒川也觉得有这个可能。寒川的父亲比一般人更热心工作，而且也是学者中常见的怪人一类，因此如果碰上什么令他介意的问题，不论是三更半夜还是黎明，都可能会跑去确认。

虽然有这个可能。

但父亲虽然是个怪人，却也是个小心谨慎的人。

他的职业常需要在危险的地方作业，因此不应该会那么鲁莽，一身轻便地就在三更半夜出门，导致失足坠崖。

而且在日光进行的一连串调查活动，不是为父亲个人的研究而进行的。

他没必要一个人抢风头。

当时寒川的父亲接受公共机关的委托，正在进行日光山的自然环境调查。不是一个人承揽整个案子，而是与地质学家、建筑学家等寒川不是很清楚的好几个人组成团队，共同进行调查。

日光是块风光明媚的土地。

绿意盎然的群山不必说，还有中禅寺湖、华岩瀑布、雾降高原等多处名胜绝景。

除了这些原本的自然风光，山中还散布着许多壮丽绝伦的建筑物——寺社佛阁。也就是还有人工之美，因此以风景区而言，在日本也算是首屈一指吧。

但在明治时期日光曾一度荒废。

是因为政权转移之故。被祭祀在东照宫的人物一手打造的政权——幕府倒下，德川时代告终了。继承其后的新政府当然没有理由支持日光。结果原本定期进行的官方修缮工作戛然而止。新政府应该是认为没道理花钱花心思去管理祭祀政府公敌之祖的神社吧。

加之还有先前提到的神佛分离政策，理所当然也带来了负面影响。

这里必须重申，新政府的目的并非排佛，而似乎只是想要将神道教国教化。然而寺院经营的基础——本末制度 [8] 与檀家制度 [9] 本身，无疑就是幕府用来统管民众的一种制度，对此的反对声浪，无论高层或市井，应该都有不少。

若是寺领被没收，寺院就失去了财源。

制度将会崩坏。

除了这个问题，或许应该认为，根本上就和宽作老人说的一样，在这个国家，要将神与佛强制分离的政策是有困难的。

比方说被称为"修验道"的山岳宗教，似乎就是在神佛习合的前提上成立的。寺院与神社、神道与佛教分离之际，据说修验道是最令人头疼的对象。

对修验道而言，神佛是不可分割的。况且即使被迫选择了其中一边，也是同样一回事。若是选择寺院，就会因排佛毁释运动而灭绝；但又没办法**变成**神社。若是不做选择，也一样会废绝。

事实上，据说就有许多行者因此还俗了。

出羽三山、大峰山、立山、白山、富士，全国都有修验道的灵场，日光山亦是修验的行场之一。

不必拿山王一实神道为例，日光山原本就是神佛习合的灵场。

排佛毁释的浪潮虽然未曾席卷全国，但据说有一部分寺院遭到残酷处置。

结果神道国教化的目标挫败，寺院便幸存下来了，但在明治的某个时期，这个国家的佛教界遭受到莫大的打击，似乎是事实。

就在这当中——刚进入明治不久，轮王寺宫本坊烧毁了。由于当时处于那样的时局，也无法完善地加以修复吧。不仅失去国家的支援，还被迫社寺分离，等于是祸不单行，雪上加霜。

在不同的时代，受到不同时代的掌权者的庇护与援助，得以长久极尽隆盛的日光山，也显露衰败之色。

至少……对日光而言，明治这个新时代，完全是一个受难的时代。

在这样的情况下，民间开始发起运动，呼吁保护日光山之美、重建日光。据说从明治末年到大正，各方面各领域都有人提出这类倡议。

但是，那并不是计划将日光复兴为灵场或圣地。

从那个时候开始，日光似乎也被视为观光地、度假胜地受到瞩目。

就寒川听说的，最早让人们注意到日光可以**这样**利用的是外国人。来访日本的外国人全都争先恐后造访日光，然后为它的美惊叹不已。

很快地，有志之士组成民间团体，计划将观赏对象——也就是自然景观与建筑物恢复原状，加以保全。

此外，交通机关、住宿设施的整备也依序进行。

不过，这些活动也无法做到全面的资源保护或对资源的有效利用。因为那只是各个组织打着自己的算盘做出各种努力。

若问为什么，因为无论申请多少次，国家都不肯编列这部分的预算。日光是值得向海外夸耀的文化财产，也是具有高度利用价值的资源，任何人都能想到任其荒废并非上策。但是这样的想法至多只能传达到县的层级。国家的动作迟缓，明治与大正时期，中央政府从来不曾将日光山复兴视为国家事业的一部分。

进入昭和后，政府开始研究国立公园制度的制定，提出国民休养、运动、娱乐等明确的目标，在昭和五年，于内务省底下设立了国立公园调查会。

虽然理由变为国民保健、休养、教化，但日光——总算——于昭和七年[10]被选为国立公园候补地。

寒川的父亲似乎就是受托进行先期调查，以便当日光被指定为国立公园时，提出整备计划方案。不能只是保护自然、将建筑物恢复原状，既然要设立为国立公园，就必须是国民能够利用的设施。为了这个目的，应该采取哪些做法。调查工作就是为这些提供参考的。

应该不急的。

父亲死后约半年，日光被指定为国立公园。不过在那个阶段，并未提出由国家主导的公园化计划。栃木县整理出《日光国立公园设施计划案》，也是来年昭和十年[11]的事。

寒川只有模糊的认识，但他认为父亲的雇主应该是县政府，而不是国家。父亲接受委托的阶段，国立公园指定的时期、公园范围的界定都尚未进行，因此如同字面所示，那应该是一场期限与范围都暧昧不清的调查。

完全没有理由必须在夜半单独进行调查。

实际上他也听说共同调查的其他学者，都对寒川父亲的奇祸感到不解。

真的难以释怀。

让寒川前往日光的理由还有另一项。

也就是……父亲死后，寒川收到父亲寄来的明信片。

由于季节燠热，也无法将头部破裂的遗体运回东京，因此寒川在当地将父亲火化了。处理完各种手续后，寒川在日光停留了约一星期。

他抱着收在骨灰坛里的父亲，直接回到老家——父亲独自生活的家；然而回去之后，须处理的事情多如牛毛。虽说亲戚朋友不多，但也有一些需要应付，结果寒川回到租屋处，是又过了两三天以后的事了。

回家一看，信箱里有张明信片。

邮戳日期是父亲过世前一天。是死前一天投寄的吧。不，该说是投寄明信片的隔天就遭逢奇祸吗？

明信片上以端正的字迹写了简短的内容。

秀巳

　　天气日渐炎热，身体是否安康？父颇为健朗，但工作迟无进展。昨日发现一棘手之物，至为棘手。当初调查预定一个月即可完成，但应会延长半月。父外出期间，家中之事务请留心。行程决定后当即联络。

　　　　　　　　　　　　　　　　　　　　父英辅

他现在仍随身携带那张明信片。纸张已完全泛黄，甚至压出皱褶。都已经过了十九年，相应的岁月渗透其中。当时还是学生的寒川，也早已年过不惑。

棘手之物……

棘手之物指的是什么？虽然不知道是国家还是县政府的委托，但总之是行政单位委托的国立公园设施计划的调查中，会令人感到棘手的，是什么东西？

而且父亲说"发现"。

难道是发现了什么新品种的植物吗？

或者，这与父亲的死亡有关？

寒川犹豫着要不要告诉警方。他犹豫许久，结果什么也没说。

或许是觉得麻烦。

一方面也是因为现场在远方——栃木。再说，对寒川而言，他也觉得事件在他离开日光的阶段就已经结束了。不，那甚至不算事件吧。彻底脱离日常的那几天感觉一点都不真实。在日光度过的那几天，他没什么现实感，遥远得就像在看舞台上的戏，虚渺得像梦中的情节。就连父亲的死亡这起重大事件，也被那种虚渺给吞没了。

所以结果寒川没有采取任何行动。当然，他不是因为这种孩子气的理由而打消报警的念头。

因为警方也**详加**调查过了。

应该也向与父亲共同调查的学者询问过详情了。如果明信片上提到的棘手之物与调查有关，警方应该也会得到相关讯息才对。结果还是做出意外死亡的结论的话，就代表警方判断那棘手之物与父亲的死亡没有直接关联吧。

寒川是这么想的。不，他让自己这么想。

不知为何，当时他想不到此外的选项。

比方说，当时的寒川甚至抛弃了那棘手之物可能与调查无关的可能性。别说抛弃了，寒川的脑中从一开始就没有这个选项吧。或许他是被调查期限延长云云的内容给误导了。但是父亲的文章也可以解读为调查期限延长，与那大为棘手之物没有关系。

若是那样，那就也许是父亲**个人**感到它棘手。现在想想，这个可能性很大。很大是很大，但……

寒川无法想象究竟是什么令父亲觉得棘手。父亲会感到棘手，这本身就令他费解。现在也是如此。

他们是一对相敬如宾的父子，或许该说是没什么缘分的亲子。

在寒川十五岁时母亲去世了。

寒川觉得，父亲骨子里是个研究家，对于家庭生活，或是养育孩子这些事情，毕生都无法怀有兴趣或热情吧。他没有父亲陪他玩耍的记忆，也不记得曾被骂过。既没有被称赞过，也没有被打过。也几乎没有日常的、琐碎的闲聊。

不过寒川绝不讨厌父亲，也不认为父亲故意疏远他。

他们很普通。

非常普通，所以他也不因此觉得寂寞或悲伤。父亲总是很讲道理，满脑子只想着做学问，但或许寒川总是深信他们终究是相连的。

不是说血缘的羁绊，而是说他们身为人，彼此认同对方。所以父亲过世后，他仍然没有真实感。他觉得父亲只是不在眼前了。

直到父亲亡故十多年后，他才真正感觉父亲过世了。有一天，真的毫无前兆地，寒川不知为何，知道自己再也见不到父亲了。

十年过去，泪水才泉涌而出。

那个时候，寒川总算有了强烈的欲望，想要知道父亲怎么会死的，然而实在是太迟了。他郁郁寡欢地又过了几年，不知不觉间已过了近二十个年头。

然后……

3

寒川站在被巨大的杉树围绕的祠堂前。

这好像叫作行者堂，据说里面安置了役行者[12]的像。里面很暗，从外头看不清楚。

他来这里没什么事，也不是来观光的。

昨天听宽作老翁说了许多，所以他才会想来与山岳修验有关的地点看看。

寒川想着父亲。

就在两个月前。

寒川在父亲的忌日前往扫墓。父亲过世以后，好一段时间他都没去祭拜了，但这几年之间，他每年都会去扫几回墓。

墓碑底下就只有骨头，就算对石块敬礼也不能如何。就这个意义来说，就像宽作老翁说的，扫墓也算是迷信的一种吧。

父亲的墓地在天台宗的寺院里，但寒川并未皈依天台宗。粗略来看，他应该算是佛教徒，但也不是特别信仰什么。

简而言之，扫墓是为了自己而做的。寒川只是为了求得自己的心安而扫墓罢了。前往相应的地点，遵照相应的规矩，进行相应的行为，就可以得到某种效果吧。

真正是聊以自慰。

那天，父亲的墓前站了一个男人。

寒川相当讶异。

因为这是第一次有其他人出现在这里。

男人一身和服，后衣摆撩起夹在腰带上，穿着背部写有一个梵字的白色和服外套。打扮很奇妙。他手中提着装有长柄勺的水桶，手腕缠绕着数珠。

看不出年龄，但至少不是老人。

父亲的墓上摆了花。

并且香烟缭绕。

一般来看，会觉得男子是在为父亲扫墓吧。男子注意到寒川，露出讶异的表情。不过寒川觉得自己脸上的讶异程度应该不下于他。

这就是寒川与笹村市雄的初次邂逅。

笹村是住在下谷的佛师。初次见面时，寒川对佛师这个职业毫无概念。他很快就知道那是雕刻佛像的职业，但他不知道并非每个佛师都像笹村那样打扮。

寒川询问笹村与父亲的关系，笹村有些难以启齿。

他说他并不直接认识寒川的父亲。但是参拜不直接认识对象的坟墓，这太奇怪了。至少这偏离了寒川的常识。

他很好奇。

非常好奇。

笹村知道寒川不知道的父亲的某些事。若不这么想，就无法解释。他当下想到的……

是父亲令人费解的死。

仔细想想。

父亲的死与笹村的出现，在寒川的心中从一开始就是不可分割的。

不过，笹村真的完全不认识父亲。

无论怎么追问，笹村都不肯透露，但寒川说出他对父亲的死感到疑问，笹村才总算打破沉默。

笹村说，他在追踪与十九年前发生的某个事件有关的神秘谜团过程中，**追查到**寒川父亲这个人。虽然查到了，但最关键的人却过世了。

笹村得知寒川父亲已死，认为线索就此断绝了。然后笹村为了聊以自慰——虽然对笹村而言，那应该是比聊以自慰更严肃的心情——前来祭拜他的墓。

直到现在，寒川依然能回想起听到笹村的话时，心中的那股亢奋。

笹村虽然前来祭拜，但似乎不知道那天正是父亲的忌日。也就是说……寒川与笹村会在父亲的墓前相遇，是一次偶然。

——没错。

是偶然。

不过……这样的偶然，人们不都称之为冥冥之中的安排吗？即使把它想成是亡父的引导，似乎也合情合理。

当然，这样解释是一厢情愿，也是一种迷信吧。死者没有意志可言。即使有，也不能传达。

寒川这么认为，但还是忍不住错觉这是生前不怎么与他交谈的父亲，在死后对生疏的儿子传达出意志。

他觉得太荒谬了。

但即使荒谬，寒川还是想相信那股难以言喻的激动。

然而笹村追查的事件与寒川的父亲有何关联，寒川怎么听都无法理解。

笹村说，他在十九年前的事件中失去了双亲。笹村的父母是遭人杀害的。然而别说真凶，连事件的全貌都如坠五里雾中。笹村的父亲是一名报社记者，当时似乎正在追查一起重大弊案。

都过了十九年。

时效早已过了。

即使如此，我还是想知道——笹村说。寒川很能了解那种心情。笹村说，他花了好几年，详尽调查了父亲疑似在追查的事件。

他查出那似乎是一起贪渎事件。

话虽如此，笹村只是一名木匠师傅，没有能力去揭发复杂的贪渎事件。他锲而不舍地追查探究，却都只像在不断地捕风捉影，徒劳无功。纵然捡拾到许多片段，却怎么也拼凑不出全貌。

寒川觉得这是当然的。

即便是寒川，也无法揭弊吧。

寒川是位药剂师，而不是侦探。犯罪调查这种事，他连该从何着手都不知道。

我在父亲的遗物中找到一本记事本——笹村说。记事本上写了许多文字，虽然看得出单词，却未构成文章，宛如暗号，无法理解。但是笹村不死心，一点一滴地理出了眉目。

他说记事本中好几次出现"日光"这个词。

还有"石碑"。

然后是……"寒川"。

他猜出日光是地名，寒川是人名。

然后笹村在十九年前的日光山国立公园选定准备调查委员会的名簿里发现了寒川英辅这个名字，是寒川的父亲。他在调查途中过世了，因此最后完成的公园施行计划案上没有他的名字。应该也是这个缘故，笹村才会这么晚才发现。

石碑姑且不论，发现日光与寒川这个组合，令笹村大为振奋。不过除此之外，他没有半点头绪。

而且寒川英辅还过世了。

没错。父亲过世了。

而且死得不明不白。寒川心中的疑惑不断扩大。

然后寒川来到日光。

为了寻找父亲的死亡真相。

——不。

应该是……为了知道那棘手之物是什么吗？

他觉得殊途同归。应该是同一回事。

——但我想知道的是什么？

寒川无法揣摩出自己真正的想法。

寒川是在追寻再也见不到的父亲身影吗？

还是被难以压抑的好奇心驱使？

他眺望杉树林。

仰望。

觉得有什么倾注下来。

好舒服。但不是爽快，也不是清爽。是一种严肃、祥和的心情。

父亲喜欢植物，尤其喜爱树木。他是植物学家，喜爱植物是当然的……但寒川认为父亲一定是喜爱树木的这种特质。

虽然只是猜想。

十九年前，父亲应该也来过这里，见过这片杉树林吧。这些树和父亲看到的是一样的。这些树木十九年前也生长在这里。

一直在这里。

他觉得植物……非常惊人。

不，植物或许不是独立存在的。

这种惊人不是仅存于树木身上的。

树木与大地同在。植物与环境共栖。

在这里的不是许多树木。这是森林。不……

——是山吗？

是山。山是许多生命的复合体。树木、草、青苔、虫、野兽、鸟、泥土……全是山的一部分。

山，是以山的形态存活着吧。

那么这座山除非刻意去杀害它，否则将永远不死吧。一棵树或许会枯死，但只是枯死一棵树，森林不会毁灭。即使森林灭绝了，山也不会因此就死去。树木还会再生，森林也还会再生。

山是不老不死的。

寒川被杉林围绕着，想着这些。

崇拜山、畏惧山、尊敬山……

确实，这里没有神，也没有佛。

不，或许该说是神是佛都无所谓。

山是神圣的，山有灵气。整座山全体，就是生命。

那样的话，进入山中的寒川，也只是构成山的要素之一。现在的寒川也成了山的一部分。

据说在日光这里，山就是本尊，山就是神体。

现在的寒川完全能体会那种感觉。

居住在山里的人们，还有以山作为修行场的人们，究竟是怀着什么想法生活过来的，寒川觉得似乎有一点了解了。

虽然那应该也只是自以为了解。

他离开杉树林，走下山坡。

心情平静了一些。

今天他计划前往疑似父亲坠崖的悬崖处。必须在下午前回到宽作老翁住的小屋。

桐山宽作，就是十九年前的调查团向导。

受到笹村刺激，寒川也展开调查了。

他研究日光，寻找当时的相关人士。

但是与父亲共同参与调查的人多半都已过世了，还在世的人亦年事已高，记不太清当时的事了。

有几个人记得请了向导。虽然只有一个人记得向导的名字，但总之寒川查到了调查团曾雇用熟谙日光山的当地人作为向导这个事实。

不过宽作并非正式的调查团成员。

因此文件上没有他的名字，当然也不知道住址。

唯一的线索，是已退休的地质学教授记得的"宽作"这个名字。

但寒川还是判断有一缕希望，来到了日光。

头两天，他漫无目的地寻找。

第三天，他听到有个老人住在山中小屋。

他毫无确证，却莫名在意，便前往那栋小屋。

蒙中了。

他见到老人，向他打听，老人当场回答那就是他。

那个老人就是宽作。宽作清楚记得十九年前的事。于是寒川拜托宽作，请他依十九年前相同的路线，领他进入山中。

他们走了六天。

不是要调查，只是照着路线走，所以短短六天，就几乎走完部的行程了。虽然毫无发现，但与宽作在山中行走非常有意思。老人不热情也不多话，但这样或许反倒好。寒川觉得光是能循着父亲的足迹走过一遭就满足了。

今天……

他拜托宽作在最后带他去父亲过世的地点附近。

不过宽作偏偏今天上午有事，说好下午再碰头。因此寒川才会独自晃到行者堂看看。

他背山走下坡道。

整个背后感觉到山的气息。

寒川停下脚步，回头看山。就在这一瞬间。

"寒川先生。"

有人喊他。

他急忙转回头，发现笹村站在坡下。

"笹、笹村先生……"

太好了，原来你在这里——笹村说。

他的打扮和初见时一样。

在东京见到时，那身打扮让人感觉十分奇异，然而在这个地方，却完全融入景色，十分不可思议。

"哎呀，能见到你真是太好了。如果没能见上面，我就得在旅馆等到晚上了。"

"这样……可是你怎么……"

"我是今早来到日光的。喏，寒川先生不是寄信给我吗？我在三天前收到了。"

的确，寒川给笹村写了封信。

因为寒川答应若是有什么发现，就联络笹村。虽然也不是有什么特别的进展，但他想通知一声，说**或许**见到宽作老人后，可以知道些什么。

"我得知你要来日光，实在是静不下心来。所以我赶快雕好一尊阿弥陀佛，赶了过来。"

"不……倒是……"

他怎么能找到这里的？

难道这也是偶然吗？

不是的——笹村笑道。

"寒川先生不是在信里告诉我旅馆的名字吗？我去旅馆那里询问，他们便说你到御堂山这边来了，所以……"

"噢。"

寒川是向旅馆的人问路的。也就是说，旅馆的人知道寒川打算去哪里。

"所以你才会到这里来……"

"不不不，我是问了路，却搞不清楚东西南北。我是第一次来日光，完全不熟悉这里。其实我正走得提心吊胆，担心万一错过怎么办呢。"

"原来是这样。"

他一定很急吧。

"可是——"

我只是出来散个步而已——寒川回答：

"目前还没有任何收获。我在信上也说过，宽作先生这位向导非常健朗，虽然年纪很大了，但腰腿结实，思路也很清晰。当时的事他也记得很清楚。"

"那……"

"不，他对家父的死好像一无所知。"

笹村闻言，露出万分遗憾的表情。

"可是，他是知道当时情况的唯一一个活证人吧？"

"唔，是这样没错，但事情也没那么简单吧。宽作先生受托依照调查团的指示，担任向导，带领他们到山中各处。他对整个日光三山了如指掌，除了一般道路以外，对山路和兽径也一清二楚，所以没有路径的地方，他也可以带路。"

"他是个道者呢。"

笹村理所当然似的说，但寒川不懂什么是道者。他询问，笹村说在出羽一带，为上山参拜的人带路的半俗僧人，就是这么称呼的。宽作虽然不是山伏[13]或修行者，但如果相信他的说法，他是山民的末裔，或许很类似。

"十九年前，他们去了哪些地方，他记得一清二楚。所以我也能大致去了调查团去过的地方。不过家父是在夜里一个人出门，然后过世的，所以……"

这样啊——笹村严肃地说。

我等一会儿就要过去——寒川说。

"去……什么地方？"

"疑似家父过世的地点。"

"那座……悬崖下的……"

是悬崖上——寒川回答：

"十九年前，警方带我去了疑似家父坠落地点的瀑布，但是没有去坠崖的悬崖上。我准备请宽作先生下午带我过去。"

原来之前没有去吗？——笹村问。

没有。

"警方说明有失足的痕迹，但并没有争执的迹象，也没有遗留物。当时我觉得……就算去看也不能怎样。而且那里相当难上去。"

"那里不是调查团调查的地点之一吗？"

"不……宽作先生说，家父过世的大前天，他带领调查团到**能去的地方**，接下来就各自进行调查。调查团成员以宽作先生带领的地点为中心，自由行动，调查了大半天。家父是植物专家，应该是调查植被吧。然后……"

发现了什么吧。

"记得你说是……棘手之物？"

"对，棘手之物。"

正确地说，是至为棘手。

"然后，隔天家父把它写在明信片里，寄给了我。然后再隔天，他单独前往那里——"

失足坠崖，过世了。

就是这样的经过吧。

"据宽作先生说，家父失足的悬崖上，是平常不会有人去的地方。就连宽作先生也没去过。那里什么都没有，而且地势崎岖，非常危险。宽作先生带领他们去的地点——通往那座悬崖的地点，平常也不会有人去。他说到现在都还是一样。"

宽作老翁说，这二十年间日光变了许多。通往城市的交通变得便捷，建筑物也重新修复，山区也经过整备，也有住宿设施了，成了货真价实的观光地。

不过，那个地方似乎仍未开发。

"应该……是类似魔所的地方吧。"寒川说。

"魔所？"

"既然连住在山里的人都不会靠近，应该是不好的地方吧。哎，叫它魔所，听起来很迷信，但只是没有利用价值，又危险，所以才这么称呼而已。"

笹村闻言露出不可思议的表情。

"有什么不对吗？"寒川问。

"不，没什么不对。不过说到日光，不是观光地区吗？我对日光只有这样的印象。日光确实很美……可是会有那么可怕的地方吗？"

有的——寒川回答：

"这里也是山岳宗教人士的行场。日光修验道几乎全部废绝，现在好像已经没有山伏了，但这里以前也是严酷的修行之地，所以也会有那类危险的场所吧。"

你知道得很详细呢——笹村说。

临时恶补的——寒川回答：

"如果这里是一般的观光胜地，那么危险的地方，应该会被挖掉或填平，但日光山是国立公园，不能任意开发，所以才保留下来……会不会是这样？"

确实有理——笹村佩服地说：

"话说回来，令尊究竟发现了什么呢？"

"这……"

等会儿就知道了——寒川心想。

4

没有路。

十九年前，宽作老翁带领调查团四处行走的地点，全都是山，什么都没有的地方。没有建筑物，也没有道路，真的什么也没有。

不……并非什么都没有。

有树木。

有花草，有藤蔓，有灌木，有苔藓。

有岩石，有小石，有泥土，掺杂着这些东西。

应该也潜藏着许多虫与禽兽。

这里……是山。

那个地点也如此。

"我把他们带到这里。"

宽作老翁简短地说：

"我在这里——这块岩石，像这样坐着，等他们调查完。那些学者三三两两散开，调查了两三个小时吧。我不知道他们在做些什么。"

"好荒僻的地方。"

笹村环顾四下说。

以宽作老翁坐下的岩石为中心，形成一个小广场。看上去只有这一处晒得到太阳。周围是高耸入云的老树，踏入森林一步，就如同字面所述，白昼却犹如黑夜。

"你父亲坠落的悬崖在那边，就算走快点，也得花上三十分钟。"

老人伸手指道。

"可以请你带我过去吗？"

"去是可以去啦。"

"那里……并非不能踏入的禁区吗？"

"不是什么禁区啦，只是没人会去罢了。在山里确实是有不可以做的事，不过那大部分是做了会有不好的后果，是做了也没意义、做了会碰上危险的事。那些事大抵都被说成是迷信，不过凡事都有道理。所以不能去的禁区，只是没必要去的地方罢了。但要去也是可以的。"

不过——

"云出来了，天色会暗得很快。要去快点比较好。"

老人说着站起来踏入森林。

寒川跟上去，笹村也跟在后头。

父亲走的是这条路吗？

扶过这棵老树吗？

踏过这树根吗？走过这里吗？

十九年前踏入这条路以后……父亲成了不归人。也就是说，自从警方进行现场勘验以来，这条路就没有任何人经过吧。

不对。不是路，这根本不是路。

"不，你错了。"

笹村的声音从背后传来。

"这是……一条老路。"

"这不是路吧？"

"不，寒川先生，这是路。不，说得正确点，它曾经是路。这里在过去是一条路。"

"你……怎么知道？"

"喏，你看看树木生长的情况。现在我们正在走的地方，前方——还有走过的后方，显然宽敞多了。其他地方的树木更密集。草也是如此。你看看两旁，深处的丛林长得更高。地上积了不少落叶，又长着草，所以看不太出来，不过底下的泥土也又硬又实。它连成一条线，而我们正沿着这条线前进。"

"是兽径吗？"

"似乎……也不是兽径呢。野兽踩出来的路不是这样的。野兽不会把体重完全压在地上。虽然会分出一条线，但不是这样的。这是很久以前，被人踩实、被人走过的路，一定是的。"

"是……这样吗？"

走在前方的宽作老翁默默无语。

"不过后来就没有人经过了吧。也就是说，这是路的残骸。"

"残骸……"

作为一条路，它已经死了——笹村说：

"因为再也没人经过了吧。但还是有曾是一条路的痕迹。土地是拥有记忆的，你不觉得吗？寒川先生。我这么认为。"

"土地的记忆……？"

"是的。人会死。即便死后留下执着，人一死，也无计可施了。即使真的有幽灵，我觉得幽灵也什么都办不到。"

"什么……都办不到？"

"不就是吗？就连活着的我们都如此无力了。人根本无法自由自在地过活。即使有许多想实现的愿望，也天不从人愿吧。况且，如果死后就能雪恨，那么活着的时候没道理做不到吧？"

他怎么会突然说这些？

寒川没回头，也没回话。

"如果人死了以后会更厉害，那么大家都去死了。如果能作祟咒死怨恨的对象，人们会甘愿去死吧。然而实际上却不是，每个人都想活着。所以幽灵呢，只是一种托词，是活人任意捏造出来的。"

"你是说……死了就都完了吗？"

"死了就完了吧。但人们不愿意接受这个事实，所以才会任意编造出各种说法。幽灵根本就是胡说八道，要不然的话……"

为什么？

"为什么我的父母没有现身？"

笹村说：

"我父亲壮志未酬就惨遭杀害，我母亲无辜受到牵连，他们都有出来作祟的理由。不，就算不去作祟仇人，至少也该现身在我面前，告诉我凶手是谁啊。我可以为他们报仇雪恨。"

说得有理。

"所以世上根本没有幽灵，那是迷信。人类是无力的，即使活着也是无力的。要是死了，别说无力了，根本就没了。没了，可是……"

你看看这座山。

"看看这地方。山不会死。即使我踏过的青苔枯死了，新的青苔也会立刻又长出来。树被砍伐就没了，但只要山还在，树就会再长出来。山会死而复生、生而复死，但绝不会死。去者日以疏，但生者日以亲。所以——"

山记得一切。

"寒川先生，你父亲的事情也是，这座山记得这个地方。我……这么认为。"

"你说……山记得我父亲？"

"一定记得的。我来到这里之后，得到证实了。"

"的确，我也感觉到山是活着的。我觉得山是有机物的集合体，就类似生物。大地上刻画着历史的痕迹。从那里涌出来的生命，也遵循着大地的存在方式。它确实可以称为土地的记忆。但我没能力去解读它。即便有，也只能看出非常粗略的东西。在这座山形同恒久的历史当中，家父的死，应该只是短短一瞬间、极为琐碎的一件小事。树叶一天会掉落无数片，对吧？一两百年之间，不知道究竟掉下了多少片叶子。可是——"

家父的死就只有那么一次。

"对于山而言，至多就是被虫子叮了一下吧？没有人会几年几十年一直记得被虫叮到的位置。就算是山……"

不，山记得——笹村说：

"正因为只有一次，所以记得。"

"没那么刚好的事吧？就像你说的，我们正行走的这个地方，以前可能是一条路吧。有足以将它踏实的许多人往来，那段时间的聚积化成痕迹留存下来，但这也是因为它重复的次数多到足以刻印在历史上啊。"

"那是人的感觉吧？寒川先生。"

"人的感觉？"

"时间的尺度、昨日今天的区别、过去未来的说法，这一切都是为了人类的方便、为了方便人活下去而**创造出来**的概念吧？"

"创造出来？"

我的工作是造佛——笹村说：

"那不是指雕刻佛像吗？"

"不，不是的，寒川先生。俗话不是说，画龙不点睛，雕佛不入魂吗？你知道那是什么意思吗？世上根本没有灵魂，所以也无从入魂。简而言之，就是做出来的东西，会不会被当成真的膜拜。"

"意思是会不会受到重视吗？"

"世上没有神也没有佛，也没有灵魂吧。不过却有崇敬之心。那是很尊贵的事物。而那种崇敬之心，正是佛像的魂。只要好好膜拜，我雕刻的木块也能变成真正的佛。所以我……"

是在造真正的佛——笹村说：

"神佛都是人造出来的。通过将**没有**当成**有**，人才能活在这世上。不管是过去还是未来，时间也是一样的，因为根本**没有**时间这东西。"

"没有……吗？"

没有啊，哪里有呢？——笹村说：

"不管是过去还是未来都不存在，其实就只有现在。只是我们把过去和未来**当成有**，所以才有罢了。人做出来的东西只适用于人。树木和花草……"

是没有这些的。

"没有？呃，可是……"

"嗯。当然，世上的一切并非恒久不变。万物总是持续变迁。人只是将这些变化替换为时间这个**不存在的事物**来理解。可是，对于人以外的事物，时间是不通用的。人以外的事物没有昨天，也没有刚才，只有许多当下。只有当下，以及不同的当下。所以……"

毋宁说，悠久等同于无。

特异的一瞬，才显得格外突出。

"树木是缓慢成长的。去年的树木与今年的树木，从外表难以判别其差异。不过如果受了损伤，一下子就会看出来了。也看得出是何时受的伤。这棵树……"

十九年前也在这里。

"可是……"

纵然如此。

"纵然如此，从这座山……"

我还是无法从这座山感知到什么。我无从得知山的记忆。

"我没办法询问树木，也没办法知道山的记忆。"

寒川对笹村说。

没那回事——前方的老人突然出声。

"宽作先生……你刚才说什么？"

"我说没那回事。听好了，寒川先生，我们……现在是山的一部分。"

宽作老翁牢牢地踏着树根，头也不回地说。

"山的一部分？这话是……"

"山呢，是非常严格的地方。不被山接纳的人，会被排除出去。无法进入，就算进去了也会死。可是呢，一旦被山接纳，那个人……就会变成山。"

"变成……山？"

"不管是人还是佛，都跟山无关。无论是什么，山都跟虫子、野兽、草木一样看待。山就是靠那些东西形成的。也就是说，像这样深入山中，像这样走在山里的我们，就跟草木一样，是山的一部分。"

所以——

"只要待在山里，就可以了解山。"

"可是……"

"我们一直活在山里。我心里的这份《山立根本卷》，是这座日光山给我的。因为日光权现就是这座山。允许我猎捕山中野兽的许可，就是我也属于山中一部分的证明。野兽和鸟都是山的一部分。而允许猎捕它们，就表示我也是山的一部分。"

树木。

花草、藤蔓、灌木、苔藓。

"这日光的山里有许多堂宇、神社和祠堂。那些不是建筑物，是这座山接纳的、山的一部分。"

"寺院……和神社也是吗？"

"没错。这日光祭祀有三佛三神，但只是三座山以那三种形态显现而已。这座山就是这样的形态，神社和佛堂、人，这些一起构成了日光山。"

什么保护、修缮，太狂妄可笑了——老人说：

"人怎么可能敌得过山？"

说完后，老人——不，山踏入自我的更深处。

"就像那位老先生说的，山记得一切。所以你父亲的事，山也……"

记得一清二楚吧。

宽作如此断定。

"就算是这样，要怎么样……"

"悬崖就快到了，你看。"

地面朝上隆起。

"爬上这座屏风般的岩壁，再过去就是悬崖。就是爬上这里，才会摔下去。不过是从哪里爬上去的，从哪里掉下去的，我就不知道了。"

从底下看也看不清楚，但是那座耸立的悬崖边缘，被一片宛如障壁般的岩地所包围。

"就算来到这里，大部分人都会在这里停步，没有人会想爬上去。只有想要跳崖的人才会爬上去。因为除了跳下去以外，上去也没别的事好做，所以才会被称为魔所。"

要上去吗？宽作问。要，寒川回答。

"这样。我看看，是从哪儿爬上去的？"

宽作扫视着岩壁。

"一定……**有印记才对**。"

笹村说。

"印记？笹村先生，那是指……"

"山应该记得。那么属于山的一部分的我们，应该也看得出来。"

"是啊。"

宽作老翁简短回答，盯住了一点。

"看。"

寒川望过去。

岩地边缘有些明亮。有东西在散发幽光。

"它在指引我们。"

老人话声刚落，人已经攀上了岩地。

"也有……可以踏脚的地方。错不了，你父亲就是循着这条路线爬上去的。"

寒川快步跑近，随着老人攀爬。

寒川的父亲就是踩在这块石头上，抓住这条藤蔓，然后……

——倒是那道光。

那道幽光是什么？

没看见宽作的身影，他已经爬到顶了吗？

岩地上方也浓密地生长着树木。寒川气喘吁吁，浑身枯草泥泞，总算追上老人。

宽作老人伫立在上头。寒川抓住树干，来到老人身边，望向老人注视的方向。

那里。

有一座巨大的、古老的、腐朽的、生了苔的……

石碑。

"这是……"

寒川倒抽一口气，然后直觉地领悟到这就是父亲说的棘手之物。虽然毫无根据，但寒川确定绝对就是。他深信……是山、是父亲告诉他的。

那座石碑……

散发出苍白、妖幻的光芒，这是不可能存在的情景。

这……是父亲的——

墓火。

这时寒川秀巳尚无从得知，这座石碑将成为日后发生在日光的神秘事件的契机。

这是昭和二十八年初秋的事。

1　井上圆了（一八五八～一九一九），明治、大正时期的佛教哲学家。致力于佛教及东洋哲学的新解释。为了破除迷信而研究妖怪，被称为"妖怪博士"。

2　德川家康（一五四三～一六一六），日本战国时代武将，终结战国诸雄割据局面，任江户幕府初代将军。

3　一个家族历代祖先之墓所在，并负责举行葬礼及法事的寺院。

4　维新政府军与旧幕府军之间的内战，始于一八六九年，历时十六个月。

5　三角宽（一九〇三～一九七一），小说家，山窝作家。但后世的研究者发现三角宽的山窝资料有许多是出自他的创作，史料价值不高。

6　猎师万三郎帮助日光权现射杀了赤城神明，记载这一功绩的书籍《山立根本卷》之后作为秘卷流传于东北地区山间各处。

7　即一九三四年。

8　江户幕府管理佛教教团的制度，将各宗派的中心寺院定为本寺，附属寺院为末寺。

9　寺院可处理檀家（信徒家族）之葬祭供养事务的制度。

10　即一九三二年。

11　即一九三五年。

12　即役小角（传六三四～七〇一），飞鸟时代至奈良时代的咒术者，被奉为修验道的开山祖师。

13　在山中修行的修验道行者，也称修验者。

青女房 [1]——
荒僻古御所
有妖怪青女房栖
其形为女官
眉如晕
齿如墨
顾盼佳人访

——今昔画图续百鬼／卷之中·晦
鸟山石燕（安永八年）

青女房

1

我在复员船中做了梦。

妻子在客厅里坐着。我则不知为何，额头贴在榻榻米上，死命地道歉。

我不知道自己为何道歉。梦中的我感觉非常顺从，与其说顺从，倒不如说恐惧，心中惶惶不安。

妻子一句话也没说。

面无表情，像佛像一样僵硬。

给我点反应吧。不知道她是生气、伤心，还是都不是。是原谅我还是不原谅，如果不原谅也没关系，不管是要叫骂、要责怪、要唾弃、要埋怨都行，总之说点什么吧。

就算是瞪我也好。

眨眼也好，叹气也好。

如果肯对我笑就更好了。

梦中的我为了索求那一点反应，更加拼命地道歉。

我似乎费尽千言万语，声嘶力竭地说，但我不知道自己在说些什么。唯一可以确定的是，我在道歉。

心跳加速。

汗流浃背。

我的心情就像在进行一生一次的大赌注。

她会笑吗？

她会生气吗？

是笑？

是生气?

但是我为何在道歉?我是为了什么在赔罪?我并没有做任何坏事。我拼了命地卖力工作,被抓去从军,挖壕沟,保养刺刀,搬运物资,挨挨挨枪开枪,不停地行走,浑身泥泞,破裂爆炸。

但我都忍下来了。

所以我才活着。

我还活着啊。

为我祝福吧,为我开心吧,疼惜我吧。

不……

我没那个资格吗?

说什么都好。怎样都好,说点什么吧。

妻子沉默着。

一动也不动。

说点什么吧。不,只是脸颊动一下也好。

我说的话你听不见吗?为什么没有反应?结果……

妻子。

妻子的脸。

瞬间变得苍白。

脸。当我注意到时,那张脸。面无表情的那张脸。

变成三倍、四倍之大。

我吓得要命,惊醒过来。

心跳加速,还有浑身大汗似乎是现实。闷热不洁的空气充塞四下。我听见令人不适的引擎声。地板不安定地摇晃着。

我人在船中。

你还好吗？——长官说：

"好像没发烧，不过你那么瘦，又神经质，我很担心你啊，寺田。要是染上疟疾，会没命的。"

"啊……"

我想要起身，被长官制止了。

"不必。咱们已经不是长官跟部下了。战争已经结束了。"

"可是……"

"哎，对你那样拳打脚踢，责骂你欺负你命令你，你连命都交在我手里了，我现在却突然说已经不是那种关系了，也没法一下子就照办吧。不过，是陛下亲口宣告战败的。"

旁边的士兵——已经不能说是士兵了吗？——瞪了长官一眼。还有很多人无法接受这个事实。

"哎，别那么僵。你就是太死板了，寺田。好不容易活着上船了。我的意思是，咱们要活着一起踏上本土的土地啊。"

放轻松吧——长官说。

啊，已经不是长官了吗？

可能是察觉我的心思，对方说：

"叫我德田就好。如果不舒服就说。不过看这状况，应该也没办法得到多好的治疗，但总比战地医院要来得好。不必担心空袭，暂时也有的吃，可以放心了。"

"哦……"

战地的医疗设施形同虚设。

纵然军医的医术再好，但设备匮乏，缺少医疗物资，也无处施展，只能进行应急处置。但另一方面，伤者病人不断增加。设施环境恶劣成那样，本来能痊愈的也好不了。无法自力痊愈的人就只能送命。就连健康的士兵，也因为三餐不继而变得衰弱，因此没余力去顾及非战斗力的伤兵吧。

那里不是治疗的地方，而是等死的地方。

没有手的，没有脚的，肚破肠流的。

变得乌黑、散发出尸臭而毫无生气的脸。

苍白的脸。

大家都死了。

我可能是因为手指灵巧，受到军医赏识，常被找去帮忙。我没有学识，所以毫无医疗知识，但应该是身为工匠的细心受到青睐吧。

但是大家都死了。

不是死于伤病，我认为。

他们是死于绝望的。如果痊愈，就得回归战线。即使痊愈，也只有死路一条。为了赴死而疗伤治病，再也没有比这更矛盾的事了。

维系生命的不是医生也不是药物。

而是对生命的渴望。

没有对生命的渴望，人是不会好起来的。

一旦发现欲望无法满足，生命力就会立刻衰弱。杀人的不是伤也不是病菌，而是绝望。

证据就是，战争一告终，伤病兵的治愈率便惊人地提升了。得知战败的瞬间，希望萌生，我觉得这实在讽刺。

传染开来就不得了了——德田说：

"我可是想要活着回去的啊。"

我没事的——我回答：

"我没有生病。"

只是没有希望。

我并非绝望。

但心中感到不安。

我的希望被装在一只小匣里，那匣的盖子严丝合缝地紧闭着。

当盖子打开时，那希望可能已经变质为绝望，我的心中充满这样的预感。万一它变成了绝望———一思及此，我坐立难安。

所以我绝对不会打开盖子。

我既不悲观也不乐观，但那股预感，总是笼罩着不安的色彩。

——所以我才会做那种梦吗？

"你的老家在东京吧？"

"是，在武藏野。"

"你老婆在等着吧？"

"内人……"

青色的。

青色的，巨大的。

青色的，巨大的，面无表情的脸。

梦中那张骇人的脸突然浮现，我一阵战栗。

真羡慕——德田说：

"我老家在千叶，可是听说我老婆因为营养失调已经死掉了。那种乡下地方应该没有空袭，至少该有点吃的，内地怎么会搞成那样呢？说是乡下，也就在东京旁边，或许也碰到攻击了。我儿子出征了，老头子也行走不便，所以可能不会有人来接我吧。"

我本来是个渔夫——德田说：

"往后还能继续当渔夫吗……不知道船还在不在。还能打鱼吗？你本来是做什么的？"

"我是个工匠。"

"那很好，很容易找工作。有一技之长真好。"

"会吗？"

我不认为。

"什么工匠？木匠吗？"

"也做木工，但主要是金属加工。"

不对。

我是做箱子的。

人家都叫我箱屋。说是箱屋，但不是在花街柳巷替艺伎打杂的跟班小厮。[2] 顾名思义，是制作箱子营生的意思。

那么你啥都能做啊——德田说：

"那才是到哪儿都不怕没工作。"

我能做其他工作吗？

我的手指很灵巧，但不擅长与人打交道。

铁料和木头，不会说话的材料、机器和道具——这些东西，我可以毫无滞碍地面对它们，但我无法正视人的脸。不管是用人还是受雇，我都觉得别扭。

欢笑、生气、哭泣。

传达、领会。

这些一般人会做的一切行为，我都很不擅长。

箱子很好。

箱子是以直线构成的，不会扭曲或弯曲。

即使弯曲，也是按着道理弯曲。如果角度和弯曲度没有明确计算好、不照着预先决定好的去做，就没办法做出箱子。严丝合缝地围起来、严丝合缝地盖起来，箱子才终于是个箱子。

相较之下，人心暧昧，捉摸不定。别说捉摸了，连形状都没有。我害怕面对那种不成形的东西。

混沌很可怕。

整然。

有序。

会追求这样的整齐，我认为并不是源自聪明。我这个人愚直、迟钝，绝对称不上聪明，所以才会追求明快明了。

我听人说军队是个简单明了的地方。他们说那里是个整然有序的组织。

我想，那么那里很适合我。

不必思考太多，只要好好执行命令就行了。我想那样的话，或许起码比散漫无章难以理解漫无边际的日常生活更适合自己。

然而事实却不是如此。

人就是人。

士兵是人，不是箱子。

长官和敌人也是人，将军和新兵也是人。

怎样都无法变成记号。

排成一排挨挨的士兵，每一张脸都不同，个子也不一样高，想的事也不一样，身世不同，全是不同的人。明明如此天差地远，却因为阶级相同，就被当成一样的东西对待。虽然若是代换成记号，无论张三李四，都只是个二等兵。

但就是没办法真的代换。

完全没有秩序可言。

作业也潦草粗率。

不管是堆沙包、挖洞还是汲水，全都杂乱无章。虽然不是随便做就能做好，但并不要求做得准确。没有水平垂直，甚至没有直线。

讲究精确，被视为不必要。

要求的只有速度与牢固。

对于工作上向来一板一眼，不允许分毫偏差的我而言，这些潦草的作业完全就是折磨。

简直就像孩子打泥巴仗。

太肮脏了，不卫生而且不正确，不适合我。

保养刺刀最合我的性子。我细心有加地保养，连别人的也一起保养。

即使如此。

只要攻击就会弄脏。

受攻击也会弄脏。

只要遭到轰炸，一切都会变得粉碎。

泥土石块。火药的臭味。闪光。烟雾。煤。火星。血花。肉块骨片。惨叫声与爆炸声。所有东西都炸得隆隆震响。哭叫般的赤红色天空。

我受不了了。

军队不适合我。

你跟我差不多岁数吧？——德田问。

"我已经三十七了。"我回答。

怎么，比我年轻多了嘛——德田笑道：

"我还以为你是个老新兵，揍你的时候还特别手下留情呢。唉，是不年轻，但还是比我小多了。我已经四十五了呢。这把年纪，前线太难熬了。不过与其让十九、二十的年轻人送命，还是老人死了好，所以我还是拼命冲上最前线奋战。咱们都活下来了。"

没错。

我还活着。

我用指尖拭汗。

像油一样黏糊糊的，不舒服的汗。

一片杂乱。混合了灰尘与汗水的不洁空气从鼻孔侵入，然后充满肺部。

像木块般随处躺在这船中的士兵是什么心情？他们有希望吗？大家都做着怎样的梦？在大海上如此杂乱，甚至无法维持水平的肮脏生锈的船上席地躺着，究竟能做什么梦？

即使如此。

还是活着，大概不会死吧。

武藏野那地方没遭殃吗？——德田问。

"遭殃？"

"空袭啊。东京好像都没剩下什么了，听说成了一片焦土。就算不是城市中心，武藏野也还算是在东京都里吧？"

"不清楚。"

我不知道。

"不知道？"

德田表情惊讶。

"你家不是在那里吗？你有哪些家人？"

"老婆……"

——阿里。

和一个儿子——我说。

"那你一定很担心。儿子几岁了？"

——峻公。

他现在几岁了？

十三？不，已经十四了吗？我连出征过了几年都弄不清楚了。

现在究竟是昭和几年？日本现在是夏天吗？还是冬天？峻公已经十五岁了吗？

那个……

不幸的孩子。

"怎么，你连自己孩子的年纪都不知道？"

"是的。"

我坦白回答。

"你这个人未免太古怪了。对小事斤斤计较，一板一眼，让你算东西，没出过一次差错，大家都说你分配芋头和汤的时候是不是都拿秤量的，然而你却连自己的孩子几岁都不知道，这太难以理解了。"

是有什么原因吗？——德田问。

没什么原因。

我只是不擅长与人相处。即便是老婆孩子，人就是人。因为不是自己，所以是别人。

你讨厌小孩？——德田又问。

"不。"

我不讨厌。我觉得孩子很可爱。我想疼爱孩子。我只是不懂得怎么疼爱、怜恤孩子而已。但峻公还在襁褓时，我拼命抚养他。从头到脚都是我在照顾。

只知道哭、便溺、睡觉的时候——还是婴儿的时候，都没有问题。

但是孩子会长大。会长大变成人。变成人以后。

我还是不知道该怎么应付。

"我不太会照顾孩子。"

"做父亲的都是这样吧。我也没为孩子做过什么嘛，全都交给老婆去操心。可孩子还是自己长大了。"

"是的。"

即使置之不理，那孩子还是成了人。

可是，"我老婆……"

生病了——我说。

"那岂不是更令人担心了吗？病情如何？"

"不清楚。"

战况恶化以前，我寄过几次家书，却从未接到过回信。确定复员后我也寄了明信片，但我觉得没有寄到。不，应该是寄到了，但我觉得妻子不会读。

妻子——阿里。

"是精神上。"

应该是吧。

"精神方面有问题。"

"精神？"

"气郁之症。不，这是家丑，不是可以跟别人说的事……"

"咱们是一起出生入死的兄弟啊。而且生病没什么好丢人的啊，这还用说吗？不过我这人没读过书，就算听到精神什么的，也不懂是怎么回事。"

那是怎样的病？德田问。

"也不是哪里不好……"

会什么都没办法做。会变成另一个人。

所有的一切——一定——都失去了乐趣吧。就连活着也是。

"那不是脑病吗？"

"好像不是。"

"那……"

也不是**发疯**吧？——德田问：

"啊，别生气哦，我没有恶意，只是孤陋寡闻。"

"她神志很正常。"

疯了的……

应该是我，我觉得。

应该吧。不，一定是的。

做箱子。做箱子做箱子。做箱子。

成天净是做箱子。

"那怎么会变成那样？"

"我也不太会解释。"

阿里的内在究竟发生了什么事、持续发生着什么事，我完全无法理解。

"我老婆……"

阿里本来就不是个开朗的女人。她生性认真，沉默少言。她与我这种默默工作的人是同类。

然而生下孩子不久。

那是父亲的葬礼之后。

父亲是个开朗外向的人。祖父是个专一古板的工匠，但父亲擅于交际，是木工店的老板。从祖父那一代就在店里工作的师傅，还有新雇的员工，都很尊敬父亲。现在我觉得，我的家业——寺田木工，从某个意义来说，应该是靠着父亲的为人撑起来的。

家中开始不开伙了。

阿里。

一句话也不说了，不出房间了，什么都不做了。很快地，她开始说她想死。

丢着要喝奶的婴儿不顾。

是我不好。

不，一定就是我不好。当时我这么想，烦恼了很久。

我也想过跟阿里一起死。

但是还有孩子。

看到孩子那小巧的脸，我就没办法寻死。

婴儿是无力的，没人照顾就会死。如此脆弱的性命，不能就这样剥夺。即便是父母，也没有资格这么做。大人的问题与孩子无关。我这么认为。

所以我拼命养育孩子。那时我认为只要这么做，阿里就能回心转意，这是让阿里恢复原样的唯一方法。

一直到很久以后，我才知道那不是心情的问题，而是一种病。可是，已经……

2

我的祖先是神社木匠。

据说代代皆是如此，但不知道是从什么时代开始的。

几代以前建过某某处的天满宫、做过神轿、做过寺院伽蓝的雕刻，这些似乎是祖父的骄傲。不，与其说是骄傲，不如该说是夸耀。

祖父已经不是神社木匠了。

据说明治以后，寺院神社建筑的工作大量减少。

所以我想并不是祖父不做神社木匠，而是没有这类委托了。好像从曾祖父那一代开始，所谓一般木匠的工程委托就愈来愈多了。

祖父对此很不满。他认为神社木匠与一般木匠不同。所以他离开曾祖父，自立门户，开始做起工艺品的木工工作。

这些都是我后来听说的。

祖父制作的工艺品美轮美奂。技艺精湛，形状流丽，纤细却强有力，非常美，不论端详几小时都不厌倦。年幼的我完全不知道那是做什么用的东西，但还是爱不释手。我打从心里尊敬能做出这么棒的东西的祖父。我真心期望自己长大后也能成为制作出那种工艺品的师傅。

我到现在都能清楚地回想起祖父的工艺品。

然而……对于祖父本人，我却没什么记忆。

不过毋庸置疑的是，尽管印象模糊，祖父却深深影响了我。

虽然关于祖父的记忆很遥远，但印象最深的是他额头上深深的三条皱纹。我每次想到的都是那个部位，或者说我只记得那个部位。

三条皱纹，还有操作凿子的指尖。

祖父的手指粗壮，骨节突起，却十分灵巧。

送出凿子的动作精准无比。祖父的手指照着祖父的想法活动，依着祖父的想法一点一滴地雕琢出精细无比的成品。

能够随心所欲操纵的身体，太棒了。

我强烈认为人就该那样。

我还记得的……是声音。

沉静又严峻的语气。

我实在不记得他说了什么，但唯有那抑扬及音色明确地刻画在脑中。从不激动，有条有理，平时的祖父声音非常可靠，非常温和。

不过——

我也记得祖父的吼声。

祖父偶尔会责骂人。

他责骂的对象是祖母。

不是弟子、不是父母，也不是我。记忆中，被责骂的一定是祖母。祖父从来没有责骂过祖母以外的人。

祖父是个严格的人。

决定好的事，他无论如何都会遵守，任何事都会严格地去执行，正确且精致地完成。他似乎就是这样一个人。若说他不知变通，或许就是这样了，但对的事就是对的，错的事怎么样都是错的。因此我认为祖父这样的人生态度值得效法，现在也这样认为。

祖母也全心全意服侍着那样的祖父。说服侍听起来像臣子，但那个时代每个人都是如此，妻子就是要服侍丈夫。

从这个意义来说，我认为祖母是个了不起的妻子。

祖父不是会毫无理由责备伴侣的人，而且温顺勤奋、细心内敛的祖母也不是那种会惹来丈夫责骂的人。

除了某一点。

祖母似乎有一项特质，是祖父无论如何也**无法接受**的。

天眼通——在家里帮工很久的老师傅说。

我不知道那是怎样的能力。是类似灵术吗？据说祖母是个直觉很敏锐的人，偶尔会做出宛如看透什么的言行举止。

据说……祖母能看到远方的事物、墙壁另一头的东西、箱子里面的物品。她擅长找到失物。

我不知道是否是类似占卜的法术。

不过我记得每个月约有四五次，街坊邻居会来找祖母商量事情。应该是来依靠祖母解决问题的吧，也就是说祖母帮到了他们的忙。如果祖母是个占卜师，表明她十分灵验。

来找祖母帮忙的人会带着蔬菜或糕点，有时会包个红包上我家。然后他们都对祖母十分感激，再三道谢后离去。

小时候我很喜欢这一幕。

因为看起来祖母做了很好的事。

事实上，每个来找祖母的人都很开心，很放心，有时甚至流着眼泪回去。他们的感激之情溢于言表，看起来一点都不像是什么坏事。

然而祖父每次看到有人上门，就会摆出臭脸，客人回去后，一定会怒骂祖母。我觉得莫名其妙。祖母做的明明是好事，却挨祖父的骂，这太没道理了。年幼的我觉得这太奇怪了，这样是不对的。

但我什么都没说。

我是个沉默寡言的孩子。别说提意见了，愚笨的我完全不知道该说什么。对我来说，祖父是个无比伟大的人。我实在没有胆子去顶撞伟人。

况且我还小。

而且我崇拜祖父、尊敬祖父。

对于被伟大的祖父责骂的祖母，我只是单纯觉得可怜。女人就是会毫无道理地受到呵责的可怜生物——年幼的我如此理解。

母亲也是如此。

母亲没有被吼骂过，但她只是默默地工作，为了不知道究竟是什么的事物牺牲奉献，奉献出一切，然后死了。

她没有祖母那种异于常人的能力，所以也不曾受到许多人感谢。母亲彻底平庸，她的人生彻底平平淡淡，而这也一样令我觉得没道理。

母亲过世时，父亲大哭。

祖母过世时，祖父过世时，父亲也哭了。

我总是看着哭泣的父亲。

我并不是在忍耐。我还是很沉默。因为我想不到该说什么。

感情这东西。

我觉得有等于没有。

确实，肚子里、胸膛里、脑袋中心，那些地方有一种朦朦胧胧的，像是感情的东西。它本来就有，但那并不是感情。

我认为感情必须要有形容它的语言，然后才会变成感情。

在说出口之前，悲伤、痛苦、难过其实没有什么差别。或许完全没有区别。选择"悲伤"这个词，套在不定形的某物上头，说出口来，它就成了悲伤这个感情。

感情由一个人知道的词语数量限定。

词汇量少的人，感情的种类也很贫乏。

而词汇不使用就不会增加。

沉默寡言的我，连自己是悲伤还是难过都不太清楚。只是一片茫然。

虽然连自己的心情都暧昧不明，但我这么想：

与其人死了再来哭，为什么不趁还活着的时候哭？

我深深觉得母亲死得不值。

明明连自己伤不伤心都不明白，我却为母亲感到悲哀。

该说不幸吗？

父亲这个人对我而言——或者该说对我的人生而言？——总之是个异物。父亲擅长交际，性格开朗，是个话匣子，与祖父截然不同。

没错，截然不同。

作为一个工匠，父亲是三流的。

他不会做工艺品，只能勉强刨出一片笔直平坦的木板，很笨拙。据说祖父很早就看透了父亲的资质低劣，要他只学刨木头。祖父应该是打算让他做能做的事吧。父亲成天就是刨木头。祖父的其他弟子挥舞凿子操作小刀时，父亲只是在刨木头。

这个样子……

实在不可能继承祖父。

祖父过世，工艺品的工作减少了。虽然有几名优秀的弟子，但弟子终归是弟子，而只会制作笔直的木板的父亲……

开始做起箱子来了。

就是四方形的箱子。用来装陶器、人偶、日本刀、美术品这类东西的木箱。是组合笔直的木板就能做出来的箱子。是直角交叉，全以直线构成的单纯六面体的……箱子。

一开始订单很少。师傅们也觉得那是手脚笨拙的继承人消遣玩玩，随他这么去做。但是工艺品的订单不断减少，而箱子的订单持续增加。应该是有需求吧。

我十七岁时，父亲在工房挂上木工制作所的广告牌。

从神社木匠变成工艺品师傅，然后成了木工制作所。我无从判断，这是符合时代潮流的正确变迁，还是单纯的堕落。无论如何，师承神社木匠的工艺品师傅的工房——我的家变成了普通的木工行。不过……

我们家甚至不被称为木工行。

世人都称我居住的建筑物为箱屋。

一回神时，大家都称呼我为"箱屋的儿子"。我没有觉得反感，但也不开心。我长大后，依然是个寡言、钝笨的傻子。

那时，我在铁工厂工作。

不是木工师傅。父亲什么都没有教我，祖父的技术也没有传给我。不过父亲也没有才能继承祖父的技术。

父亲也从没开口要求我继承家业。我不受强制，也不被期望。或者应该说，我是在不继承木工行的前提下被抚养长大的。

回想起当时，我在成长过程中没有被要求学习任何木工技术，这件事本身就十分奇异。在那个时代，卖鱼的小孩长大就要卖鱼，木匠的小孩长大就是木匠，这是天经地义的事，不这样是很奇怪的。因为世袭，所以才会有家业这种说法。

关于这一点，我不知道祖父怎么想，但父亲什么也没说。我对祖父和他的技术怀有强烈的崇拜，所以现在觉得如果父亲当时让我学艺就好了……但这些都是事后诸葛。

因为我是个什么都不会说的孩子。

是个连自己的心情都不了解的迟钝鬼。

所以我一直觉得就是这样的。

如今回想，这样的成长过程是父亲对我的独特关怀吧。

因为父亲……讨厌木工。

或许手艺不灵巧的父亲，为了继承不可能超越的祖父事业，一直因压力而痛苦。虽然这只是我的想象。

不，肯定是这样的。

祖父的技艺是一流的。

父亲做的箱子，明明只是普通的箱子，却很粗糙。

父亲刻意选择了不必求精细的工作当职业。不，父亲只做得到这样。

刻意挂出木工行的广告牌，是父亲对祖父的回答吧。过度的交际应酬、社交的举止态度，或许全是对祖父的反抗。是在主张：我跟父亲是不一样的。

明明不必这么做，每个人本来就不同。

即使是父子，也不可能一样。只是总会希望能够一样罢了。

父亲和我也截然不同。父亲肯定是因为自己和祖父不同，才会认为我也是吧。确实，我和父亲不同，但父亲应该没想到不同的方式也是形形色色。

家里甚至供我上中学。

仔细想想，是过于奢侈了。当然不是我要求的，而是父亲决定的。我只是唯唯诺诺地听从父亲的决定。

父亲笑着说，往后的时代，至少也得有中学学历才行。这应该也是出于想要为孩子的将来增加选项的父母心吧，令人感激。

至于我，别说将来了，我完全没考虑过自己的事。

我没有足以思考的词汇量。

学校生活并不愉快，也不难熬。照着规定去做规定的事，对我而言一点都不痛苦，但这样的状况也不令我开心，我认为做不到而挨骂是理所当然，做到了被称赞也并不特别开心。

一切都是理所当然的。

我只是这么想。

我只是呆呆地在规定的期间，照着规定度过，无可无不可、平凡地从中学毕业，然后我成了车床工。虽然是家小工厂，但我没有任何疑问，埋首工作。

我确实学到车床工的技术，后来工厂每况愈下，因此我靠着老板介绍，进了另一家较大的铁工厂，在那里从事焊接工作。

铁这个材料颇适合我。

又硬又冷。

但是加热就会融化。

可以自由自在地加工。

冷却之后又会再次变硬。可以按照正确的数值制造出符合计算的零件，与木工的精致不同。

金属没有生命。

没有任何烦杂之处。

杂质只要燃烧就能剔除。

冷却的金属十分坚硬、无机，我很喜欢。

我每天熔铁焊铁，日复一日。

但是——

就在我快二十岁的时候。

我突然得回到木工制作所工作了，不是回去继承家业，只是单纯的人手不足。

因为箱屋的生意上了轨道。

那个时候我也没想什么。

也不觉得排斥。

我从老师傅——祖父的弟子那里学到了木工的基础。

成年以后，我才学到了自幼崇拜的祖父的技艺——虽然是第二手传授。

木头和铁不一样。

木头有生命的残渣。

那绝对不是几何学式的素材。木头会膨胀缩水、弯曲仰折、呼吸破裂。会流汗，有树节，也会弯曲。木头是植物。在被砍伐以前，都还是活着的。

而木匠硬是去刨它。

将它切割成自然界绝不存在的直线，复制成自然界绝不存在的相同形状，加工成人工物。

而且木头刨过之后，就无法恢复原状。不能重来。完全没办法。虽然会做接合或贴合，但基本上只能切割一次。

木头尽管不断变化，却是一旦加工，就再也无法恢复原状的素材。

我和木头格斗了一阵子，觉得愈来愈有意思。

以素材来说，我觉得金属应该更合我的性子，但以磨炼技术的层面来说，木工充满吸引力。

笔直的。

平滑的。

先从这里开始。我认为除非先超越父亲，否则不可能到达祖父的水平。所以我刨削切磨，精进手艺。

箱子。制造箱子……

3

箱子啊——德田说：

"那你是……怎么说，被箱子给附身了？"

"唔……"

曾是长官的男人亲昵地对我说话，总让我觉得古怪。

"哎，既然你是卖箱子的，那样不是很棒吗？被赌鬼附身、被色鬼附身，世上有太多傻瓜被不好的东西纠缠，然后堕落下去嘛。"

"嗯。"

你很认真啊——德田说：

"从不抱怨，这一点很了不起。你离开铁工厂，也不是你干不下去，而是家里要你辞掉的吧？"

"嗯……"

父亲没有弟子。

父亲本领太差了。有太多师傅的技术比父亲更好，但有那种技术的人没必要来做木箱。父亲说与其雇人，倒不如你来，只是这样罢了。

母亲的身体状况也大不如前。

我开始帮忙家业后不久，母亲就过世了。

后来父亲渐渐地不工作了。他喜欢喝酒，开始耽溺于酒乡。

不知不觉间，我就继承了家业。

你父亲很仰仗你吧——德田说：

"唉，老伴过世，心也会变得脆弱啊。我也是，说来丢脸，可是接到老婆过世消息的那晚我也哭了。你父亲一定也变得软弱了吧。而且眼前就是可靠的儿子，当然会想依靠你啦。"

或许吧。

不知不觉间，箱屋变由我经营了。

我做得比父亲更好。做出更好的箱子、更精细的箱子。做出更加更加……

出色的箱子。

我从没想过父亲的心情。不，我不在乎父亲的感受，我只是沉迷于工作。母亲死后，父亲变得失魂落魄，我对他几乎是视若无睹。

商品的精致度提升，口碑变得更好，订单也增加了。

我相了亲，二十五岁结了婚。

"是因为……没有女眷帮忙。"

"不可以这样说。"

"嗯。我并不这样想……但一开始的确是因为这样。内人……"

是怎么想的呢？

我们不太交谈。我只是想着既然要抚养的人变多了，就必须更勤奋工作才行。就像父亲为了与祖父诀别，挂上木工行的广告牌那样……

我也做了与父亲不同的事。

我做了金属箱子。

我无法割舍铁的魅力。我和原本任职的铁工厂商量，进行业务合作，购入最低限度的机械，开始制作金属箱。

市场有需求。特别款式的容器、什器、机械零件等，不到大量生产的小批金属加工品。很少有工房制作这样的东西。

我拼命制作。

木箱的部分交给师傅，我制作铁箱。广告牌还是一样，但我的家已经不是木工行，而是名副其实的箱屋了。我在箱屋里只是工作。

内人……一直在忍耐着吗？——我问。

"这我就不知道了。不过如果你是个好吃懒做的老公，她也可以埋怨个几句，但你是个埋首工作的拼命三郎，她想抱怨也没得抱怨吧。"

"嗯。"

妻子从来没有怨过我。

不过。其实妻子怎么想，我也完全不放在心上。

"孩子出生了。"

"你开心吗？"

"大概。"

我不太明白，但我不可能不开心吧。我只是不知道"开心"这个词而已。另一方面，父亲欢天喜地。不管是在过去还是往后，我都没有见过如此兴奋开心的父亲了。干得好！干得好！他称赞媳妇。

阿里，大概也笑了。

而我……

只是继续做箱子。

父亲可能是看到孙子安心了，没多久即过世了。医生说是喝太多的关系。死因是肝硬化。在父亲死前，他看着我，仔细想想应该是他头一次正面看着我，说：

要好好……

疼老婆啊。别惹她哭……

绝对不要活得像我……

要好好地多看看阿里，为阿里着想……

世上能够彼此了解的就只有夫妻了……

真的吗？即使是夫妻，毕竟是陌生人，是自己以外的别人啊。我连自己的心情都不了解。

我这么想。

但是，想到一辈子不幸的母亲的人生，还有在责备中过世的祖母的人生，父亲的话稍稍打动了我的心。同时，我……

"觉得更要卖力工作不可。"

"唔，孩子出世，花费也变多了。也不是不能理解你那种心情，不过你是拼过头了吗？"

"唔……"

是吗？

做出更精密的箱子。做出更精美的箱子。

要好上加好。

不过，阿里的事也令我担忧。但是一分神，手艺就会变得迟钝，精密度会降低。这么一来，订单也会减少。没有订单，就不能做箱子。我不想那样。

我分裂了。原本就笨拙的我，没办法灵活区别对家人的脸和工作时的脸。我不可能像父亲那样对世上的一切热情以待，也没办法像祖父那样一辈子严格待人。我只是手足无措。

有时我会弄错严格的工匠面孔与温柔的父亲面孔，然后我比任何人都要混乱。

根本没有余力去体谅阿里的心情。

家庭和工作都不顺利……我净是焦急。必须更认真一点，必须更用心一点，更严格，要更严格。

严于律己。

不知为何，我没有发现这样的态度，也等于是在强迫别人同样地严格。

我想是我太愚昧了。

我甚至对相当于恩师的师傅更为挑三拣四。

箱子做得更精美了，订单也增加了。

但是妻子崩溃了。

"她不再照顾孩子了。"

"这是……怎么说，不再为孩子洗澡、换尿片了？"

"也不喂奶了。"

"那样孩子会饿死啊。"

没错，差点死了。

如果我没发现，儿子应该早就死了。

"我忍不住责备了她。"

"这是当然的吧……"

没有回应。

阿里的眼睛已经不再注视着现实了。

"我以为她是被什么坏东西给附身了，但我不认为那种迷信是真的，所以我认为只要好好跟她谈，她就会了解，然而完全说不通。"

她完全听不进去。我以为是我口才太差了。过去一直轻视说话的我，再也没有比那个时候更痛恨自己的笨口拙舌了。

但是……纵然费尽千言万语，阿里也不可能懂我的心情，而我也不可能理解不肯说话的阿里的心情。

我应该是第一次，仔细看了儿子的脸。

那是个好小好小的生物，孱弱而虚幻的生命。

这么脆弱的东西，不能置之不理。无论如何都要保护他不可。我……强烈地这么想。

"然后你怎么做？"

"我背着儿子工作。"

事业好不容易上了轨道，不能随便丢下。

不……我一定只是想做箱了而已。只有我个人会做金属箱，木箱也不能变得粗制滥造。我认为一旦达到巅峰，就绝不能退后。

日复一日，我背着柔软脆弱的婴儿，制作坚硬正确的箱子……

太辛苦了——德田说：

"因为你家不是卖菜或是开澡堂的吧？我是不懂焊接什么的，不过不是会四处喷火花吗？"

"是的。"

我觉得我太残忍了。

但是我无可奈何。

街坊邻居看不下去，轮流来替我照看儿子，但我想我连个谢字都没好好说。背上一轻松下来，我就抓紧机会……

做箱子。

做箱子。

做箱子。只要做箱子，只要顺着欲望制作精密的箱子，就能带来经济上的宽裕。只要赚到钱，一定……

阿里一定也会开心。

我这么以为。

我错了。完全搞错了。那只是诡辩，是为了将自己的行为正当化。什么经济上的宽裕能带来心灵上的从容，这是幻想。我以为贫困会切实威胁到生活，很快地也会腐蚀心灵，然而实际上富贵却不一定能满足人心。

我只是想要做箱子而已。

一定是的。

阿里变得形同废人。

她勉强还会进食。身边琐事也是，虽然只是最低限度，但会自己处理。不过她不说话了。有时候她会抓狂，想要寻死，只有想死的时候阿里会出声。

原本就笨口拙舌的我，甚至停止对阿里说话了。

与其说是嫌麻烦，倒不如说我什么都做不到。

父亲叫我待阿里好一点，要多关心她、体贴她，而我正想这么做，却遭到了拒绝。遭到拒绝的我，利用她的拒绝——

只是埋首做箱子。

孩子也是。

我并非抚养他。

也不是保护他。

只是没有杀了他而已。

"我觉得他好小好脆弱，可是……"

孩子很坚强。尽管缺乏爱情滋润地被养大，尽管没有感受过母亲的温暖，在父亲的背上看着焊接的火花，然而我的儿子却没有死，也没有生大病，就长大了。

长成了一个不发一语的孩子。

他长成了只是静静坐在工厂角落，不哭不笑不闹，直盯着闪闪喷发的火星和四散的木屑的，一个孩子。

这孩子真好养。

每个人都说。

不是乖巧、安静、听话这种程度。我也曾是个沉默寡言的孩子，但儿子真的一句话也不说。显然不寻常。但是——

这，对我来说刚刚好。

铁的焦臭味、木头的香味，寡默的师傅们紧凑的动作。如机器般工作个不停的父亲，如废人般一动也不动的母亲。没有语言交谈的生活。即使要求，也不被接纳的日子。

这是没办法的事吧。

好孩子。

真是个好孩子啊。

不知内情的人异口同声地说。

但是。

阿里不一样。

孩子约五岁的时候……

阿里的眼睛忽然有了神采。不，该说是恢复了神采吗？阿里毫无前兆地恢复正常。就像撕掉一层薄膜似的康复，过了约半年左右，她恢复了理性和感情。

这应该是值得欣喜的事。

原本……是值得欣喜的事。不，这不折不扣就是件喜事。

病好了，不可能是坏事。

然而，那个时候的我，坦白地说，我肯定是觉得恢复后的妻子很烦人。

不说话的孩子，不说话的妻子，这样不是很好吗？

因为我本来就是个不擅长与人交往的人。

都撑过来了。工作也持续下来了。就算不会动、不会说话，妻子儿子不也都活得好好的？然后我也可以好好地做箱子，不是吗？这样哪里不好了？

啊，烦死了。

我觉得我是这么感觉的。

阿里一开始向我道歉。说她失常了，不对劲，向我道歉。她不停地道歉，然后——

不……阿里一定也是拼命想要找回自己的安宁吧。虽然我无法想象她是怎样的心情，但她应该也尽了力。妻子有妻子的日常，那与我的日常应该是大相径庭的。

但是。

阿里无法得到日常。

结果妻子害怕起孩子来。她害怕、厌恶不说话的亲骨肉。

我没法照顾这种孩子，这孩子话说不通，这孩子太奇怪了，这孩子好恐怖，这孩子、这孩子。

不是人。

事到如今这是什么话？

这女人搞什么——我心想，感到愤怒。

为什么？

为什么她要破坏我平静的生活？总是你都是你……

这不都是你害的吗？阿里说。我生病的时候把他养成这样的就是你，你是怎么养的，才把孩子养成这副德行……？

我没有养，我什么都没做。可是这一切全都是你，都是你这个母亲……

道理根本讲不通。

是你把孩子搞成这样的，是你把我的孩子搞成怪物的，是你。

是你不好。

没错。

是我不好，都是我不好，可是——

你说我该怎么办？

我能怎么办？

这……

"唉，这也太难了。但也不是你害的吧。原因是出在你太太身上吧？"

"不是的。"

是我害的。阿里的病并没有好。阿里变得比痴呆的时候更可怕，眼神是疯狂的。是你害的是你害的是你害的是你害的。没错，是我害的。所以……

"我遭到天谴了。"

"天谴？"

箱子的订单数量剧减了。

"这……"

"对，是战争的关系吧，但这是天谴。因为这下子我就没办法做箱子了。战况恶化，铁料也没了。因为没有铁料可以供民间去做什么无用的箱子了。"

没办法做箱子没办法做箱子。

都是你害的都是你害的。

这种孩子我没办法养。太恐怖了，恐怖得要命。你给我想想法子啊！

妻子这么指责。

我脑袋都快爆炸了。没办法做箱子，家人又疯了，连我都疯了。

怒叫责骂的妻子，默默望着这一幕而面无表情的儿子，满脑子只想着没办法做箱子的我。

我也想过干脆杀了妻子、儿子，自己也一死了之。

我想要消失不见。但我觉得我下不了手杀孩子。这是绝不能做的事。我梦想着妻子总有一天会恢复原样，借由梦想来撑过每一天。

然后我收到召集令。

我丢下那样的妻儿……出征了。

4

跟我想象的不一样。

我一厢情愿地认定，复员船抵达的海边会是一片空无一物的寂寥沙滩。我深信沙滩上连条狗都没有，只有咸湿的海风肆虐着。脚浸在海水里哗啦啦地走上陆地，在那里点名，然后吩咐众人各自离开——我这么以为。

因为我听说日本化成了焦土。

至少会留下松树吗？我已经看腻南方苍郁浓密的树林了。所以在半枯的松树下，看着白褐色的混浊天空，休息一下好了。我这么想象着。

然而……

港口万头攒动。

全是日本人，而且不是士兵打扮，却有这么多人。

大家七嘴八舌呼喊着什么。手中举着写有家人姓名的纸张，或双手围在口边喊叫着。港口挤满了妇人、小孩、老人。

我还以为跑到别的国家了。

搞什么，大家都还活着嘛。建筑物也都好好的。都说战败了，怎么还这么有活力？简直就像庆典嘛。我出征时，甚至没人为我开送行会。这大概是我这辈子第一次看到这么多人吧。

"好惊人。"德田说，"太吓人了。看到这景象，真会深深觉得自己活着回国了呢。对吧，寺田？"

我没回答。

各处响起喜悦的欢呼声。有人相拥而泣，有人彼此握手，有人当场跪倒，有人跳个不停，有人垂着头肩并肩走回去，有人吃便当，有人大笑。

家人们。

果然没看到人——德田说：

"我老婆好像真的死了。"

不知道老爸是不是还活着——德田仰望天空说：

"人这么多，却没有半个认识的人，也真是奇怪。全都是别人的家人。"

"是啊。"

啊，你也是——德田说，脸皱成一团。

"抱歉啊。哎，你一定很担心吧。"

"嗯……"

会不会阿里带着儿子，也在这里？

即使只有一瞬间，我这么想象，但不可能的。他们不可能来接我。别说接我了，他们还活着吗？即使活着……

日子过得下去吗？在那间木工行，不疼孩子的母亲，不说话的儿子。

"你一定急死了吧。"

"咦？"

"不不不，如果我是你，一定会坐立难安。因为你家那种情况，会出什么事都不奇怪啊。哎，不是我要说难听话，但你老婆不太正常，儿子也不太正常，不是吗？"

"你说的正常……"

我不懂。

真难解释——德田说：

"也就是说，一个人很难过下去，对吧？你老婆和儿子都是。"

"唔……"

我决定出征时，阿里也只是瞪着我。但至少阿里应该不像以前那样，处在什么事都没办法做的状况。只有和我，还有跟儿子在一起的时候，阿里才会出现脱离常轨的言行。除此之外，她应该可以勉强配合周围生活。

一个人比较好——我回答。

"唔，太太还好吧，毕竟是大人了嘛。"

儿子。

儿子几岁了？

真伤脑筋——德田说：

"我儿子也不知道能不能复员回来。不过与其那样，倒不如死在战场上比较轻松……啊，不，抱歉。"

"没关系。"

我知道他是在担心我。

因为他的脸都皱成一团了。原来如此，人就是像这样传达许多事的，我心想。

无人迎接的我们，情势使然，一起坐上了火车。

目的地不同，但可以同行到东京。

火车也正常行驶。

这又让我感到有些惊讶。

流过车窗的街景，有些地方确实显得惨淡，但绝对不至于死寂。反倒是充满活力。

已经开始复兴了。

没错。什么事都能恢复。人可以把坏掉的东西修好。人是有这种力量的。

每个地方。

都盖起了新的箱子。

"请不要……"

说我老婆不好——我唐突地说：

"……不好的是我。"

"呃，我没有说她坏话的意思啦。如果冒犯到你，我道歉，可是不管怎么听，我都不觉得是你的错啊。"

"就是我的错。"

现在的我真心这么认为。

"德……"

我不习惯这么叫。

"德田先生。"

"嗯？"

"我是不懂别人的心情。我连自己的事情都不太明白，所以觉得人是无法相互理解的。但我觉得**假装**相互理解是很重要的。"

"假装？"

"也就是表现出'我懂'的态度。不，其实根本不懂，不过就算是**装**的，也要装给别人看。这是很重要的对吧？难道不是吗？"

"装哦……"

德田沉思。

"军队的阶级也是**装**出来的吧？德田先生是长官，我是小兵，所以德田先生会揍我。"

"不，那是……"

"没关系的，你是长官。既然是长官，就应该**装出**长官的样子，要不然军队就没办法是一支军队了。但德田先生并不是无论如何都想揍小兵的对吧？你说你对我手下留情了。"

"没错。不，可是其实用嘴巴说就可以懂了。"

"但你还是**装出**斥骂的样子，**假装**毫不留情地打人，对吧？但我以为你是真心在骂人，使尽全力在打人；我丝毫不认为你对我手下留情了。若是知道你的真心……而其他人也知道的话，就会失去纪律，也没办法带兵了。"

"唔，是这样没错啦。"

"军人必须**假装**是军人，才能是军人。凡事都是这样的吧。我甚至没有**假装**是一个好丈夫、一个好父亲。我觉得这才是我的本色，这才是真正的我，所以这是无可奈何的事，从来不去假装。但这样是不行的。"

"不行吗？"

"就算是好丈夫，如果不**装出**好丈夫的样子，就不会被认为是好丈夫。相反地，即使其实是个坏丈夫，如果**装得**好，看起来也会像是个好丈夫。"

表面是很重要的。

"我想内人的病也是一样的。每个人心里其实都隐藏着模糊不清、不可理喻的丑陋的一面。但我们通过**假装**不是那样，连自己也骗了。如果没办法**假装**——"

人看起来甚至就不像个人了。

人必须装成人的样子、化身成人，否则就没办法变成人。

现在来看，以前的我并不是人。就是有了个不是人的丈夫，妻子也才会精神失常吧。

我说，现在的话，我觉得我可以假装得不错。这是真心话。

"是军队生活教导了我。如果不假装成军人，没办法撑过那严苛的行军。杀死敌人，同袍被杀，忍受着挨打，平白去赴死……如果是一般人，这种生活连一分钟都撑不下去。"

人都是混沌的，但是借由表现得井然有序，可以维持人形。

即使坏了，一定也能修好。这次我一定要装出好丈夫、好父亲的样子。为了妻子孩子。这么一来，总有一天——

能够重新来过吗？我没针对谁地问，德田说当然能重新来过。

"只要活着，总有办法的。"

是啊——我也回答。

与德田道别后，我一个人前往老家。

三鹰的箱屋——寺田木工制作所。

帝都各处都在修缮中。不过离开城市中心后，施工的地方也随之减少，开始出现熟悉的景观。

老家周围完全没变。仍有森林和田地。

糖果糕饼店、香烟铺、澡堂都一如既往。

澡堂旁边挂着父亲写的广告牌。

平安无事。

"阿里，阿里。"

我扬声叫唤，打开玄关。没有回应，但我还没来得及讶异，已经走进家门。这一次，这一次我真的要重新来过，阿里，阿里。

我。

跑过走廊。

但即使打开纸门。

打开一扇扇门。

都没有人。师傅、妻子、孩子都不见踪影。伴随着心跳，不安愈来愈剧烈。没有人气，一片寂静。这个家是空屋。

妻子呢？孩子到哪里去了？

我打开阿里先前一直躺着的房间——内室的纸门。

没有人的气息。

没有人。

但是，有**人的残余**。

那人的残余缓慢回过头来。

青色的、苍白至极的脸，不是人的妻子那张巨大的脸，以怨恨悲伤可怕到难以想象的表情……

瞪着我。

啊啊，不行。

我闭上眼睛，缩起脖子，双手抱头，在门槛上蹲了下来。

原谅我吧。

当然。

毫无反应。没有人。没错，这个家——

是空的。

我慢慢抬起头来。青色的妻子，那妻子的气息……

——不对。

房间里孤零零地摆了一只盒子。

盒子。

那里面……

把盖子……不，不能打开。

但是我——寺田兵卫，终究还是打开了那绝不能开启的盒盖。

这是还残留着一丝闷热暑意的、昭和二十一年[3]秋天的事。

1　"女房"是日文妻子之意，亦是日本古代低阶女官的官职名。"青"则有青涩、年轻之意。妖怪"青女房"可解为"年轻的低阶女官"。

2　带着三味线等乐器的艺伎跟班也称为"箱屋"。

3　即一九四六年。

雨女——
传唐土巫山神女
朝云暮雨
雨女
亦此类之物也

——今昔百鬼拾遗／中之卷·雾
鸟山石燕（安永十年）

〔第拾捌夜〕

雨

女

1

总是下雨天。

赤木心想。

总是……这真是个暧昧到可怕的字眼。它的意思应该是经常、平素，但这种情况，却隐含了一定、永远的意思。不，后者的比例较大吧。不过话又说回来，经常一定是雨天、平素永远是雨天，不必说这种说法很奇怪。

也是有晴天或阴天的，也会下雪。

赤木没傻到连这都弄不清楚。

这也是当然的，又不是刚出世的小婴儿。

——这点事我还是知道的。

赤木这样想。

不，所以这个经常、平素是有条件的吧。

某些时候一定、某些情况一定，是有这样的意思的。

——怎样的情况？

赤木自问。

蒙眬中，身为主体的赤木与身为客体的赤木轮流出现。赤木自己也不明白哪边才是真的赤木。

不，两边都是赤木。

都是我。

——什么雨天？

"谢谢你。"

忽然间，稚嫩甜美的声音在脑中响起，然后赤木慢吞吞地醒了。

不洁的、暂时落脚之处的床铺。

海潮的香味。离海边很近。潮湿的垫被。

赤木睁开眼，首先察看自己的双掌，脏脏的。翻过来，手背也十分粗糙，指甲缝里塞了黑垢。

好脏。

现在的自己好脏。

现在的自己的人生肮脏透了。

一股不知是后悔还是死心、难以承受的情绪涌了上来。不是自我嫌恶。他并不讨厌自己，只是他喜欢的自己这么窝囊没用，这个现实令他难过。

他是个渺小的男人。

赤木撑起上半身。

窗外的天空一片阴暗。

下雨了吗？雨天。下雨了。

——总是下雨天。

赤木回想起来。是什么，究竟是什么呢？是什么总是下雨天？毫无疑问这是他的想法，但是什么时候这样想的？

——梦中吗？

唔，应该吧。赤木刚醒来，而且他可以确定那不是别人说的话。

事实上，外头无疑是一片阴雨。天空若非一片晴朗，就令他沮丧。虽然万里无云，有时也会让他觉得难以忍受。

——下雨啊。

他把身子撑得更直。

松树进入视野，再过去是大海。

他觉得雨天的大海也很讨厌。与其说是令人寂寞，不如说让人悲伤、忧郁。

荡漾着水，全是水，以无量的水形成的大海上，无数的水滴、细微虚渺的水滴毫不停歇地倾注。

再也没有比这更无为的事了。

雨珠绝对地卑微。

海无与伦比地宏大。

赤木再也无法忍耐了，他不喜欢雨天。

他别开视线，想要睡得久一点。昨晚的酒还有吗？太阳穴深处在作痛，身体也很疲倦，但他觉得睡不着，也无法别开视线。没有遮蔽物。窗上没有窗帘。

——明明不想看。

却会看到那棵松树。

那是赤木无能的证据。

——我太无能了。

仿佛嘲笑他的无能般，雨水倾洒在松树上。

不管怎么下，都只会渗入沙滩。

——不是的。

赤木整个人总算清醒过来了。他好像没更衣就睡了。非常不舒服。肚子应该也饿了，但他没食欲。因为灌了一堆廉价酒的关系吧。

如果可以，他想一直醉下去。

一切都不顺利。全失败了。明明没有可抛弃或失去的事物，但他还是害怕。他不知道自己在怕什么。明明已经沦落到什么都无所谓的境地了。

——差劲透顶、狗屎般的人生。

没能做出半点像样的成就。

赤木不是笨。他出身低贱，家境贫穷，学历也低，但他认为他具有比别人更优秀的思考能力。考试成绩也总是名列前茅。他记性很好，做事很得要领，也十分机灵。

然而——

是运气不好吗？

是胆识不够吗？

是不善钻营吗？

想法愈来愈晦暗，心情郁闷，都是雨天害的。

赤木爬出被窝，心想总之先换个衣服。床铺和人生都脏了，但赤木仍是个爱干净的人。他对不规则的怠惰生活已经习以为常，但他生性一丝不苟，喜欢照规矩来。

他觉得这样过日子比较容易。

所以赤木才会过得这么艰难。

精疲力竭。本该是规规矩矩的人生，却精疲力竭地不断崩毁。

是不可抗力，也是怠惰吧。是能力不足，也是误判吧。但是扣错的纽扣，会愈扣愈错，除非回到源头重新来过，否则绝对无法恢复原状。

不管怎么擦拭，都无法去除人生的污点。只能浑身泥泞、脏污地活下去。只能这样了啊。

真不舒服。

最起码想要清理干净身体表面，想要把汗擦掉。

脱下潮湿的衬衫，都是汗臭。他最讨厌这种臭味了。内衣也湿闷，受不了。

想要洗澡。

但没有力气烧水。外面下雨，他不想去屋外。柴薪也都湿了吧。

澡堂还没开。

抓起手巾擦拭身体，连内裤等全身的衣物都更换过后，赤木走出房间。

这栋建筑物格局很奇怪。据说原本是盖来当作企业招待所的，但现在只是一栋无人使用的空屋。四间和室的正中央，是附厨房的西式大客厅。他从没见过格局这么古怪的房子，住起来非常不舒适。

所以说是招待所，应该是真的。

他在厨房洗了脸。洗一次不够，洗了好几次。然后漱漱口，咕噜咕噜大口喝水。

对面房间的同居客人还在睡吧。

很安静，但不能疏忽。

万一他起来就麻烦了，应付他很累人。

说是同居人，但赤木也不知道他叫什么名字。他们的关系仅是碰巧住在面对面的房间而已。那是个说话牛头不对马嘴、智力有问题的人。据说他是背了女友欠下的债款，被讨债的追赶而逃到这里来的，但这番说辞不知道有几分真实性。既然说是为了女人，感觉应该是个热情的好心人，但他不谙世事，话也说不通，不管怎么看，都只是个既迟钝又胆小的废物。

甚至不是个坏人。

赤木懒得应付他，所以尽量避着他。

所以明明就睡在对面房间，但很多日子甚至不会碰面。住在同一个屋檐下，总有法子相处。只要有心，人可以没有任何牵扯，一个人活下去。

打招呼也很累，所以赤木擦完脸就匆匆回自己房间了。

房间温温的，弥漫着霉臭味。光线也不足。榻榻米的纹路变得稀疏，角落积着灰尘，感觉十分不洁。

外头在下雨。

那棵——

松树前，少女就死在那里。

明明答应要保护她的。

却失去了她。

难以忍受。

但他也觉得这是没办法的事。赤木的人生向来如此。所有的一切，不管怎么诚心诚意地努力，都适得其反。没有一件如赤木的愿。

但是……辩解或怪罪别人实在不合他的性子。所以赤木大多时候是默默地接受现实。

也因为这样，他常吃亏。

也曾因此背上莫须有的罪名。

但赤木都把它当成自作自受，全部承受下来。

就这样，赤木的人生又慢慢分崩离析了。他描绘的应该是爽朗的明天，却成了截然不同的扭曲异形。

咽下去，喝酒发牢骚，忍下来。

如此不断重复。

他觉得这次不能再这样了。

他曾逃避过一次，但还是忍受不下去。毕竟有人死了，不是赤木咽下去，全部承受下来就能没事的。

所以……

千丝万缕的雨中，站着一个女人。

2

他记得的是泥泞。

每回挖掘古老的记忆，几乎都会碰到泥泞。那记忆伴随着湿泥的气味。与其说是土味，不如该说是泥泞。

倒映在泥泞水洼上的是女人的脸。那是母亲的脸吗？一定是的。虽然他也不清楚。

那是什么时候的记忆呢？

赤木的老家是生产葫芦干的农家。

赤木在父亲的厄年出生。

依据村中习俗，厄年出生的孩子必须被抛弃一次，由捡到的父母抚养之后再送回家。连续死产的人家出生的孩子，以及天生体弱多病的孩子，也会这么做。是把天生的家运连同孩子一起丢掉，然后再让运气好的人捡到，让人生重新来过的意思吧。

赤木也背负着父亲的厄运出生，因此被丢在村中十字路口。父母似乎拜托村中的区长——他出生的村子这么称呼——把他捡回去。

当然，这是仪式性的——或者说完全就是仪式，因此并不是真的把他丢掉。

只是放在十字路口中间而已。放下，很快就会被捡起来。

然而，赤木一被**丢到地上**——

天色骤变，下起倾盆大雨来……据说。父亲惊慌失措，在应该要捡起他的区长伸手之前，又把婴儿给**捡回来**了。

这是没办法重来的。

后来好像又举行了仪式，但仪式原本就不是能够重来的。如果说这是无关紧要的迷信，那么从一开始就别这么做。但既然已经做了，就会被它囚禁，仪式就是这样的吧。

赤木动辄被这么说——

你是没被捡成的孩子。

是没丢干净的孩子。

厄运纠缠着你。

实际上，赤木自己也觉得厄运缠身。

在赤木出生的村子，捡孩子的人家叫老大，送出孩子被捡的人家叫小弟，两家之间会缔结亲子关系。可以借此机会，与村中的权贵沾亲带故，然而这下子连这缘分也不了了之了。

都是你害的——赤木被说过许多次。

因为是刚出生的事，赤木当然什么都不记得。虽然不记得，但那并不是赤木害的，而是……

是雨天害的。

——是巧合。

用不着想，就是巧合吧。

世上有所谓的雨男雨女。

意思是会招雨的人。

对于跑江湖摆摊的赤木而言，天候不顺是会左右生计的重大问题。有时候视天气，活动会延期或中止。远征前往的祭典碰上雨天的话，连饭都不必吃了。

所以不管是雨男还是雨女，都一样惹人厌。

赤木没被人说过是雨男，不过他知道有个卖糖的，每回下雨都会被骂是雨男。

他是被冤枉的。

肯定是被冤枉的。虽说确实只要有那个卖糖的在，活动常会因为下雨而泡汤。

但赤木觉得并非屡试不爽。不，不可能屡试不爽。就连梅雨季节，也有放晴的日子。凡事都有顺与不顺。但就像事情不可能从头顺到尾，也不可能从头倒霉到最后。

没这个道理。

活动不是卖糖的一个人办的，而参加的摊贩总是那几个老面孔。卖糖的也是在做生意，因此应该也不是每回都碰上雨天。站在他的角度来看，他觉得其他人才是雨男。

虽然不知道原因，但那个卖糖的应该是惹人厌吧。

渐渐地那个卖糖的不见了。

不知不觉间消失了。

每次想起那个卖糖的，赤木就觉得难过。不，他一直很难过。

他不愿为了并非自己的原因被骂得那么难听。

懂事以前，赤木就一直遭到那种不合理的对待。等到他长得够大了，才明白那是不合理的对待。

世上哪有孩子是扛着父母的厄运而生的？

每回下雨，赤木就遭到埋怨。

赤木家很穷。

葫芦干是当地特产，所以也有许多生产葫芦干的大型农家。赤木的老家靠着家中五人包办一切，也就是说，产量可想而知。母亲和祖母总是像柳枝一样低垂着头，指头扣着刨子，边转边削葫芦。他们穷得连买手摇式削皮机都买不起。

父亲认真工作，却很笨拙，是个冷漠的男人。

母亲很勤奋，却是个满嘴牢骚的女人。

祖母与母亲的婆媳关系非常差，但祖母并不与媳妇直接冲突，总是只骂父亲一个人。

大概是赤木上普通小学[1]时的事吧。

雨仍下个不停。

有个女孩跌倒在哭。赤木觉得不是因为痛，而是因为跌得满身泥泞才会哭。赤木记得自己一直看着她。说看着一个跌倒的女孩也很怪，但在赤木的记忆里就是这样。

女孩应该是在他面前跌倒的。

而赤木撑着一把破伞。不是黑色塑料伞，而是传统纸伞，不仅难拿，而且很重。

竹柄很滑，光是要握紧，手掌就用力到发痛。这种细节真的记得很清楚。

他没有救女孩。

只是看着。没错。

跟女人说话，就会变弱……

摸到女人，手就会烂掉……

世上应该没那种可笑的事，但当时——当时的孩子都是这么说的。不管相不相信，大家都这么说，而且每个人也都竞相仿效这样的风潮。

所以赤木才没有救她吧。

他觉得女孩很可怜。他并不是看着女孩寻开心，也许是愣住了吧。他呆呆地看着，结果没办法继续看下去，也不敢走开，便垂下头了。

脚下一片泥泞。

水洼里一样倒映着女人的脸。

那是——

那不是母亲的脸吧。不对，绝对不是。

周围没有人影。在场的只有在泥水中挣扎的女孩，还有赤木而已。这一点错不了。

若问为什么……

因为赤木当时东张西望，确认了周围没有人。

因为他向女孩伸出手去。

他先好好确认过了。

因为没有人，所以赤木才会救女孩。如果有人，他就不敢这么做吧。因为摸到女人——

手会烂掉吗?

但是。

他会伸手的理由。

没错。

其实是因为他受不了倒映在水中的女人脸上那污蔑的眼神。水面上的女人无言地责备着赤木。你太软弱了。懦夫。不肯帮助弱者，是你比弱者更没用的证据。废物。没用。说穿了你就是个身负灾厄的……

没人要的孩子。

那双眼睛这么说着。

赤木没有听到声音。

是眼睛在责备赤木。浮现在泥水表面，只有脸的女人的眼睛这么对赤木诉说。才不是，我也可以救她的，我才不是没人要的孩子——所以赤木才会下定决心伸出援手。但他无论如何就是介意旁人的目光，所以才会东张西望。

放眼望去，不见任何人影。

那么泥水上的是谁？

——不是母亲吗？

不是吧。水洼上的女人的脸……那不是母亲。不可能是母亲。绝对不是。那是不可能的事。

赤木从来没怀疑过，也从没认真想过，所以一直不放在心上。

但他从小就见过好几次。

一次又一次……

——每当下雨。

这时，赤木第二次醒来了。

他以为醒了，但似乎仍在被窝中。衣服也没换，脸也没洗。他只是以为做了这些事。原来全是梦吗？

一定是太不舒服了吧。

他想换衣服，想洗脸，而得换衣服，至少得洗把脸的强烈愿望让他在醒来的那一瞬间做了梦吧。

这回赤木真的起身了。

好倦怠。

脖子好痛。

胃部涌出苦涩的感觉。

醒得非常不舒服，但也异于宿醉，就连懒腰都懒得伸。

——是下雨的关系吗？

应该吧。

就是下雨的关系。没有干净衣物可换的不快、醉得难受的不快，再加上雨声的不快……这些让赤木在半梦半醒间，挖掘出平常完全不会意识到的古老记忆。

——雨女吗？

他记得。的确，赤木一清二楚地记得倒映在水洼表面的女人的脸。他从小就见过好几次。

总是同一张脸。

虽然他从来不觉得有什么。

赤木没站起来，而是四肢着地爬到窗边。在下雨。肮脏的玻璃另一头，许多水滴汇聚成线滑落，然后不停地从屋檐滴下来。

丝线般的雨。

前方是海。

——好奇怪。

仔细想想，那**记忆实在诡异**。赤木总算发现了。

脸怎么会倒映在水洼上呢？虽然应该需要角度、光线等各种条件，但不管是泥水还是浊水，只要是水面，有时的确是会凝结出清楚的影像。

但是，如果下雨的话——

雨滴应该毫不停歇地打在水洼上，这样水面不是会不断被激出涟漪吗？

那样的话，即便倒映出什么，也不可能看得清楚才对。除非像镜子般平静，否则不可能呈现那么清晰的倒影。

赤木探出身体，把脸凑近窗户。

总觉得。

想实际看看水洼确定一下。

那太理所当然了，根本不必确定。应该是的，但赤木无法不去确定。

烟雨蒙蒙，而且被窗框遮挡，几乎看不到地面。

——都是这样的吧。

雨停之后姑且不论，但正在下雨时，水面不会倒映出任何东西吧。即便有，影像也会扭曲，无法成形。

那么水面上的那张脸是什么？

怎么会那样一清二楚呢？难道女人是在水中吗？就算是，看起来也不会是那个样子。那并不是倒映着的。

——还用说吗？

一开始不就知道了吗？

因为根本没有人。

明明只可能倒映出自己丑陋的脸。

赤木忽然感到一阵阴寒。

在这闷热、汗湿不洁的房间角落，赤木大辅宛如淋了盆冷水，哆嗦了一两下。

那是……

那个雨女是什么？

是幻觉吗？如果不是，我是着魔了吗？

抬头一看。

千丝万缕的雨中，站着一个女人。

3

那个啊，是你的良心啊。

有人这么说。

是谁说的？记忆暧昧不明。

——对了。

是老师。

不是教师或议员，只是一个绰号叫老师的流浪汉。是以平冢一带为地盘，四处乞讨的六旬老人。那个老人怎么会说这种话？

——对了。

赤木把雨女的事告诉老师了。

那么这代表……赤木不是突然对那个雨女心生疑惑的吗？

虽然他好像是现在才发现个中古怪，但也只是他这么以为，其实从很早以前他就已经察觉到哪里奇怪了吧。

应该是醉了。

当时赤木应该是喝得烂醉，神志不清，才会把雨女的事告诉老师吧。

没错。

平时都忘了。只有意识下沉，不断沉到底，才会总算想起那个女人的脸。所以尽管赤木内心怀有强烈的疑惑和恐惧，却忘了它的存在过着日子。

因为一些原因，赤木暂居在招待所以后，一直在平冢一带做生意。说是做生意，也不是开店或卖艺，只是在路口街边铺上席子卖些杂货，是所谓的路边摊。

只是将一些牙刷、橡皮筋这类废物般的东西卖给路人。上门推销收入比较好，但赤木就是做不来。在拜访阶段他就忍不住退缩，气势输给了客人，老是吃闭门羹。就算是没用的东西，也硬要对方买下，叫作强迫推销；既然没办法强人所难，就做不来推销这种工作。

在外头铺上草席坐着，总会有人靠上来看看。出声招呼，也会有人停步。既然是出于自由意志靠上来的，应该是有几分兴趣，那么赤木也乐得推销。

赤木就是半吊子。

他过的就是这样的人生。

赤木虽然怕生，但很少被人害怕。虽然不热情，却容易被人瞧不起。所以他不会跟生活在街上的游民起冲突，与当地流氓也没有任何过节。而且这一带有很多暴发户的避暑胜地和要人的别墅，所以治安很好。只要不被警察盯上，不会发生什么麻烦的问题。赤木没向地头蛇付保护费，也没有被赶走，顺顺利利做着小生意。虽然赚得也不够别人揩油。

但他还是想要尽个礼数。

不是打招呼或付钱这类礼数。

他只是找了常在路上看到的一群人中感觉最年长的一个，请了他一两杯廉价酒。

那个人就是老师。

战前老师似乎是在某个学校当老师。赤木没有询问详情，但老师说他有严重的风湿。

他们应该没有建立起算得上亲近的关系，但还算熟，碰面也会聊上几句。赤木认为他是被接纳了。

——没错。

在那棵……松树前面。

失去了该保护的对象后，赤木诅咒自己的无能，自暴自弃，冲出招待所，漫无目的地流浪了四五天，最后还是回到了平冢。

然后和老师喝了酒。

——就是那时候吗？

大喝特喝。

赤木虽然以流氓自居，但酒量不怎么好，反倒算是差的。他没办法痛快地喝。喝了酒，他不会面色潮红，反而是脸色发白，感觉恶心，变得满嘴牢骚。因为他也清楚自己酒品不是很好，所以很少邀人一起喝酒。

但是那天他实在没办法不喝。

他难受极了。他怎样都无法原谅自己堕落的人生、自己的没用。

老师可能察觉了什么，只是静静听他倾诉。当然，赤木没有说出一切。如果说出来，会连累太多人，有可能让原本不必麻烦到的人蒙受棘手的困扰。

所以他说得极为暧昧而抽象。

结果那应该成了一场述说自己有多没用的、非常无趣的话局。但老师一边应和，一边专注地听着。这些赤木也还记得。可是，他把雨女的事说出来了吗？

说……出来了吧。因为他记得老师说那是他的良心。

良心？什么意思……？

没错。赤木应该是这样反问的。对于他这个问题，老师回答说良心就是良心。然后他接着说：因为结果你不是**做了好事**吗？那是好事吗？我做了好事吗？

她不是用责备的眼神看你吗……？

到底谁会责备你……？

责备你的就是你的良心啊……

你虽然装出一副坏小子模样，但骨子里是个好人啊……

老师这么说。

赤木没有故意要坏的自觉。他只是不管怎么行动，都会落得不好的结果罢了。如果有人说他骨子里是好人，他也觉得或许是；但他认为世上没有几个人是真正坏到骨子里去的，所以他应该算普通吧。

他是胆小吧。虽然慎重不足，但经常瞻前顾后，裹足不前，招来失败。

不过，水洼里的女人，或许可以解释为赤木的良心显现出来的幻影。这的确是可以接受的说法。

幼时的那一天也是。

因为他觉得浑身泥泞而哭泣的女孩很可怜。明明可以救她，却没有扶起她，赤木也觉得是不对的。他之所以无法伸出援手，是因为介意别人的目光。这要是其他的恶童，肯定根本不会放在心上，或许还会指着女孩大笑。

赤木笑不出来。相反地，他的心湿漉漉的。就像被雨丝打中的水面，涟漪在心上扩散。这一点是肯定的。或许在赤木的最深处有什么在责备他，而它化为女人的形姿显现了吧。

显现在水洼的表面。

那么那是幻觉，是深层意识让他看见的幻影。

如果是幻影，即使被雨水打到，也不会凌乱扭曲。

然后赤木思考了。

那个时候也是如此。

那是赤木抛弃家里，沦为废物的稍早之前。

那时他已加入青年团一段时间，所以是十七八岁时吧。在村里，男人年满十五岁就被视为独当一面的男人，编入青壮年组，直到四十二岁以前，都要帮忙村里的公共事务和活动筹备。

那天也是雨天。

雨天里，全村动员进行送虫仪式。那是捕捉害虫，放入河中流走的仪式。接着以青壮年组为中心喝起酒来，热热闹闹，赤木觉得无处容身，为了醒酒而走出屋外。

他不经意地往小屋后方的妙见菩萨石塔望去。

有人。

是位姑娘。

雨中，一个姑娘也不撑伞，正垂头哭泣着。

就像是在削葫芦的母亲。

一旦这么想，他就觉得她可怜极了。

那是个叫咲江的姑娘。咲江是被称为御守大人的巫师家系，可能是因为这个缘故，青壮年组都与她保持距离。

应该算不上受歧视吧。虽然是乡下地方，但那不是太久以前的事，也不是被讨厌、受蔑视，但咲江无疑是受到白眼相待的。只是没有露骨地被蔑视，但众人都觉得她有点可怕。

赤木觉得不应该与她有太多瓜葛。

赤木在青壮年组里格格不入。

他家里穷，没有发言权，也不被信赖。

如果受排挤会很难熬，所以他一向笑脸迎人，却总感到如坐针毡。即使他耍宝炒热气氛，也只会惹来嘘声，从来没有被喜欢过，更别提受尊敬了。年长者无视他，同龄男子瞧不起他，比他小的也都轻视他。这就是赤木的处境。

他切身体认到，所以——

做出异于众人的行动很危险。

只是出声安慰，就不知道会招来什么麻烦事。

赤木又垂头了。他想视而不见。

脚下的水洼。

倒映出女人。

女人一样用眼神责备着赤木。

这样就好了吗？这真的是你的真心吗？甚至不敢伸手救助哭泣的人，你怎么窝囊成这样？迎合周围，为了死守自己岌岌可危的处境而奔走，你的人生就只能这样吗？

女人的眼神在这么说。

赤木承受不了。

不、不，才不是那样，我不是那种窝囊废。我不是那种胆小鬼。

赤木把伞伸到被雨和泪水打湿的咲江头上。

然后和她说话。

咲江断断续续地倾吐了难以理解的遭遇。

咲江似乎遭到一名青壮年组成员性侵。

赤木……

隔天就把侵犯了咲江的男人叫出来，严词痛斥一番，逼他负起责任。这引发了极大的纷争，在小村子里掀起万丈波澜。结果咲江嫁进了那个男人家里，算是以这种形式落了幕。

看吧……

老师说——

你不是做了好事吗……?

因为你的努力，那位姑娘也得到了幸福……

虽然不知道是同情还是义愤，但总之是善行啊……

你听从你的良心，所以得到了这样的好结果……

老师说得没错。

不是坏事。以结果来说是好的吧。虽然历经纷扰，但结局完美，没有任何坏事。

——没有吗?

真的吗?

真的没有吗?

这是好事吗? 不，是好事吧。

——没错，那个时候也是。

那是——

赤木离开家里，自甘堕落，成了流氓的小弟，过着没趣没意思的日子的那时候……

是前年秋天吗？

那天也是下着雨。

活动因为雨天中止，赤木大白天就喝个烂醉，和一群混混酒后鬼扯淡得厌了，漫无目的地离开住处。

看到一个女人蹲在神社屋檐下。

是他大哥大庭的老婆里美。

里美浑身青一块紫一块，而且光着脚。

一眼就看得出她被打了。

大庭是个人渣。是个大醋桶，为人自私，而且生性多疑。老喜欢胡思乱想，无中生有地怀疑，然后责备里美。

拳打脚踢，甚至动刀伤人，即使在人前也毫不避讳。教人看不下去。

想都不必想，里美一定是挨打而逃出来的。而且被打得相当惨。

这种情况……

也就是大庭正处于气昏头的状态。

不管怎么差劲，大庭还是大哥。如果想讨好，就应该通报大庭说里美在这里，或是把她抓了带过去吧。身为小弟，就该这么做。

不，就算不这么做，假装没看到，混过去才是上策吧。

赤木背过脸去。

神社院内的水洼里。

倒映出女人的脸。

女人又用那种责骂的眼神看着赤木。这样就行了吗？这是对的吗？你要抛下受虐的人吗？你要助纣为虐吗？所谓仁义，就是你这种行为吗？为了维护你那腐败的人生中腐败的关系，你要容忍这样的残忍行径吗？

人渣。

女人的眼神呵责着他。

赤木无法承受。

不对。

我才不是人渣。

赤木……出声叫住里美。里美害怕，尖叫，哭泣。赤木安抚颤抖的里美，照护她，聆听她的话。虽然用不着听也猜得出大概，但愈听愈令人气愤。

赤木是个流氓，而且是流氓中的下三烂。

已经够人渣了。他自觉是个人生的失败者。事实上就是吧。身边的人也全是人渣。里美也是一样的。只有自甘堕落的笨女人会去当流氓的情妇，不可能幸福的。每一个都不像话。

即使如此。

赤木还是觉得大庭无法原谅。

但就算这么想，他也无能为力。

他不可能对大哥说三道四。即使撇开上下关系不谈，赤木也没那个狗胆。他说穿了就是个小混混，没拳脚，没气势，所以才会是底下的小喽啰。

他只能听里美抱怨。

里美似乎也很清楚。赤木这种小角色不可能帮得上忙，她再清楚不过了，但她还是不禁想要倾诉吧。里美不断恶言痛斥大庭。

赤木听了很难过。

他看着不断从神社屋檐落下的水滴。

水滴……

落入水洼。

水洼上……

倒映着那女人的脸。

女人的眼睛一样在责备着赤木。

你就不想想法子吗？你就堕落到这种地步了吗？那么你是人渣中的人渣。有些时候有些事情就算做不到，还是非做不可吧？你这样还算是个人吗？

——没错。

那是良心吧。

唯一可以确定的是，那水洼上的雨女刺激了赤木的内疚与心虚，结果唤醒了他的良知吧。

赤木后来经常与里美碰面，然后在里美哀求下，牵着她的手出走了。两人的逃亡没有持续多久，很快就被逮到，抓了回去，但……

听说大庭因此被上头的人痛骂一顿，他对里美的态度也多少收敛了些，据说还做了类似谢罪的事。

皆大欢喜……吧。

就像老师说的，雨女强迫赤木行善。

也就是说，它是赤木良心的化身……也许。

是他沦落腐败差劲透顶的人生之中，几乎要迷失的良心化为女人的形姿显现吗？

如果是，那就是幻影。不是在世上拥有实体的存在。

这样的话——

那不是什么坏东西吧。如果真是这样，那么她就不是邪恶的事物了。

可是——

为什么是雨天？

为什么会倒映在泥泞的水洼里？

因为我的人生就像喝泥水过活吗？因为我的生活就像在泥沟中喘息吗？

或许吧。

在混浊、丑陋、肮脏、混乱的泥泞中，唯一平滑美丽的就是水的表面。或许良心就宛如泥泞沉淀后浮于水面的澄清部分。

要珍惜啊……

老师这么说。

不管怎么零落、肮脏、错误，至少灵魂还是洁净的，这么想就是啦——年老的游民是不是如此开导赤木？

那应该是他最大的鼓励了。

明明自己的人生也好不到哪里去。

——良心吗？

不不不。

不可能。

赤木脑中最深处的地方，有什么不安纷扰的感觉扩散开来。

他揉揉眼睛。依然模糊。自己才没有良心可言。即便有，它也已经蒙上一层灰了。这样沉沦的人生有什么正确可言？正确的事……

我这双肮脏的手。

窗外。

千丝万缕的雨中，站着一个女人。

4

或许。

——还没有醒来。

赤木这么觉得。自己是不是满身酒臭汗臭污浊，依然赖在梦乡里？在这昏睡中，赤木做了噩梦。

肯定是的。

这种过去与现在交织一般、难以形容的感觉，实在不像现实。一片混沌。

唯一清楚的。

只有那个雨女。

即使被雨珠击打，被泥巴弄浑，被黑影笼罩，唯有那个女人的脸，总是一片清明。

——那，是良心吗？

确实就像老师说的，赤木在那个雨女的引导下做了类似善行的行为。他伸手扶起跌倒哭泣的女孩，为了受辱的姑娘奋起，为了救助受虐的女人甘冒危险，甚至带着她亡命天涯。这些行为没有恶意，也不是出于算计。虽然不知道是源于同情还是救济，这全是为了别人而做的吧。而由于赤木采取了行动，即使只有一点，情况也因此改变了吧。

但是，即使是这样，这些行为究竟为赤木带来了什么？做了好事，他感到心安吗？别人得到幸福，他觉得开心吗？这种自我满足式的喜悦究竟有什么用？

——不。

不对。

果然不是。

那才不是良心这么中听的东西。绝对不是，赤木心想。

那个雨女对赤木而言……

没错。

年幼的那一天。

赤木确定四下无人，伸手扶起跌在泥洼中的女孩时。

泥巴非常湿滑，女孩哭闹着，所以赤木没办法一下子扶她站好。他缠斗了一阵子，丢开雨伞，用双手抓住挣扎的小女孩。他放弃把她拉起来，而是想要一口气把她抱起来。

就在这时。

喂，声音传来。

赤木瞬间放开女孩的身体。

因为他觉得不妙，他心想被看到了。

碰到女人就会变弱，会烂掉，会被同伴嘲笑，会被欺负。

这些想法在一瞬间掠过年幼赤木的脑际。

女孩……

再次陷进泥泞里。

你在做什么……!

是女孩父亲的声音。赤木被那气势吓到，后退了一步，这也很不妙。

因为从不同的角度解读——

看起来就像是赤木抓起女孩，把她丢进泥泞里。不，实际上对方就这么解读。看在女孩的父亲眼里，赤木完全就是把女孩推进泥泞当中。

女孩突然放声哭叫。

你这小子做什么……!

父亲踢溅起泥水，跑过来抱起女孩，然后一拳揍飞了赤木。你对我女儿做了什么！五雷轰顶般的怒声传来，赤木被一拳揍倒，跌滚在湿黏的泥地上。他倒在带来的纸伞上，所以痛极了。伞骨也断了。

女孩只是哭个不停。

雨没有要停止的迹象。

赤木连爬起来的力气都没有。眼前泥水的表面上。

依然倒映出那个雨女。

但他不记得雨女是什么表情了。

他没有辩解。他没有余力解释。赤木浑身泥泞地回到家，挨骂了。而且女孩的父亲找上家里叫骂，母亲和祖母不停道歉，还改天登门谢罪。然后赤木被父亲骂，还被打了好几顿。

居然对小女孩动粗……!

你是人渣！带着灾厄的人渣孩子……!

你要让你父母多丢脸才甘心……！

赤木没有争辩。

应该说没办法争辩吧。如果解释，一定会被骂得更惨。他不受信任，也不可能受到信任。他也不想说出其实他是想要救女孩。他觉得会被其他孩子笑，说他想要跟女生好。他不想别人知道。

很长一段时间。

这件事在赤木内心留下了阴影。

——那是良心吗？

是良心吧。但一切都弄巧成拙。对赤木而言，那不是愉快的回忆。完全是讨厌的、阴暗的、难过辛酸的回忆。

没错。

赤木还是青年的那一天。

性侵了咲江的，是比赤木大一岁的村中权贵的儿子。而且是赤木出生时没能成功捡回赤木的人——相当于他们老大的人家——的儿子。

身份相差太悬殊了。

但赤木无法沉默。

赤木向对方抗议，责问他，逼他负起责任。当然起了纠纷。但赤木还是没有退缩，甚至找到对方家里。他的行动不管是在村中还是家里都惹来极大的批评。每个人都责怪他，说这有什么好闹的，这种事根本不应该拿来吵。咲江家，还有咲江本人，都恳求他不要再追究了。

赤木被孤立了。

但他没有罢手。他错失了收手的时机。

仔细想想——不，想都不必想，赤木强硬的态度太胡来了吧。对咲江的家人而言，赤木等于是在到处传播女儿被人玷污了；而对咲江来说，赤木等于是在大肆宣扬她被人强奸了。

而且这是个小村子。

当成强奸来看，这完全是犯罪，但说穿了是年轻人之间的感情问题。当然，既然不是两情相悦，就不该被原谅，但撇开这一点，这并非什么稀奇事。有时只要不吭声，是可以被放过的。

而赤木认为不能放过。

并不是说他正义感强烈、大义凛然，没那么了不起。硬要说的话，就是争一口气罢了。

赤木……

其实暗恋咲江。

他一直喜欢咲江。

所以，在雨中听到咲江的坦白时，赤木简直心如刀割。他既懊恨又哀伤又空虚，不知道该如何是好了。

别放在心上，我会娶你——他真想这么说。

他想说，但他觉得这样不合道理。

这样岂不像在乘虚而入吗？而且这种说法，也像是无视咲江个人的尊严。要叫她别在意，也根本不可能。那只是换了种说法的"我不在意"罢了。等于是在说"就算你不是清白之身，我也可以忍耐"，暗含贬义。

如果是真心要安慰、真心要救她，就不可能说出那种话。赤木的心情无所谓，咲江的心情才是最该重视的。

所以赤木没有说出他喜欢她。

因为雨女叫他不要说。

因为雨女……是他的良心。

——不对。

不对，绝对不是。赤木什么都说不出口，是因为他没有自信。因为他实在不认为会有人喜欢他。因为他是个没骨头的、全村子瞧不起的、背负着父母厄运而生的穷人家小子。

假设他说出自己的心情，咲江拒绝他的话……

他只是害怕这样的结果，而不敢说出口罢了。所以赤木的失控行为，绝不是出于正义感，也不是同情，完全是在发泄积郁。只是因为自己的爱慕落空、心碎，而胡乱迁怒罢了。

——那种东西。

才不是良心。

咲江……

后来坦白说她其实爱慕着侵犯自己的男人。虽然中间有误会，但结果变成两情相悦，咲江被男人明媒正娶回家了。

这是村子里完全无法想象的一桩婚姻。门不当户不对，家世相差太悬殊了。尽管不是受歧视，但这是村中最底层的人家与村中权贵的联姻，在当时应该是难以想象的事。

而这桩姻缘能够凑成，都是因为赤木的仗义执言。

很快地，两家的婚礼举行了。

赤木没被邀请。这是当然的。不仅如此，就结果来说，赤木家等于遭到全村排挤，单方面断绝了关系。

父母连话都不肯跟赤木说了。

贫穷的家里，气氛变得更加阴沉了。

弄巧成拙。

每一件事都弄巧成拙。

要说良心，那或许是良心。可是那良心的发露，不是只给赤木，还有赤木的家人带去了难以承受的痛苦吗？

不，不只是家人。

门不当户不对的婚姻，终归不可能顺利。咲江似乎吃了很多苦。赤木抛弃村子以后，听到她上吊自杀的消息。

这良心是为了什么？

那个雨女……

究竟想要赤木做什么？

是为了要他做好事而现身吗？最终招来了怎样的结果？

赤木的父亲在村子里无处容身，只能出门去外地工作。母亲的头垂得更低，只敢躲在路旁偷偷摸摸地走着。赤木受不了这样的生活，丢下父母，从家里、从村子逃了出去。

遵从良心，最后得到了什么？

不，那会不会是伪装成良心的恶意？

如果真的是那个雨女逼他做这些事的话……

没错。

在神社屋檐下。

哭泣的里美。

太可怜了，赤木真心这么想。

居然殴打弱女子，根本是人渣。

赤木这么想。

现在回想，赤木就是因为被别人这么指控，才会这么想的。尽管如此，他还是觉得大庭做得太过分了。

那个时候，他认为这就是义愤填膺。赤木并没有爱上里美。爱上大哥的女人，这种无法无天的事他根本不敢做，也从来没有过那种念头。他只是同情可怜的女人，对残忍的大哥感到愤慨。

然而——

结果他却成了睡了大哥女人、跟大哥女人私奔的畜生。

我不想挨揍……

也不想挨骂……

我已经不想跟那家伙继续在一起了……

里美说她想死，赤木好不容易劝阻她，但她还是说忍不下去、受不了了。

所以赤木叫她逃走。

结果里美要他一起逃。

然后赤木也动了心。

两人什么也没拿，就这么一起跑了。

两人暂时去了邻县，投宿廉价旅馆。

里美笑说，这是今年第一次，她一整天都没有挨揍。

赤木和里美变得亲密，但一次肌肤之亲也没有。

虽然在同一个房间过夜，但他连里美的手都没有握过。

赤木为里美做了能做的一切。因为他相信这样是对的。

那个雨女说应该这样做。不，她默默要求赤木这么做。那个女人刺激赤木的良心，挖开胆小鬼那细微的心的破绽。

被抓的那一天，也是雨天。

在雨中，赤木被一大群人拖出去，拳打脚踢，被打到不省人事。牙齿断了一颗，肋骨断了两根，脸肿成两倍大。

他被绑起来带回去，扔在仓库里两天，然后被逼着切下小指。

不过，整个帮会里应该没有人认为赤木和里美**有一腿**，上头的人也很清楚他们不是私奔。然后应该也知道原因出在大庭身上。证据就是，大庭也被训得很惨。

但还得做个**了结**。

为了杀鸡儆猴，帮会里必须把赤木当成让大哥丢脸的畜生。

理由和动机都无关紧要。赤木干出来的事，是相当于一颗门牙、两根肋骨、一根小指的行为，至少在赤木隶属的群体中如此。

虽然付出了代价，但帮派似乎也没办法让赤木像过去那样继续待下去。因为这样大庭面子上挂不住吧。赤木从帮会里被放逐，在若头[2]斡旋下，进了东京的一个小帮派。当然，是在最底下当喽啰。

而里美回到大庭身边。

大庭似乎还是一样爱吃醋，但暴力行为收敛了一些——里美在电话中这么告诉赤木。

——这算什么？

赤木做的事究竟算是什么？

不管是义愤、同情还是良心，什么都好，但结果赤木只是在自掘坟墓。只是挨了一顿痛揍，少了一根手指。里美也是，虽说处境改善了一些，但也不是就得到幸福了。

那样的话——

那个雨女究竟想要赤木做什么？

是要他遵循良心行动吗？其实不是吧？

那个雨女只是想借由刺激赤木的良心，让他变得不幸吧？

那样的话，那个雨女就是灾厄吧？她是否就是赤木没能除掉的厄运？

那个女人。

可恶的雨女。

雨。

这时。

赤木回过神来。

——太、太可笑了。

他甩了几下头，每一甩动，太阳穴和脖子就发痛。

什么女人，根本是妄想嘛。不可能。什么浮在水面的女人的脸，完全是迷妄。是疯了。

那种东西——即使记得曾看到过——也只是幻觉罢了。

那么自己只是在逃避责任吧。只是把它归咎于幻觉而已，不是吗？

一切都是赤木自己做的事。

是赤木自己思考，自己决定，自己做出来的事。如果因此害得谁不幸、悲伤、痛苦，那都是赤木的责任。而不管赤木自己是不幸、悲伤还是痛苦，都是自作自受。

——没错，是我害的。

现在这种状况，也是赤木自己招惹的。

这无可挽回的状况，也不是任何人害的，而是赤木罪有应得。赤木现在可说是站在悬崖边了。已经没有退路了。一个差错，赤木的人生可能就完了。

这也是没办法的事。一切都是赤木咎由自取。

赤木沦落到东京，在那里遇见了一名女子。

女子叫实菜。

实菜也是个薄命女子，受到命运无情玩弄。但实菜并不只是自怜自哀，她不顾自己的身世悲惨，居然为同样身陷不幸的朋友担忧。

是她的心态鼓舞了赤木吧。明明不是那种性子，他却同情起实菜，义愤填膺，顺着良心，想要为实菜尽一份力。

然后他搞砸了。

实菜拜托赤木防止一起犯罪，拜托他保护一个人。因为比起自己得到幸福，实菜更希望朋友幸福。然而，犯罪却成功实施了。

赤木要保护的人也死了。

就在那棵松树的前方。

赤木完全没派上用场。

赤木自认为拼了命，也临机应变了，然而这些努力全都是徒劳，换得了最糟糕的结果。

——他从心底觉得自己是个废物。

赤木难过、懊悔，几乎快疯了。然后他自暴自弃，跑出这栋招待所喝个烂醉，醉了再醉，醉到神志不清。

——然后想起了雨女吗？

是这样吗？

真的是**想起来**的吗？赤木在过去真的看到过那样的东西吗？

那不是为了逃避责任而捏造出来的虚伪记忆吗？因为不想承认没用的自己无用的部分，所以才想把那无用的部分从自己的内在驱逐出去，所以赤木甚至捏造出过去的记忆，是不是这样？

醒来后依然蒙眬的意识中，赤木努力要自己理性一点。赤木的理性告诉他一切都只是梦。倒映在水洼里的女人，是幻影——理性说。

真正存在的，是那个——

窗外的女子。那是……

那是实菜吗？

是实菜担心他，来看他了吗？不知道。

雨幕遮蔽了视野，看不出那是谁。

站在那种地方，一直看着这里，所以赤木觉得那一定是实菜，但是——

赤木做了无可挽回的事。

他喝得烂醉，让老师安慰，回到这处招待所，然后……

他振奋自己，想要挽回一切。因为他无法原谅。无法原谅折磨实菜、折磨她朋友的恶徒。所以他采取了行动。出于替天行道，惩治奸人的心情。

——而那或许也只是自以为是。

他只是想让人生重新来过吗？只是想弥补自己无数的失败吗？不，不是弥补。那是无从弥补的吧。那只是——

自我满足。

不是良心、不是义愤也不是同情。一切都是气量狭小的小人物的自我满足吧。

——话说回来，站在那里的女人是谁？实菜的话，不会一直站在那种地方吧。她应该会过来。只是站在远处看着，这太奇怪了。

或者这也是梦？

如果是梦，那么。

总不会——

是雨女吧？

他心想，望过去一看，也觉得面容与倒映在水洼里的女人有几分相似。不，显然肖似。

那会不会是雨女？

这么一想，女人脸庞的轮廓顿时变得鲜明。那毫无疑问就是雨女的脸，是那张脸。是不知是真是假的、记忆中女人的脸。

那责备般的眼神。

你又要责备我了吗？

你还要我怎么样？

我已经没有后路了啊。放过我吧。不要再煽动我的良心了。就算听从心去做，横竖——

横竖我的人生……

赤木紧紧闭上眼睛，蜷起身体蒙上被子。在雨声歇止之前，就一直维持这样的姿势。眼底也烙印着雨女的脸，并且呵责着赤木。我受够了。

在觉得受够了的心情中，意识再次远离。

一切都变得混浊。

只剩下雨。

赤木真正清醒过来，是傍晚时分。

雨已经停了。看来他似乎交互做了好几次混杂可厌记忆的噩梦以及清醒过来的噩梦——过去的梦与现在的梦。

赤木憔悴不堪。他烧水泡了澡，煮了饭，打开罐头填饱肚子，总算恢复生气时，都已经深夜了。

外出一看，是满天星辰。

明天会放晴。来洗个衣服吧，他想。

然后无为地过了一晚。射入房间的朝阳极为耀眼，清朗。

他感到被消毒了。

很快地，如同预想的蓝天扩展开来。赤木带着昨天脱下的脏衣物，绕到屋后，就像要洗涤人生的污浊般，努力搓洗。

洗衣服很舒服。

然后他想了了。

想到那愚不可及的雨女的事。那是由于酒醉和疲劳而变得宛如泥泞的赤木的脑袋创造出来的妄想，肯定是的。但即使是这样——

那张脸是谁的脸？

母亲吗？一开始他认定是母亲，但很快又觉得不是。

那么是谁？是认识的脸吧。赤木看着水龙头喷出的哗哗水流想着。如果那是赤木的妄想，那么应该是他认识的人的脸才对。要不然就太奇怪了。

——那是。

实菜吗？果然是实菜吗？

想到这里的瞬间。

整个脸盆被雨女的脸给占据了。

"谢谢你。"

女人第一次笑了。

赤木大辅在平冢的招待所屋后咽下最后一口气，是昭和二十八年九月十一日上午九点多的时候。

1　明治维新至第二次世界大战之间的日本初等教育机关，修业年限为四年。

2　日本黑社会中，位居组长（老大）之下的第二把交椅，一般多被视为组长继承人。

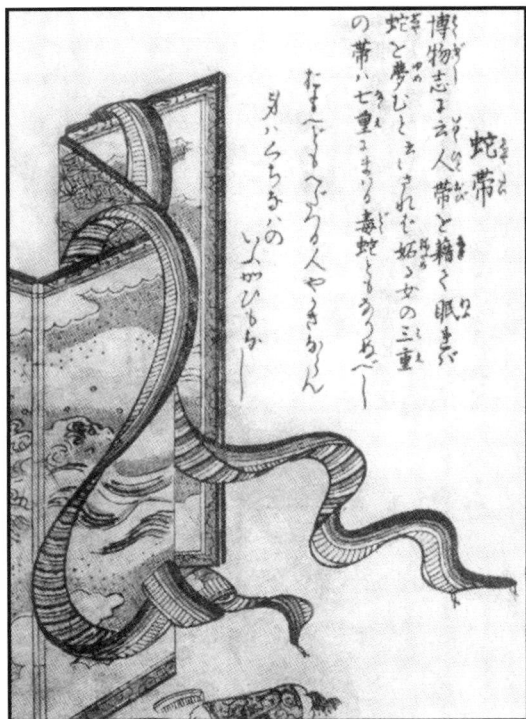

蛇带——
《博物志》有云
人以带铺地眠者，则梦蛇
然则妒妇三重之带
亦能成七重盘旋之毒蛇
倾想远方人
嫉而成朽绳
何其可叹也

——今昔百鬼拾遗／中之卷·雾
　　　鸟山石燕（安永十年）

【第拾玖夜】

蛇帯

1

登和子被蛇吓得尖叫。

她不是那种会大惊小怪的人，却不知为何，独独怕蛇。自幼就是如此。她只要看到长条状的东西，该说是小腹还是脑袋中心，总之身体深处就会涌出一股无法忍受的恐惧。

一瞬之间。

还来不及判断那是什么。

就看成了蛇。

不，也不是看成蛇吧。根本无暇去认识、理解视觉捕捉到的那东西究竟是什么。类似的东西会在一瞬之间全被判断成蛇。

不出所料，那其实是一段粗麻绳。

"是绳子啦。"照子说。

"怎么，小登的恐蛇症又发作了吗？"浩枝笑道。

桃代则是呆呆地看着登和子。

"你们几个又在摸鱼了，快点去整理客房！"

女佣长栗山的大嗓门响起：

"庭院不用你们整理，园丁就是雇来整理庭院的。"

"咦，可是德三哥……"

德三怎么了？——栗山说着，探头看中庭。

"说他会整理树木，但捡垃圾不是他的工作。"

"垃圾？"

"看，大风把好多东西吹进来了。"

连这种东西都有——照子弯身，捏起绳索举起。

登和子再次浑身一震。

动作看起来……感觉像蛇。

"又被吓到了。真好笑啊。"

你看你看——照子摇晃绳索说。

眼中看到的是绳子，但那依然是蛇。

别这样啦——众人说着，却哈哈大笑。

"别笑了。"

栗山瞪着众人说。

"可是她真是太好笑了，居然把这种东西看成蛇。"

"樱田胆小又不是这一两天的事了。你们不是庭院清洁工，那明明就是阿德的工作，他也真是伤脑筋。你们不是还有客房要打扫吗？"

"哦……"桃代回答，"德三哥说今天的客人是日本人，所以扫扫地就行了。他说日本人不睡洋床铺，而且庭院弄干净点客人也比较开心。"

"这是哪门子蠢话？怎么能在西式房间地上铺被子？现在床铺是谁在整理？"

是阿节——浩枝回答。

"阿节！"

栗山瞪圆了那双大眼。

"你们知道交给那姑娘，会被她搞成什么德行吗？反而会有更多烂摊子要收拾！别管这里了，快点过去。今天老板会过来哦。要是出了什么乱子，你们就等着卷铺盖走人！"

栗山拍了拍手催促。

桃代和浩枝慌忙跑过庭院。

照子吐了吐舌头，扔下绳子。

绳子。

看起来……像蛇。

松开的绳头看起来像蛇信。

蛇也叫作"口绳"。只要绳头处有张嘴巴，那就是蛇了。

以蛇来说非常短——不，那是麻绳，不是蛇，而且登和子明明知道，却……

还是忍不住浑身瑟缩。

喏，小登，快走吧——照子唤道。

登和子从地上的绳索别开目光，望向照子。

不适合女仆的制服。虽然已经看惯了，但就是觉得不适合。尤其自己特别不适合，登和子想。

不，没有一个人适合。

登和子不讨厌这里的工作，但唯独这身制服，穿了半年她还是不习惯。围裙、裙子还有头巾都非常可爱，但不适合日本人的体形。

感觉就像把日本人的脸硬生生地贴上去。

总之就是旅馆女佣，她觉得还是做日本女佣的打扮比较好。

不过登和子也不喜欢穿和服，而且非常讨厌。她平常都穿洋装生活，也从来不穿日式浴衣，更是从来没穿过和服。但这身制服她还是不能消受。

——不对。

她不是讨厌和服。

她其实喜欢和服。不管是款式还是穿起来的感觉，她都觉得和服比较好。和服端庄娴雅，更重要的是看习惯了。家人、朋友，每个人都穿和服，自然对和服很熟悉。

不过，登和子**没办法**穿和服。

不是不会穿，没有女孩不会穿和服的。

穿和服的时候一定要用到绳子。不用绳子或绑或系，就没办法穿上和服。但不论是腰绳、腰带或腰带绳，都让登和子觉得像蛇，她实在没办法穿戴在身上。

别说穿了，她甚至不敢摸绳子。即使忍耐着拿起来，还是觉得恶心。即使知道那是腰带、是绳子，就是没办法握住。光是捏起来就很勉强了。

所以她没办法穿和服。就算请人勉强为她穿上，也会浑身不舒服。会觉得被蛇勒住了腰腹。

会坐立难安。

所以登和子之前的工作都搞砸了。

她的第一份工作是在餐馆帮忙。

但这样的登和子不可能胜任日本餐厅的服务生工作。

她换衣服花的时间异常地久，每天早上都比别人慢太多。同事看不过去，也会帮着她穿，但是穿到一半她就感到不舒服，工作连连出错。

不到一个月，她就被开除了。

不过她连一天玩耍的空都没有。

作为家中唯一经济来源的母亲过世，打理家事的祖母也生病了。家中全无积蓄，妹妹才十二岁，体弱多病，也经常卧床，弟弟才十岁而已。如果身体健康的登和子不工作，日子就过不下去了。

但是这里和城市里不同，女人能工作的单位有限。既然家中有病人，也无法离家到远方工作——因为还必须照顾生病的祖母——无论如何，都必须是可以从家中通勤的单位。家里的事，妹妹能照料一部分，但仍无法一手包办。

除此之外——

还必须是可以穿洋装工作的单位，因此选择更少了。

能从家中通勤的范围内没有工厂，而没念过书的登和子也不可能当行政或会计。她曾在卖土产的店当过一阵子店员，但老板说穿洋装不像样。

这块土地就是这样的地方。的确，就连日常生活中，洋装都显得有些突兀。

正当登和子穷途末路之际，得知有个绝佳的工作机会。

据说是……女仆工作。

消息来源是住在同一个町内，一个叫德三的园丁。

他们是熟人。

对登和子而言，德三只是个住在家附近、性情爽朗的醉汉，每次聚会都会不知节制地喝酒，然后扯着嗓子五音不全地唱歌。她一直以为德三是某户大宅子专属的园丁，但她似乎误会了。

德三说，他工作的地方人手不够，正在找通勤的女仆。

登和子不知道女仆是做什么的，所以非常困惑，但仔细一问，才知道其实就是打扫服务的人。德三说明，虽然是服务业，但不必陪酒或表演才艺，简而言之，就是西洋的旅馆女佣。

女佣工作的话，登和子做得来。

在日本餐厅会失败，完全是因为必须穿和服。她听说女仆不必穿和服，因此拜托对方雇用她。从一月开始，她见习了三个月，在春天被正式录用。所以她工作到现在还不满一年。

雇用登和子的地方是一家饭店。

听说不叫旅馆，叫饭店。

她以为饭店就是西式旅馆，但好像也不是。反正都是住宿设施，所以这样的认识也不能说是错的，不过好像还是不一样。

那里原本是以外国人为对象的招待所，所以建筑物的格局是和洋混搭。不，要说的话，比较偏重和风。据说因为是要盖给外国人住的，所以**刻意**打造成和风。

登和子不是很懂这方面的事。

在土生土长的登和子看来，这一带是只有山、寺院和湖的荒郊野外。老人都异口同声说这里以前很繁荣，不过也不是说城镇更大、居民更富裕，而是庙堂或寺院十分宏伟吧。

那些现在依然很宏伟。

那些老人说明治维新后就不再整修，所以破败得相当严重，但对登和子来说，她才不懂那种她出生以前的早年事迹，不过她知道战后许多地方都重新修缮了。因为当时她心想：只是因为战争结束了，就打理得这么漂亮吗？

也开始看到外国人了。她觉得这是因为战争打输了，而且还被占领的缘故；但似乎也不是这样，那些外国人是来游山玩水的。

这一带似乎是日本屈指可数的观光胜地。

这种荒郊野外居然会是那么有名的观光地，登和子难以置信。坦白说，她无法理解。

首先观光这个概念她就不懂。

是好奇的人跑来参观的意思吧。

对外国人来说，这里的景观很稀罕吗？

她也觉得既然如此，用普通的和风旅馆招待宾客不是比较好吗？所谓入乡随俗，如果客人想要享受旅途情趣或异国风情，强调各地方的特色来接待，才是正确的做法，外国人也会比较开心不是吗？

她这就叫作门外汉浅薄的想法吧。

不过她就是觉得很不伦不类。

在玄关不脱鞋，也没有榻榻米，到处都是西式桌椅，但屋顶是瓦片，穿越和风庭园的游廊上有栏杆，栏杆上甚至有洋葱形的宝珠装饰。

新造的桥上才没有什么宝珠装饰。不，她觉得这年头才没有桥会放什么宝珠装饰。这一带应该也只有深沙王堂前面的神桥上才有这种装饰。据说那座桥是宽永时期[1]造的——虽然登和子对那是多久以前的事毫无头绪——那样的话不就纯粹是和风了吗？

另一方面，墙壁是砖瓦墙，房间里没有顶梁柱，也没有壁龛，格局完全是西洋建筑。

但客房里摆的全是香炉、挂轴、狮子饰物等，不管怎么看都是和风的东西。就连玄关插的鲜花，也一直都是日本高级餐厅在过年时于大厅摆饰的那种豪华大盆花。

外国人会边喝咖啡，边欣赏花。

很古怪的情景。

她觉得既然是以外国人为对象，干脆全部弄成洋风就好了，但听说掺杂一些和风，比较受外国人欢迎。

这一点登和子就不是很懂了。

当然，登和子她们也不送和式膳食到客房。

饭店有宽敞的洋风食堂——餐厅，而且在客房点的餐，也是用像手推车的东西送过去的。主厨是外国人，如果客人要求，好像也供应和食，不过是请外头的餐馆制作送来。餐点几乎都是西餐。

比方说面包、肉、汤，还有许多名字复杂的料理，全是登和子没尝过的食物。

她无法想象是什么味道。

不只是登和子。没有一个女仆知道自己送上桌的料理是什么滋味。

虽然外面穿的是洋装，但实质是日本人。

所以在计较体形、面相之前，首先实质就格格不入。这身女仆制服，与登和子等人是不匹配的。

她也听不懂英文。

好像只有栗山会说英语，其他人都只会几个单词。登和子也学了打招呼等最起码的词语，但她实在不认为洋人听得懂，而洋人说的话她更是一头雾水，完全听不懂。她觉得客人一定也觉得很不方便。

对方是付了钱从远方——而且是非常遥远的远方——光临的客人，所以她也想要真心诚意地服务，却力不从心。

太没出息了。

不过没办法。她只能尽最大的努力。如果被这家饭店扫地出门，她就真的要流落街头了。

她迟了一些经过走廊，碰上阿节正一脸扫兴地从客房走出来。

阿节是资历最浅的新人女仆。

她进来还不到三个月，所以现在也还在见习期间吧。她的长相很像中华海碗图案上的中国孩童，是个子极娇小的姑娘，但不知为何，登和子觉得她是最适合女仆制服的一个。

阿节很聒噪，经常跌倒，是个明朗但粗心的姑娘。

阿节一看到登和子便问，"登和子姐也要来整理客房吗？"

"阿节你呢？"

"栗山女士叫我去庭院捡垃圾。她说我铺的床铺皱巴巴的。我都拼命拉过了，才没皱呢。绝对是平的才对。"

"你拉完被单后是不是又坐上去了？"

"啊。"

阿节张口，稍微抬头说，"这么说来我坐了。"

"这样怎么行呢？"

"不行吗？我很轻呀。"

"再怎么轻，你也不是纸，会压出屁股的形状。就连手按上去都会凹陷，坐了当然会变皱。床单得四四方方、平平整整的才行。"

"床铺好讨厌哦。"

日本人直接在地上铺床睡比较好，都没那种问题——阿节说。

登和子觉得都是一样的，但没说话。阿节一定是那种把被褥铺得平平整整后，再一脚在上头踩出脚印的姑娘。

"我讨厌外国人的床，因为底下是空的。而且我也没那么厉害，可以睡在那种像板凳的东西上，说真的。一想到睡觉的时候底下可能藏个人，教人怎么睡得着嘛。这样说不太好，但真的不知道外国人在想什么。"

她真的很聒噪。

"会撞到小腿，而且睡着睡着，还会摔到地上。"

这……才是真心话吧。

登和子比较喜欢西洋的床。

虽然她还没有机会睡，不过高出地面许多这一点十分吸引她。

地面……

会有蛇爬过来。

那恶心的长虫，不管在木地板还是榻榻米上，都会慢吞吞地**蠕动来蠕动去**。而被褥就铺在地上。即使是被褥底下——不，就连被褥里，蛇都会钻进来吧。那么一来，闪都没法闪。

西洋的床有脚。

蛇那么卑鄙，一定会顺着床脚轻易爬上来，但她总觉得——虽然毫无理由——难以想象。蛇连柱子都爬得上去，而且不管是屋梁还是阁楼里都有蛇，而床脚那么短，一定两三下就会爬上来了，但登和子还是觉得比直接钻进被子里要好得多。

又在发呆了——阿节说。

"登和子姐，你在想什么？"

"咦？"

"我都是在开始思考之前先行动，思考完之前话就先脱口而出了。我从来没有像你那样思考过什么呢。我觉得像那样想事情比较浪费时间啦，说真的。"

没错，登和子常被人说神情恍惚。

不过大部分时间，登和子都不是在沉思。

这种时候，登和子大多都在想蛇。

想起蛇，战栗不已，恐惧万分。

只是这样而已。

"我……"

登和子正要开口时，传来栗山的声音。你们在做什么？阿节、小登，不要再摸鱼了……

阿节叫了声"哎呀讨厌"，差点跌倒。

而登和子……

2

那有点奇怪呢——阿节说。

"很奇怪，对吧？我自己都笑了。"

不是那种意思啦——娇小的姑娘说。

"哪种意思？"

"不是好笑的那种奇怪啦，是很古怪的奇怪啦。我这人好像慌慌张张，粗枝大叶，所以不会笑别人。因为我没资格笑别人嘛。"

阿节你才好笑呢——登和子说，结果阿节鼓起腮帮子说：

"你看吧。实际上都是我被人笑。我常被人笑，所以我绝对不会去笑别人，而且我还是见习生呢。"

这里是女佣房。

正式名称好像叫作服务生休息室，不过女仆都管这里叫女佣房。女佣房是木地板，可以脱掉鞋子。

今天登和子上早班，和见习生阿节同一个时间下班。登和子虽然不喜欢穿和服，但穿洋装时，唯独对一整天穿着鞋子感到吃不消。很闷，而且脚会浮肿。

所以她蛮喜欢在这个房间里脱掉鞋子、卸下女仆制服的瞬间。

"很奇怪吗？"

登和子问。

很奇怪啊——阿节应道。

"阿节，你不讨厌蛇吗？"

我最讨厌蛇了——阿节说：

"我想世上没几个人喜欢蛇吧。会喜欢那种软绵绵东西的人，顶多只有庙会节庆时设摊表演的畸形秀小屋的人吧。"

"噢噢，太可怕了。"

书上说，有种表演活动是让蛇在身上爬行，或是咬破蛇的咽喉。幸好那类巡回表演从来没有来过这一带，登和子也没见过。

不过她觉得就算真的有那种表演，打死她也不会去看。

光是想象，全身就爬满鸡皮疙瘩。

"为什么会想去摸那种冰凉粗糙的东西？"

"咦，蛇不是湿湿滑滑的吗？"

阿节呆呆地张口说，瞪大了小眼睛。

"才不是呢，湿湿滑滑的是鳗鱼。"

"咦，是这样吗？鳗鱼是鱼，对吧？鱼有鱼鳞，不是也很粗糙吗？咦？"

我也不清楚，可是鳗鱼和泥鳅是湿湿滑滑的——登和子说。

"蛇的鳞片应该比鱼要坚硬多了。蛇大部分都待在潮湿的地方，所以你才会这么以为吧？"

说得也是，蛇都是躲在阴暗处呢——阿节说，陷入沉思。

"虽然看起来湿湿亮亮的，但实际上并不是湿的。"

太恐怖了，不要再说了——登和子制止说。她会忍不住想象。光是想象，她的脊背都要僵硬了。

"我也不喜欢讨论蛇，所以我就不说了，不过登和子姐对蛇很清楚呢。我一点都不了解蛇。我不喜欢蛇，对蛇也没兴趣，没怎么见过，也没摸过嘛。"

"阿节，你先前是在哪里工作？那里没有蛇吗？"

蛇啊——阿节说，再次沉思。

"来这里以前，我是在东京的有钱人家帮佣。主人是个讨人厌的暴发户，不过房子在镇上，所以没看到过蛇。在那之前，是在千叶海边的大宅子。那里庭院很大，有很多树跟草，所以我想是有蛇的吧。你知道吗？就是惨遭那个溃眼魔跟绞杀魔灭门的那户人家。唯一活下来的小姐最后也被勒死了，真是太惨了。"

是被诅咒了啊——阿节说。

真可怕。

"所以根本没空管什么蛇。"

睦子姐介绍给我的地方都会出事，真伤脑筋——阿节接着又说，但登和子完全不知道阿节在说什么。她也不认识睦子姐。

"世上充满可怕的事啊。往前一步就是黑暗呢。所以要是害怕什么蛇，日子就过不下去喽，登和子姐。唔，我也怕蛇啦，万一被咬，会死掉嘛。"

"被咬……"

没错，蛇会咬人，而且有些蛇是有毒的。

不过登和子从来不是因为会被咬，所以才怕蛇。

"一般人都是害怕被蛇咬，所以才怕蛇吗？"

"我也不清楚呢。蛇看起来很恶心，所以应该是先害怕外表吧。虫也是外表让人觉得恶心啊。蚊子也会咬人，可是并不可怕。蟑螂虽然不会咬人，却恶心死了。"

"说得……也是呢。"

登和子怕蛇，但大概从来没想象过被蛇咬的情形。别说咬不咬了，光是想到有蛇，她就慌得六神无主。

不过蜜蜂很可怕呢——阿节说：

"要是有蜜蜂飞进来，我一定会死命地逃。被蚊子咬到也就是痒，可是被蜜蜂蜇到很痛的，有时候还会死掉呢，所以一定很可怕。会很痛，而且可能会死，所以很可怕。蛇也是，被咬到会死掉，对吧？"

"会死掉吗？"

或许会。

——不。

登和子觉得这个问题无关紧要。

那不是生命受到威胁，或是不愿受到危害这类恐惧。那种恐惧就和害怕凶猛的狗是一样的，但登和子对蛇的恐惧异于这些。

——不过。

死……这个字眼令她有些耿耿于怀。

有些东西是生理上无法接受的——阿节又说：

"就跟对食物的喜好一样，我想有些东西就是无论如何也无法接受。那不是道理可以解释清楚的吧，一定是的。但就算这样，登和子姐还是有点异常。"

这话不是什么不好的意思，你别介意——阿节说。

登和子不认为异常还能有什么好的意思。

"因为登和子姐连这都不行，对吧？"

阿节拿起自己折好的围裙，抓住带子晃了晃。

是蛇。

白蛇在**蠕动**。

去死去死去死去死去死去死。

——什么？

怎么搞的？

这暗黑的情绪是？

"别这样！"

"你看，这是布嘛，或者说，其实登和子姐自己也明白吧？"

阿节把带子摇晃得更厉害了。

是蛇是蛇是蛇是蛇是蛇。

——这是布。

不，是蛇。

蛇。

"叫你不要那样！"

"就说吧。"

"你……"

阿节把自己的围裙颇为随便地重新叠好，收在架子上。

"洋装是用扣子固定，不过只有围裙，得用绳子绑起来嘛。"

"绑围裙绳的时候我也觉得很讨厌。围裙绳有一端缝在布上所以还好，不过每次我的手都会发抖。"

"哎呀，真的吗？"

阿节再次观察似的探头看自己的围裙。

"是啊，如果这是蛇，就没有尾巴了呢。"

"别说那么可怕的话。"

"那，登和子姐我问你，如果只是普通的绳子，你就更无法忍受吗？像男人的西装裤腰带也不行吗？"

"不行。那种东西我连摸都不敢。"

"和服腰带也不行，对吧？"

和服腰带……

最让我害怕。

"细到像线那样就没关系了。"

太严重了——阿节说：

"我觉得登和子姐已经不是寻常地讨厌蛇了。我觉得那不是可以用好恶来解释的反应，不好意思哦。"

"不就是好恶问题吗？"

我讨厌蛇。

或者说，我怕蛇。

不知不觉间，阿节已经换好衣服，连鞋子都穿好了。可能是穿洋装的关系，她看起来不像当地人。登和子也急忙穿鞋。她应该比阿节先准备好的，不过每回都会慢半拍。

阿节看着自己的脚下，"鞋带也不行吗？"她说，"鞋带不到线那么细嘛。"

"鞋带……"

没问题。

"也是啦，世上没有这么细的蛇嘛，这根本是蚯蚓了。我也很讨厌蚯蚓。倒不如说比起蛇，看到蚯蚓的机会更多，所以更讨厌。登和子姐喜欢蚯蚓吗？"

怎么可能喜欢？

"不要乱说。"

两人离开女佣房，前往员工门。

"才没有人会喜欢蚯蚓吧。蚯蚓很恶心啊，那才是湿湿黏黏，又软乎乎的。"

"可是登和子姐不怕蚯蚓吧？"

"我怕呀。"

"我说啊，"阿节在玻璃门前停下来，"比起围裙带子和蛇，鞋带和蚯蚓要相似多了。"

"是吗？"

"围裙带子不是条细布吗？和服腰带也是平的，只是织得又细又长，并没有厚度。虽然有点像，可是完全不一样啊。而蛇是有厚度的。如果把蛇切成一段段，不就是圆圆的一片又一片吗？

再说，蚯蚓虽然恶心，可是不会咬人，也没有毒。如果说跟会不会咬人、有没有毒无关，那蛇、蚯蚓和鳗鱼的恶心程度都半斤八两啊。这么一看，登和子姐对蛇的厌恶还是很异常，不好意思啊。"

外头有点冷。

冬天快到了，登和子不太喜欢这个季节。

山枯水冻，无比寂寥。

这太奇怪了——阿节接着说。

"又哪里奇怪了？"

"因为冬天没有蛇啊。蛇是会冬眠的。对登和子姐来说，应该是个很棒的季节啊。"

这……说得没错，不过——

"没什么差别，可怕的东西就是可怕。"

"登和子姐那已经不是生理上厌恶那类单纯的反应了，一定没错。不是什么道理上无法解释的，而是相反。"

"相反？什么意思？"

"一定有理由的，绝对有。"

"理由？"

登和子不曾想过。

"我在上上一个雇主那里工作时，曾听过一点点。只有一点点啦。那种的，是精神方面的问题哟。"

"精神？"

"我也不是很清楚啦，不过就是啊，有一种叫什么恐惧症的。既然叫什么症，那就是一种病。登和子姐是蛇恐惧症啦。"

蛇恐惧症……

肯定是吧。

既然是病，就应该治得好——阿节接着说。

"治得好？这是能治好的吗？"

天性是治得好的吗？

"治得好的。听说只要查出理由，几乎都可以治好。虽然只是我听来的啦。先不管治不治得好，但一定是有什么理由的。登和子姐，你心里有没有数？"

"这……"

我怎么可能会知道？

害怕才没有理由。

"没有啊。刚才阿节你自己不是说了吗，每个人都怕蛇，而我只是稍微夸张了点。"

"夸张也是有限度的。才不会有人怕到连绳子、带子都不敢摸呢，不好意思哦。要是摸到真的蛇，登和子姐是不是会被活活吓死啊？"

摸蛇这种事，登和子连想都不愿意想。光想她就快昏倒了。

"每个人都怕蛇，但是没有人像登和子姐怕成这样的。一般人怕蛇的程度，就像你怕蚯蚓的程度。然而你却怕蛇怕到甚至因此丢了饭碗，这已经是异常了。还是治一治比较好哦。"

应该去治好——阿节说：

"这份工作也不知道可以做到何时。就算努力认真，还是会有犯错的时候；就算没犯错，老板也可能改变心意。万一老板不开心，那就完了。再说，就算没被开除，这家饭店也可能会倒闭啊。"

"怎么会！"

不要乌鸦嘴——登和子说，但小姑娘一本正经地回答：

"世事难料啊。我本来是在有钱人家工作的。主人是个杀都杀不死的贪财鬼，没想到两三下就被抓了。在那之前工作的地方，是日本排行前三的有钱人家呢。然而因为家中的纠纷，全家都死光了。这年头啊，就连那样的大人物也有沦落街头的一天呢。我就是个活证人。万一哪天碰上这种不测，得事先防范才行啊。而且我们女人家光是一个人要活下去就够辛苦的了。"

她说得没错。

登和子姐还有家人要养，对吧？——阿节老成地说：

"那就更辛苦了，不能挑三拣四啊。然而却没办法穿和服，那就太不利了啊，不好意思哦。如果登和子姐想要成为职业妇女，那还另当别论，不过在这个地方，想当女职员可能太困难了。"

"先不论有没有职缺，那种工作我做不来的。"

我也没办法——阿节说：

"算术和账册，我光看到就头昏了。"

算术是我永远的敌人啊——莫名世故的小姑娘说。

"阿节，你有算术恐惧症吗？"

"不是啦，我想是适不适合的问题，跟登和子姐的蛇恐惧症不一样。我天生适合干女佣这行。"

若论适不适合，登和子也非常不适合。她不知道是脑筋转得慢，还是不够机灵，不管做什么事情都很花时间。她愈是小心不犯错，工作进度就愈慢。不论是打扫还是送餐，花的时间都比别人多。虽然登和子完全无法想象机关或公司的工作是什么情况，但她大概做不来。

阿节也是，嗯，应该做不来。阿节虽然做事很得要领，却总是漏洞百出。但她也不像是在偷懒，应该是天生粗心大意吧。不管怎么善意地看，阿节对所有的家事都不擅长。她常弄掉东西、弄坏东西，要不然就是跌倒。现在的工作感觉也不适合阿节。

应该要治好——阿节说。

"所以说，要怎样才能治好呢？"

"想起你害怕的理由啊。世上没有什么事情是天生的。"

阿节这么说的时候，一位年轻姑娘穿过通行门进入前庭。似乎不是客人。

那女孩是明天开始进来工作的——阿节说。

"是新人吗？"

"是我底下的新人，我得好好教导她。"

阿节愉快地说。

3

年幼的记忆……

记忆这东西究竟能回溯到多久以前呢？好像也有人甚至记得呱呱坠地时被放入热水洗涤的事，也听说有人拥有在母亲胎内的记忆，不过她觉得这未免太难以置信了。

不，也不是不信，但她还是不认为那属于一般情形。

听到登和子这么说，伦子笑了。

伦子是新进来的女仆见习生。听说她才十九岁，但个性很稳重，工作也很熟练，是个相处起来很舒服的女孩。

"是吗？"

"难道不是吗？"

"不，或许真的有这种情形……不过我还是觉得不可能呢。就算记得，应该也不了解情况吧。"

"不了解？"

"因为胎儿时期……不是在阴暗的地方蜷缩着，眼睛也闭着吗？这种记忆，就连生下来以后也会碰上无数次吧？我认为没办法跟后来的记忆做出区别。"

说得也是。

"唔，就算真的有记忆，应该也不懂。"

"说得也是呢。"

登和子问她看了瀑布吗？伦子回答说只看了布引瀑布。

"哎呀，居然从那种地方看起。不是应该去华严瀑布看看吗？"

"听说常有人在华严瀑布那里自杀，不是吗？太可怕了。"

"又不是天天。我是当地人，但从没见过有人跳瀑布自杀呢。"

也是——伦子笑了。

伦子是个很漂亮的姑娘。

登和子没听说她的来历，但她似乎不是当地人，每回休假，好像就会外出四处逛逛。动机似乎是想要了解一下当地，免得客人问起却答不出来。

登和子觉得很敬佩。

伦子说阿节教了她很多，但她什么都会，几乎不用人教，而且很勤奋。登和子反倒觉得阿节应该向伦子讨教才对。

"唔，顶多三岁左右吧。"

伦子说。

"什么？哦。"

是记忆的话题，登和子先起的头。

"我是山里长大的，还记得出生时的小屋。不过那栋小屋好像在我四岁以前就拆掉了，家人都说我不可能记得。但是我真的都记得，木地板房间和泥地房间的感觉，地炉、伸缩吊钩的形状等。"

"这样啊，三岁左右啊。"

登和子的父亲在她六岁时过世了。

登和子对父亲有明确的记忆。虽然容貌模糊，但大致上的印象，还有一些细节她都记得。像是胡楂的分布、喉结的隆起、形状有些特殊的耳朵，以及气味。

还有父亲让她骑在肩上，或是背着她的事。

也就是说，她有四五岁时的记忆吗？

父亲是漆工，听说是为栗山村一带生产的和式餐盘做最后加工。

登和子也记得那漆黑光亮的方盘。还有刷子、瓶子这类工具……她都记得。

"我还记得四五岁左右的事。"

她说。

登和子的父亲不知道是工作不顺利，还是有其他重大的理由，上吊自杀了……据说。

是……自杀的。

虽然是听来的。

登和子怎么都想不起那前后的事。登和子很喜欢父亲，所以这件事让她很伤心，但她想不起来。

葬礼的记忆也很模糊。

一段时间后，母亲再婚，生下了妹妹。那个时候的事，她就完全记得了。第二个父亲是商人，虽然性情温和，但不太会笑，是非常严肃的人。

而继父也生了病，在登和子十二岁时过世了。是战时的事。

登和子记忆中的葬礼，是第二任父亲的葬礼。

用河边的石头敲下棺盖的钉子。母亲手抱牌位，登和子则被吩咐拿着烧香用的桌子。

对于生父的葬礼，她毫无记忆。

"不，可是记忆有深浅之分呢。"

那当然有了——伦子说：

"经常想起来的事，是很难忘记的。而印象薄弱的，都是些很难回想起来的事。"

"是……这样吗？"

她不认为自己常回想起继父的葬礼，也不觉得有什么印象特别深刻的事。

毕竟都第二次了。

"会不会就和刚才说的一样，是第一次与第二次的记忆混淆在一起了？"

"哦……"

有这个可能。

第二次葬礼的记忆，可能覆盖了第一次葬礼的记忆。

你是不是很喜欢父亲？——伦子说。

"咦？"

"登和子姐是不是爹爹带大的？"

"是吗？"

"听说不愿意回想起来的事，也会被忘记哦。"

"不愿意回想起来的事？"

"会不会是因为太伤心了？"

是吗？

太伤心太伤心、伤心到无以复加……

所以忘记了吗？

第二任父亲过世时，登和子不怎么难过。

她并不讨厌继父，反倒是喜欢他的，所以也并非不伤心，但她不记得自己哭了。她记得母亲低垂着头，祖母在一旁百感交集地说，"你也太没男人运了。"但登和子没有哭。

妹妹才两岁左右，而弟弟更是刚出生，因此她觉得两人都不明白出了什么事。她觉得弟弟连父亲是什么都不知道。

如果继父还活着，应该已经被征兵了，那么一来，有可能葬身异乡，所以可以死在本土自家的榻榻米上，值得庆幸了——战争结束后，街坊邻居都这样说。

——或许吧。

但登和子不觉得哪里值得庆幸。没有人死了还值得庆幸这种事。

这么一想，她觉得第二任父亲——樱田裕一这个人实在可怜。

她应该更为他哀伤一些的。

事到如今已经迟了，都已经是十年前的事了。

两任丈夫都比自己早死的母亲，做着绸缎纺织的工作，辛苦养育登和子与弟妹。

祖母和登和子也帮忙操作织布机。这块土地的女人全都会纺织。不过纺织毕竟是副业，没办法全靠它维持生计。没多久母亲开始去餐馆工作。她拼命工作，不眠不休，今年过年的时候过世了。

医生说是过劳。

那时，登和子或许也不觉得伤心。

不，她很伤心，却没有流泪。她觉得很可怜。辛苦妈了，辛苦妈了，登和子一次又一次地说着慰劳的话，但她不知道死人能不能听见。

母亲的脸现在也变得和生父的脸一样模糊了。

明明连一年都还没有过去。

"记忆真是暧昧呢。"

登和子说，伦子答腔说对。

"很容易就会扭曲了。会被掉包、替换，人的脑袋真的很马虎。"

"是这样的吗……？"

这么说来，是从什么时候开始的？

自己是从什么时候开始不再穿和服的？她隐约记得小时候都是穿浴衣睡觉的。被父亲背在身后时……

——是用带子绑起来的吗？

或许吧。

这部分已经模糊了。

祖母现在还是穿和服。母亲也是，到死都是穿和服。

弟妹现在是穿洋装，但一直都穿洋装的，是不是只有登和子？弟妹以前也是穿和服的。

她记得好几次拒绝帮妹妹穿和服。

登和子很疼小妹妹，所以不管什么事她都无微不至地照料，但就是不愿意帮她绑和服腰带。她也记得曾哭叫着说不要，搞得祖母哭笑不得。所以至少妹妹……

——不。

妹妹小时候穿的是登和子穿过的旧和服。

也就是说，登和子以前也是**穿过**和服的。

只是她后来不穿了。

——什么时候开始不穿的？

想不起来。

登和子什么时候厌恶起和服——正确地说是腰带和系绳，开始只穿洋装了？如果就像阿节说的，有什么理由，那么一定是**那时候**碰上什么契机吧。因为只穿洋装的那个时候，她已经……

害怕起蛇来了。

"忘掉的事……没办法再想起来吗？"

"没那回事吧？人常会因为一些原因，忽然想起无关紧要的事情呀。是一些没必要记住，甚至没有意识到的小事情，却会忽然想起来。也就是说，其实并**没有忘记**。"

"没有忘记？"

"应该不是消失不见了吧。"

"是……这样吗？"

"就跟家中的失物一样，记忆一定都收在某处，只是不知道收到哪里去了。我觉得并不是丢掉了，被小偷偷走了，或是掉在哪里了。"

"记忆……"

收在某处吗？

"不愿意想起来的事，一定是被收得很严密吧。像是柜子深处、天花板里，那种平常绝对不会看到、难以发现的地方。"

啊啊。

她大概懂了。

"甚至连收起来这件事都忘了。不过大扫除时，或是整理东西时，有时会冒出意想不到的东西来……就类似那样。"

这么一想。

就稍微放心了。不会消失不见。不怎么为他伤心就过世的继父、一辈子吃苦而过世的母亲，应该也都收藏在某处。

但是——

她虽感到放心，却也觉得这很可怕。因为这表示记忆不可能消除。

乘着风……

闻到一股芳香。是伦子的香味。登和子说，"好香哦。"伦子说，"是这个吗？"拿出一只香袋。

瞬间……

登和子想起了什么。

——是什么呢？

这是什么？这既怀念又可怕的不可思议的记忆。是这气味吗？是气味的记忆吗？毛骨悚然。脊背阵阵哆嗦，不是因为寒冷。

蛇……

她想起了蛇。

"怎么了？"

伦子看她，香袋散发出更浓烈的香气。

"好像想起了什么……"

"是蛇吗？"

"不，不太清楚，可是……"

你流了好多汗，伦子说，掏出手帕，为她擦拭额头。香味也渗透在手帕中。

"这香味……"

"这个……听说是龙脑。有点像樟脑，不过比樟脑低调，却又很香，是送给我的人说的。"

"这样啊。"

听她这么一说，确实也像是樟脑的香味。

你想起什么了吗？——伦子问。

"我也不太清楚……"

"会不会是衣柜？衣柜里不是都会放樟脑除虫？"

"衣柜？"

衣柜怎么了？

衣柜里不是都会存放和服吗？——伦子说，登和子恍然大悟。

"会不会是联想到了？联想到腰带和系绳。"

"或许吧，可是……"

是这样吗？

我觉得——伦子担心地接着说：

"我听阿节姐提起过。"

"提起什么？"

"登和子姐对阿节姐说蛇是冰凉粗糙的。"

登和子确实说过。

"因为阿节说蛇湿湿滑滑的，她把蛇跟鳗鱼那一类的搞混了。"

"登和子姐怎么会知道？"

"咦？"

你是不是摸过蛇？——伦子问。

"我？摸过蛇？"

光想就毛骨悚然。

"怎么可能！我连腰带都不敢碰了……"

"那你怎么会知道蛇的触感？"

"咦？"

怎么会……知道呢？

"我是在山里长大的，所以经常看到蛇，也常用棒子赶蛇，或是用树枝戳弄，确定是死是……"

但也从来没有直接摸过——伦子说：

"就连褪下来的蛇皮都不敢摸呢。就算没有登和子姐那么害怕，但我还是讨厌蛇，所以坦白说，我不知道蛇摸起来是不是冰凉粗糙。"

"说得……也是呢。"

我怎么会知道呢？

不是想象，登和子是知道的。那对登和子来说，是理所当然的事。

"如果，"伦子接着说，"如果不小心握到了蛇，一定会吓死。

如果年纪还小，应该会造成很大的惊吓吧。"

"是……啊。"

"会不会是因为这样导致登和子姐从此怕蛇呢？"

这双。

登和子看着自己的双手。

这双手握过蛇？

这双……

"啊。"

是腰带。被子，被子上有腰带。腰带摊放着，一路延伸到榻榻米上来，而登和子抓住，它。

抓住，用力握住，拉扯。

拉扯腰带。

那是她几岁时的事？

好像记得，又好像不记得，是那样的时期。那么是父亲过世前后的事吗？是五六岁左右的事吗？

年幼的登和子。

用力握紧腰带。

手中的腰带。

以为是腰带的东西。

冰冰凉凉。

粗粗硬硬。

不是腰带。

是蛇。

是蛇。

"啊……啊啊……"

是蛇是蛇是蛇。是蛇。原来是蛇。那是蛇。

"那是、那是蛇啊。"

"登和子姐，振作一点，你的脸都白了，而且流了好多汗。去那边的店里坐着休息一下吧。"

登和子姐、登和子姐。

伦子的声音远去了。

我，我把蛇——

"我想起来了。我以为是腰带抓起来，结果是蛇。是恶心的、邪恶的蛇。我抓到蛇了。"

脑袋中心似乎隐隐作痛。

龙脑的香气渗透进来。

4

父亲躺着。

然后在他的颈脖处，那条恶心的蛇蠕动着，慢吞吞的。

噢噢，太可怕了。

可怕死了。

再也没有比这更可怕的事了。

父亲死了。应该死了吧？喉咙的隆起格外醒目。胡楂稀疏地分布着。眼睛翻白，嘴巴半张，露出黄色的牙齿与干燥的舌头。那已经不是活人的脸了。上吊而死，人相都变了，所以记忆才会暧昧不清。

那不是会说笑的爹爹的脸。

可是，这就是爹爹。

蛇。冰凉粗糙、全身覆盖着鳞片，下流的蛇慢吞吞的。

我抓住了那条蛇。

太恶心了，太可怕了，我无法忍耐。

这时——

登和子醒了。

她昏睡了一会儿。

她不知为何昏了过去，被伦子送回家，然后上了床。不知道是不是发烧了，她流了许多汗。她缓缓地翻身一看，枕边放着水壶和茶杯。

是祖母或妹妹为她准备的吧。

不知道时间。很暗，很安静，大概是深夜。

小电灯泡微弱地照亮房间。每一处都朦胧泛黄。

登和子趴在床上，在杯中倒水，含了一口。咽下去后，她舒服了些。

登和子把额头抵在枕上思考着。

阿节说她异常，登和子反驳说才不是，但这果然属于异常的范畴吧。

她究竟有多怕蛇？

不过总觉得爽快了些。

阿节还说，只要查出理由，就可以治好。

现在……算是知道理由了吧。

登和子在小时候，曾误以为蛇是腰带，而抓住了蛇。

她一定被吓死了。

若是懵懂无知的孩童，受到的冲击更是难以想象。

冲击太过强烈，登和子把那件事——不，把那时的事全驱逐到脑袋的角落去了吧。

所以父亲过世前后的记忆才会那样暧昧不清。或许是不愿意想起的强烈欲求，将相关的记忆也一并封印起来了。

那么，已经没问题了吧。

虽然还是一样讨厌蛇，但她觉得已经不会有不必要的害怕了。如果碰到真的蛇，她应该会像常人一样害怕，但应该不会连绳索、带子都不敢碰了吧。

应该……她想。

真的。

——只要知道理由，自己就会好了。

已经治好了，登和子在心中反复说。

这得感谢阿节和伦子吧。她从没想过这样的恐惧居然能治好。不，她没想过这是可以治好的。

感觉一下子舒服多了。

她起身，凝目细看时钟。

凌晨两点零五分。

当然一片寂静。祖母和弟妹一定都已经熟睡了。

——刚好。

就是这时间。

她忽然这么想。她不知道是什么刚好，只是这么感觉。

好冷。

汗水凉了。再这样下去，可能真的会感冒。

工作不能请假。

明天——不，已经过了凌晨，所以是今天——有很多客人。虽然不是学阿节的话，但要是为了这种事犯错而被开除，那可不是闹着玩的。

换衣服吧——她想。

得换衣服才行。全身都是不舒服的汗，濡湿了睡衣。登和子深深认为贴附在身上的湿气，象征了她不必要地害怕蛇的异常心态。

想要脱掉。

愈快愈好。

她站起来，走到衣柜前。

——对了。

确认一下吧。

确认一下是不是治好了吧。

里面应该有母亲的浴衣。只要能顺利穿上它，就不必再担心了。

她抓住衣柜的把手。可以顺利穿上吗？不，没办法穿上也没关系。只要摸摸看系绳和腰带就知道了。如果治好了，应该就可以满不在乎地触摸。

拉开抽屉。

刺激的樟脑香窜入鼻腔，啊啊。

这——

这个味道。

这是那个人的味道。

——那个人？

那个人是谁？不，那不是伦子的香袋气味吗？不是类似樟脑的、龙脑的气味吗？

不对不对。

这是**那个女人**的。

是那个女人的味道啊，登和子。

——那个女人？

是那个穿着漂亮和服的年轻女人的味道啊。你忘了吗？登和子。

声音在脑中响起。

不，我没有忘。

只是不愿想起来。

原来记忆是不会消失不见的啊。

——不，所以说。

那个女人是……

喏，让当时还小的你看得如痴如醉的美丽女人啊。

没错，你快六岁时见过好几次，对吧？

你妈妈不在的时候，她不是都会来吗？撑着阳伞，穿着漂亮的和服。

就是那个女人啊。

——对。

就是你爹爹包养的情妇啊。

——咦？

手停住了。

对，那是。

父亲除了母亲，还包养了一个女人。

想起来了。那是个肤色白皙，穿着绚烂图样和服的妖艳女人——现在回想，应该是卖笑女吧。但年幼的登和子……只觉得那是个美若天仙的人。

别告诉你娘哦。

给你糖吃，别说出去哦。

这是秘密哦。勾手指发誓哦。如果不守信用，蛇就会来找你哦。

可是。

她说了。

她说出去了。

登和子向母亲打小报告了。

母亲露出非常哀伤的表情。

没错，是她就快六岁的时候。后来父亲和母亲……

争吵的声音。

怒吼声。哭声。惨叫。恳求。谢罪。然后又是争吵声，怒号与啜泣。

日复一日。

父母的争执持续了好几天。

家中的笑声消失了。父亲变得凶暴，殴打母亲，然后殴打祖母，耽溺于酒乡。

明明登和子的生日就快到了。

登和子的家却毁了。

她完全……

忘得一干二净了。她觉得很讨厌，很难过，很伤心。

真的厌恶极了。她害怕酒后发疯抓狂的父亲。登和子也挨打了。

是你打小报告的，对吧？

谁叫你说出去的！

看到父亲殴打登和子，母亲露出可怕到难以置信的表情。

这孩子是无辜的啊。

你这个废物。比起自己的亲女儿，那婊子更重要吗？

拧起眉毛，扬起眼角，嘴巴扭曲……

母亲的脸变得像蛇一样可怕。

好可怕好可怕好可怕。

动粗的父亲很可怕。

但那样的母亲更教她害怕。

那是……

嫉妒到发疯的蛇的面孔。那个时候母亲变成了蛇。登和子最爱的温柔母亲变成了可怕到极点的蛇。不要不要不要。

登和子好怕好怕。

她以前也喜欢父亲的。

但现在已经不喜欢了。让温柔的母亲变得那么可怕的父亲……

她恨死了。

比蛇还要讨厌。

对了。

差不多就是这个时间。

她在夜半醒来。

那是个幽暗的夜。

黑暗中，有变得像蛇一样可怕的母亲。

然后……

然后还有别的什么。

难道……就是这时候登和子抓到了蛇吗？

是这样的吗？

总觉得太不自然了。

登和子拿起衣柜抽屉里老旧的博多和服腰带。是随处可见的廉价腰带。

——明明摸了也没事嘛。

果然治好了。原本只是指尖一碰，她就被脊背冻结般的恐惧笼罩。即使知道不是蛇，却依然怎么都没办法触碰。而现在登和子把腰带拿在手中，这只是条普通的腰带。

触感也跟蛇不一样。不冰凉，也不粗糙。当然，不会动也不会爬，也不会吐信。

就是条腰带。

那个时候……

年幼的登和子怎么了？她看到什么，做了什么？母亲在做什么呢？在这样的大半夜里。

母亲。

对了。

母亲。

母亲杀死了父亲。

在发完酒疯后睡着的不忠男人的脖子上，把这条——

这条博多腰带缠绕上去。

然后……

"啊啊。"

没错，她全想起来了。登和子握住的不是蛇，而是这条腰带。她抓住这带子，用力拉扯。

登和子帮了母亲一把。

因为母亲的脸太可怕了。因为母亲是蛇。因为讨厌那样的母亲。因为可怜那样的母亲。所以夜半醒来的年幼登和子，用力抓住从被子延伸到榻榻米上的腰带，狠狠地使尽全力拉扯。

虽然那时候父亲已经死了。

年幼的登和子是不是抓住缠绕在父亲脖子上的腰带，使尽全力拉扯？

腰带……

腰带滑动，然后飞快地吐着红信，溜出登和子的手，掉到榻榻米上，缓缓地蠕动爬行，消失在房间角落。

只留下冰凉、粗糙的触感。

——我……是蛇。

就这样，日光榎木津饭店的女仆樱田登和子缓缓地被吞入神秘的黑暗之中。这是昭和二十八年十一月中旬的事。

---

1 宽永为江户时期的年号，一六二四～一六四五年。

目竞——
大政入道[1] 清盛[2] 某夜梦中
骷髅自东西现
始仅有二
继而十、二十、五十、百千万
更达数千万，其数不可估量
入道亦不退，怒目相视
如人之对视较劲者
见《平家物语》[3]

——今昔百鬼拾遗／下之卷·雨
　　　　鸟山石燕（安永十年）

目
竞

1

他喜欢鱼。

他想要养鱼。

他小时候曾和哥哥一起被带去观鱼室。不是他要求的，但父亲叫他去，他就跟去了。父亲是世人口中的怪人，虽然不霸道，但有着不容分说之处。当时父亲也只是说很好玩，叫他一起来。

观鱼室，这也是父亲这么说，并不是去了叫这种名称的设施。仔细想想，那会不会是父亲自己发明的词？父亲经常把动词跟名词接在一起，自创一些听起来很愚蠢的词。品位令人置疑。

那里有一座巨大的水槽，里面有大鱼在游泳。

这是他第一次从侧面看到游泳的鱼。

现在水族馆变多了，但在当时颇为罕见。不管是河川还是海里的鱼，就连池子里的鲤鱼，除非潜入水中，否则无法从侧面看到。能从侧面看到的至多就是金鱼。

金鱼又另当别论了。

再说，金鱼缸很小，又是圆的。

凹面的玻璃围墙，把金鱼的形貌扭曲了。

金鱼有金鱼的可爱之处，但他觉得在那狭窄的球体中转来转去悠游的小生物，跟所谓的鱼不同。

那朱色与玄黑等漂亮的体色也是特殊的。

如果相信父亲的说法，那么用来养金鱼的圆形玻璃钵叫作金鱼球，是江户时代就有的。

不过他不知道那有多普遍。

他没有调查过，不过说到江户，不是玻璃被称为 vidro[4] 或 giyaman[5]，受到珍视的时代吗？仔细想想，应该不是随处可见、每个人都买得起的东西吧。那么金鱼只能放在脸盆或钵盆、池塘里，从上方观赏。

证据就是，无论是金鱼还是锦鲤，本国的观赏鱼似乎都是以从上方观赏的角度来进行改良的。不管是体形还是花纹，都是从上方观赏比较美丽。是依据人类的视线而被改造的生物。

可能因为如此……

他对金鱼或鲤鱼没有太多执着。

他不讨厌金鱼和鲤鱼，但怎样都不觉得那是<u>鱼</u>。

鱼不是被人的视线制约的存在。

不过无论是金鱼还是鲤鱼，它们都与这些无关，只是活着而已吧。但既然被改造得如此，无论期望与否，它们的存在与定位，主要都被限制在与人的关系中。

既然这一方是人，这便是不得已的事。

金鱼和鲤鱼会讨饲料。人类看到那动作会觉得可爱，但那并不代表它们依赖人类，也并非与人灵犀相通吧。那是一种猎食行为，没有额外的动机。但是看在人类眼里，就是讨喜。

它们就是被重新改造成看起来如此的吧。

比起鱼类，金鱼和鲤鱼更接近宠物。

鱼要放肆多了。鱼与人类绝缘。它们在与人无关的地方、人手不及之处，任意地生，任意地活，任意地死。太棒了。

即使被钓起来，也不会乞怜或求饶。即使曝露在人的视线中，也毫不动摇。无论人类如何对待它们，都无法改变鱼分毫。

因为对鱼而言，人类根本无关紧要。

——那是叫什么的鱼？

他被带去的是一栋士族或华族的宅子，等着他们的是一名暴发户。

应该是父亲的朋友之类的吧，却是个不怎么令人敬佩的人。尽管当时他还那么幼小，仍这么觉得，所以那家伙一定很惹人厌。或许正因如此，他一点都不记得那个人的相貌和名字；宅子的模样、地点，也完全不复记忆。

不过，他唯独记得有鱼的房间景象。

他也可以回想起鱼的样貌，清楚到近乎异常。

换算成和室，约有二十张榻榻米大，以小房间而言太大，以大厅而言又嫌小，就是这样一个房间。虽然有窗，但拉上了窗帘，房中一片幽暗。地面铺着石材，护墙板是黑色木板，墙壁是灰泥，天花板太黑了看不清楚。

水槽共有三个。

宽约两间[6]，深度也有近一间吧。

他记得那个暴发户主人自豪地吹嘘那是日本独一无二、全世界首屈一指的水槽。

就算世界第一是夸大其词，但当时是战前，因此或许真的是日本第一。当然一定是特别定做的，即使在今天，如果要定做相同的东西，一定也要价不菲。

水很沉重。水是透明的，也没有固定形状，但很沉重。不，就是没有固定形状，因此才更重。水无法支撑自己，所以丝毫不会抵抗重力。它的重量会全数变成向外溢出的力量。量愈多，那力道就愈大。水压是极其凶暴的。

要制作大水槽，需要厚度耐得住那凶暴水压的坚固玻璃。窗玻璃那种厚度，一下子就会破裂了。但也不是又厚又硬就行了。为了不让水漏出，不只是强度，还需要讲求精密度。厚度不一，或是接缝处理粗糙都不行。除此之外，若是玻璃的透明度不够，那就毫无意义了。为了维持水槽的良好状态，也必须勤于保养，因此需要巨大的精力与金钱维持。

就这个意义来说，那也是个令人惊叹的水槽。

无比透明。

鱼在里头游着。

鱼鳞、鱼鳃、鱼鳍，他连细节都能回想出来。摆动的样子、反光的模样，他都能在脑中重现。

然而不知为何，查不出种类。

虽然细节清晰，但那鱼的整体却是暧昧模糊的。

他觉得这生物真是太令人惊叹了。

其中令他印象最为深刻的……

是鱼的眼睛。

鱼很棒，尤其是鱼眼更棒。

有些人说鱼眼令人恶心。不，有这种感觉的人似乎意外地多。

确实，若问可不可爱，鱼眼确实不怎么可爱。

大部分鱼没有眼皮和睫毛，而且毫无表情。没有表情是理所当然的，因为鱼不太……或者说完全不思考吧。它们只会对刺激有反应。它们只是活着，所以一定也没有感情。

就是这一点好。

而且……

鱼的眼睛在体侧。

不是并排在一块儿的。右眼在右侧，左眼在左侧。

它们看到的世界究竟是什么模样，他难以想象。

不，与其说是看，更应该说是感知吧。鱼眼以器官来说是眼睛，但并非人类那种眺望景观、测量距离、掌握形状、欣赏色彩的……所谓的眼睛吧。应该类似于光传感器。

大概是低等的。

他不觉得那样不好，或是高等的比较好。

如果鱼这样就足够，那就好了。如果那样就能无虞地活着，从不同的角度来看，那样还比较高等。愈简单的当然愈优秀。所谓高等，只是程序更复杂而已。如果低等就足够，低等的要来得好多了。

而且鱼虽然有前方，但没有正面。

它们前进的方向就是前方。

朝前的地方就是头，头的另一端就是尾。

但是头就是头，尾就是尾，不是正面。

就算从正面看去，鱼也不像鱼。鲛鳒和鳐鱼之类的另当别论，但几乎所有的鱼都会变得难以辨识。或许认得出膨胀的河豚或钱鳗，但其他的鱼类会变得一片扁平，看不出是什么吧。就算是比目鱼或左口鱼，它们也只是眼睛移到右边或左边，比方说比目鱼，也不是眼睛并排的那一面就是正面，毋宁该算是上面。

所谓正面，果然还是以人类为基准的概念。

脸的前方并排着一双眼睛，那双眼睛的方向就是正面。人的情况，是以这个正面为基准，带出左、右和后方。

所谓正面，顾名思义是"正确的一面"吧。

但他觉得面没有正确或错误可言。

把正确、错误这种古怪的价值观带进来，也只会把事情搞得更复杂。

比方说，人们会说：要面朝前方，向前进！

但他认为前进的方向永远都是前方，鱼就是如此。

要说正面，正面面对的方向不就是前方吗？对于面向右方的人而言，右方才是前方。如果面朝后方，那后方就是前方，不就是这样而已吗？不管朝哪里前进，都一样是前方。

然而一旦将好坏对错这类基准带进来，事情就变得麻烦了。会变成面朝后方的人愈是前进，就愈是后退。

复杂到受不了。

这一切都肇因于人的两只眼睛并排在一起。

并排在正面的两只眼睛规定了人的世界。那只是人的世界，然而人却将它套用于人以外的一切，去理解世界。不仅如此，还硬要强加到人以外的一切事物上，使人的法则适用于它们。

对人而言，这是容易理解的吧，但他也觉得这只是让事情变得更复杂而已。

——眼睛。

眼睛规定了世界。

烦扰不堪。

鱼不一样。

鱼是以行进方向为基准的，只有前后左右。

除了海马、白带鱼这类习性特异的海洋生物，鱼只会前进。不管往哪里去，行进的方向就是前方。

不过，上下是屹立不摇的吧。离地球近的是下方，离地球远的是上方。陆地动物的脚贴在地面，直接受到引力的束缚，但鱼不同。上下单纯只是水压的差异。

鱼前后左右上下、无拘无束地生活。

自由自在，不受万有引力或正面束缚。没有烦杂的观念。

什么都没有。

是自由的。

人们常用鸟比喻自由。

确实……在天空飞舞的鸟乍看很自由，但鸟并非飘浮在空中。鸟不是飘浮，而是飞翔。鸟如果不努力振翅，就会摔落。就连滑翔，也一样是缓缓地在往下坠落。

结果还是违抗不了重力。

为了上升，必须振翅。起飞需要足以飞起的力量。乘风飞翔之前，必须维持住起飞的力道。

虽然没有自觉，但鸟一样是付出努力才能飞翔的。

不，鸟是在违抗重力，因此在天空飞翔这个行为就不自然吧。鸟飞与虫子飞不同。一吹就飞走的虫，与鸟的质量相差太远了。

所以他不由得认为鸟是勉强在飞的。

而且鸟并不是天生就会飞。从孵化之后到飞翔，需要花上相当长的一段时间。雏鸟还会练习拍翅。

那令人不敢恭维。

如果是必须修炼才能办到的事，干脆别做了。

努力、修炼这些行为……不合他的喜好。

再说……

鸟就算待在地面，也过得下去，并不是说不飞就会死。只要有饵食，即使不飞，也死不了吧。既然有办法过下去，何必勉强去飞呢？

鸟又不是从出生到死亡，都一直待在空中。

空中没有鸟巢。鸟睡觉的时候，也不是飘浮在半空中。

但鱼自出生就在水中，然后死在水中。

鱼从鱼卵或母鱼身上被放入水中，所以从出生的瞬间，就非游泳不可。接下来一辈子都不断泅泳。据说有些鱼如果停止游动就会死掉。

即使停下来或是入睡，也一样是在水中。

四面八方，自由自在地游动。行进的方向总是前方。

单纯、明快。

而那双眼睛就象征了它们的单纯与明快。

从侧面看到鱼的那一天开始，他就一直喜欢鱼。

鱼是怎么理解从那双眼睛——传感器接收到的信息的？鱼是怎么看世界的？

想要……鱼的眼睛。

榎木津礼二郎心想。

2

礼二郎注意到**那些**，大概是五六岁——或许更早一些的时候。

其实他不太了解懂事指的是怎样的状态，不过当他懂事时，应该就已经发现了。

礼二郎看到的景色似乎与他人不同。礼二郎生活的世界极其混乱，复杂，形状不定，一片混沌。物体、人、建筑物和景色都是双重甚至三重，不在那里的东西、在那里的东西、在那里的人、不在那里的人，所有轮廓都是暧昧模糊的，浓稠地混合在一块。

或许年幼的礼二郎认为世界非常可怕。

听说礼二郎小时候喜欢动物，长大之后依然如此。无论狗或猫他都喜欢。软绵绵的**野兽**，他大致都喜欢。但据他父母说，碰到猫、乌龟、寄居蟹时，他的喜欢非同寻常。

他认为，那是因为那些东西的轮廓看起来较为明确。

现在他还是喜欢猫，但乌龟就没什么感觉；至于寄居蟹，完全不在他的关心范围内。寄居蟹长得有点像他最痛恨的灶马，所以或许反倒属于讨厌的一类。

不知为何，动物他就可以看得**一清二楚**。因为看得一清二楚，所以才会想摸摸看。一摸就感到安心。因为可以确定视觉、触觉、嗅觉、听觉是同步的。

会注意到**那些**，也是因为动物。

年幼的礼二郎发现，也有些动物没办法看得很清楚。模模糊糊的动物没办法摸到，也就是说……

不存在于那里。

物品也是一样的。

有些东西可以摸，有些东西摸不到。

摸不到的东西不在那里。只是看得见，但不存在。

自己看得见**不存在**的东西。而不存在的东西，别人看不到。除了自己以外的人，都只看得到存在的东西。

不……

礼二郎很快地学习到，不存在于那里的东西，即使想看，似乎也看不见。

——不对。

不是这样。不是看不到，是**不存在**。所谓物体，一般都**存在，所以**看得见。不存在的东西根本就看不见，因为不存在。

这是理所当然的事。但是对此并不感到理所当然的人——礼二郎这样的人来说，要弄清楚这一点，并不是件简单的事。

因为不会有人告诉他们。

对一个人来说，看得见什么，是只有自己才知道的事。人仅能通过自己的五感认识世界，没有其他认识的方法了。人没办法用别人的眼睛去看、用别人的耳朵去听、用别人的鼻子去闻。

因此没人能知道自己以外的人看到什么、听到什么、嗅到什么。

而且根本不会想去知道。每个人都认为他人与自己相同，都相信自己的眼耳鼻，认为自己是对的，不会怀疑。

所以人不接受有人跟自己不同。

与其说不接受，不如说他们无法想象吧。

每个人都深信，自己看到、听到、嗅到的，才是毋庸置疑的真实。那是不可动摇的，别人当然、肯定、应该也有相同的感受——每个人都这么想。

因此不会有人刻意去告诉别人：就是这样的。即使不必别人教，大部分的人也不会遇上什么困扰吧。会认为没有多大的差异。些许误差会被修正。毕竟没得比较，所以无从知晓差异。即使不同，也不知道有所不同，大部分的人就这样过完了一生。

礼二郎的情况，相差太多了。

自身与他人的迥异之处，有些人应该是发现不了的吧。

如此幼小就能对此有所自觉，或许正证明了礼二郎的聪慧，但很少有人这么去理解。

礼二郎第一个去找哥哥商量。

不过礼二郎当时固然幼小，哥哥也同样年幼。

况且这本来就很难解释。这种事在词汇贫乏、缺少逻辑性的小孩子之间，不可能获得正确说明与理解。即使清楚解释了，听的人也应该无法理解，更何况这根本就不可能解释得清楚。

所以礼二郎完全无法被理解。

他觉得应该不是哥哥的理解力太差。哥哥总一郎在一般世人眼中，是非常正常的人。哥哥应该是个普通人，小时候也是个普通的孩子吧。

不，或许也有人质疑究竟何谓普通。普通应该是指没有特别之处，也没有偏差，符合标准；但无论是特别、偏差或标准，都没有一个基准，因此无从判断。不过礼二郎认为普通人都会陷入思考停止状态，认为自己与他人没任何不同。而既然本人都宣称自己是普通人了，那应该很普通吧。能够理所当然地动脑的人，不会说自己普通；那么自称自己很普通的人，就应该把他们当成普通人看待吧。而他的哥哥，嗯，很普通。

普通人的哥哥那时说：

"是你眼睛不好啦……"

的确，礼二郎的视力并不算好。但是姑且不论看不见该有的东西，他连不该有的东西都看见了。所以他认为不是视力问题。

那是鬼怪吗……？

结果哥哥这么说。然后哥哥哆嗦了一下，装出害怕的样子。

看到那动作，礼二郎大失所望。他从来没有，往后也不会将那些视为幽灵之类的东西。

就像大部分的孩童，礼二郎也会对荒诞无稽的虚构故事感到兴奋雀跃。他最爱奇闻怪谈了。据说一般孩童随着成长，就会渐渐疏远这类虚构故事，但礼二郎却不是如此。成人后的现在，他依然喜欢。因此他应该从当时就热衷于聆听、阅读那类故事，却从未将那些怪谈情节与自己的现实联系在一起。

再说，他根本不害怕，也不排斥。他只是看得见。的确，有时候父亲的旁边有父亲，应该不在房间的母亲就在眼前。不过父亲和母亲都活得好好的，本人也就在身边，幽灵不是这样的吧。

他说那才不是鬼怪，结果哥哥回答：

"那是你脑袋有问题啦……"

或许吧，他心想。

凭一般的感觉看，就是这样吧。

哥哥从骨子里就是个普通的孩子，便长成了普通的大人。

但是在礼二郎的心目中，从那天开始，哥哥就成了个好脾气的傻瓜。不过他并不是讨厌哥哥，兄弟俩现在感情也不差，但礼二郎就是觉得哥哥是个无足轻重的人。

接着，礼二郎向父亲坦白。

父亲不惊讶，也不怀疑，只应了句：

"这样呀……"

那口气就像要接着说"那真是太好了"，也像是要说"所以呢"，也似乎是漠不关心。不，那显然就是毫不关心。礼二郎露出不满的模样，父亲便问：

"那你很困扰吗……？"

唔，说困扰也算困扰，说不困扰，也的确不怎么困扰。他不痛也不难过，不害怕也不悲伤，只是有点麻烦。

他这么回答，父亲便说，"那就好了吧。"

那就好了吗？

礼二郎是个几乎不哭的孩子，这时却感到有些难过。因为他心想，真的这样就好了吗？自己显然跟其他人不一样，这样不算异常吗？

父亲看了礼二郎一会儿，若无其事地说：

"哎，每个人都不一样嘛……"

唔，父亲……不是普通人吧，礼二郎心想。

虽然不普通，但一样是个傻瓜吧，他也这么想。

榎木津家是旧华族，父亲干麿甚至曾受封爵位。可是干麿是个彻头彻尾的怪人，不管对政治还是经济，似乎都毫无兴趣。

他只对博物学感兴趣。或许他原本想要成为学者。

可能是钱太多，父亲成大沉迷在一些没用的事情里，现在也一样沉迷。

他从没见过父亲汗流浃背辛勤工作的样子。

不过那些钱也是父亲自己赚的，爱怎么花，别人没资格干涉。本人似乎没有自觉，但父亲似乎具有非凡的商业头脑。无论景气是好是坏，父亲总是处之泰然，不曾表现出为生活烦恼的样子。

不，或许在没人看到的地方，他吃了许多苦。

但礼二郎从没见过。至少在家中，父亲从未表现出那种样子。

他捕捉昆虫、欣赏美术品、写书法、游山玩水，过着远离俗世的生活。他从来不生气，也不骄纵。看虫子、吃饭的时候心情很好，除此之外不管看到什么、听到什么，都一派云淡风清，要说他性情温和，确实如此，但如果把那种态度视为漠不关心，有时也令人有些动气。

简而言之就是个傻瓜，礼二郎如此理解。

不被哥哥理解，不被父亲关心，无论如何，那都是幼小的礼二郎无能为力的状况。

光是哥哥和父亲就让他得到教训了，结果礼二郎认为最好不要再把这件事告诉别人，决定三缄其口。他没有把这件事当成秘密的意思，但这并不是什么值得骄傲的事，就算四处向人吹嘘，也不可能因此治好。不过他确实学习到，找人倾诉也是白费功夫。白费功夫的事，做再多次也是白费功夫。

接下来……就只能自己设法了。

礼二郎开始思考，能不能区别出确实存在与明明不存在却看得到的东西？只要能区别，日常生活就不会有问题了。只会觉得有点古怪。那些东西看起来模样应该不太一样，而且应该有什么法则才对。只要能找到那个法则，总有法子吧。不存在的东西只要忽略就行了。

然后——

礼二郎想到了某个假说。

他是不是同时看得到**现在存在**的东西与**曾经存在**的东西？就像声音有回音，他是不是看到慢了一些出现的世界？

其他人只看得到现在存在于那里的东西。

而自己看得到现在没有，但之前存在过的东西。

是过去双重曝光了吗？

是过去没有消失，留存下来了吗？

是回忆凝结在那里吗？

他觉得这个假设蛮有道理的。有那么短暂的一段时间，年幼的礼二郎如此解释自己的异能，并且接受，来应付这不可解的世界。

只要当成是昨天、前天，更早以前的事，与现在重叠在一起就行了。为何会发生这种情况，他完全摸不着头脑，但至少这解释了看见的是什么。这么一来，那就不是不明不白的东西了。

不过……

有点不一样。

就连过去不存在于那里的东西，他也看得到。他还看得到从来没见过的东西。他看得到不明就里的东西。

他看到的不全是自己记忆中的图像。

不过这已经不是问题了。**不存在**的东西比**存在**的东西更为模糊，有些朦胧不清，而且经常飘浮在稍上方处。他在入学以前，就可以分辨出来了。

既然可以分辨，就没那么不方便了。

上学以后，礼二郎又注意到另一项特性。

人愈多，**那些**也就愈多。礼二郎视野中的人数，与看得见却**不存在**的东西的量呈正比。有十个人就看得见十人份，有一百个人就看得见百人份的虚像。

如果学生在礼堂集合，那景象便完全是一片混沌。

有时……他也会觉得厌倦。

因为会看到讨厌的东西。

有些人拖着骇人的东西，也有些人想着可耻的事。虽然不知道那是什么，但礼二郎认识到，人是肮脏丑恶的。另一方面，也有人带着愉快或可笑的东西四处行走。虽然也看得到美丽或漂亮的东西，但这类事物的影像都很薄弱。

无论如何……

那都不是总能看到的。

仔细想想，独处时，礼二郎眼中的世界是稳定的。一个人的话，就不会看到多余的东西。而父母哥哥等自己以外的人在身边时，就看得到那些。然后随着礼二郎的生活圈子扩大，那些东西的数量也愈来愈多了。

感觉原因确实出在礼二郎以外的人身上。

是他人让他看到了**不存在**于那里的事物。不，应该不是刻意的，因此该说是礼二郎以外的人影响了礼二郎的视觉吧。或许是礼二郎像收音机，接收到他人发出的电波般的讯号——他这么解释。若是如此假设，会看到甚至是从未见过的东西，也可以解释得通了。

那么问题来了，那电波般的讯号是什么？

管他是电波还是什么，礼二郎不认为人类能发射出那种东西。

即便真的发射出电波讯号，也还有那电波让礼二郎看到的影像是什么的问题。

那有何意义？

没有……任何意义，礼二郎断定。

是没有意义的。

世上的一切都没有意义。意义是事后任意附加上去的。赋予事物意义的是人。不，是自己。所以如果觉得对自己没有意义，那就是没有意义。

礼二郎在七八岁的孩童阶段，就已如此达观。

他也觉得若是专心去看存在的东西，不存在的事物的影像就会变淡。他试着努力只看存在的东西，不去介意不存在的东西，结果那些似乎渐渐淡了。等他超过十岁时，就可以不再在乎了。

不过天色一暗下来，光量减少，现实的景物随之变得暧昧难辨，但那些依然十分抢眼。或许是对比的问题。

假设黑暗中有人。

而礼二郎就在附近。

礼二郎就会陷入错觉，仿佛身在不是那里的地方、不是现在的时间。有时他会身在陌生的房间里，或是从未见过的风景中，与未曾谋面的人面对面，或是做着从未做过的事。

这……令他厌恶。

室外还好。一想象那无明的封闭空间，他就毛骨悚然。像是深邃的洞窟、没有出路的隧道，这些地方光是想象就令他生厌。

还有另一样令他厌恶到难以忍受的事。

就是大眼瞪小眼的游戏。

因为是小孩，所以会玩各种游戏。也会玩捉迷藏或鬼捉人。

礼二郎是灵巧的孩子，运动神经也出类拔萃，最重要的是他聪明绝顶。体形虽然纤细，却有过人的臂力。不管挑战什么事，他都能驾轻就熟。胆量也很大。

跑步和跳高无人能敌，相扑和打架也从没输过。任何比赛，他大抵都是**获胜**的那一个。虽然唯独视力问题重重，但他的动态视力与判断力都优于一般人，因此不太会构成障碍。或许是因为他持续不断地区分与理解虚像和实像，所以培养出了这些能力。

小孩子的游戏多半很好玩。

不过只有大眼瞪小眼的游戏，礼二郎没办法玩。

不是输赢的问题。

玩大眼瞪小眼……

必须在近处看着对方的脸。

对方的脸上当然并排着一对眼睛。

眼睛里……

会倒映出眼睛。

对方的眼睛会变成别人的眼睛。眼前朋友的脸，会有不同的另一张脸重叠上去。

那张别人的脸，愈是凝视就愈是清晰……

礼二郎用他的一双大眼瞪着看。

谁？这家伙是谁？

回瞪着自己的……

是自己。

瞪着礼二郎的是礼二郎自己。

发现这件事的瞬间，礼二郎厌恶到几乎要昏厥了。他觉得再也没有比这更恶心的游戏了。不管对方摆出怎么滑稽的表情想逗他笑，他都看不见了。眉头紧蹙，用一双色素淡薄的大眼睛凝视着自己的……是自己。

不是倒映在镜中平面的自己，完全就是活生生的自己。

看到**真实的自己**，那种骇惧。

被那样的自己注视的骇惧。

他讨厌……大眼瞪小眼。

然后，礼二郎察觉到，在玩游戏以外的情形下，过去他也曾看到几次自己的脸。自己的模样只能在镜中看到，但是镜像与实像不同，所以他才会一直都没有发现吧。这代表了自己过去看到的某个陌生人中，曾有自己的影像。

他讨厌人的眼睛。

更痛恨自己的眼睛。

看着眼睛的眼睛。看着那双眼睛的眼睛。

第一次玩大眼瞪小眼的隔天，礼二郎发烧了。他病了一阵子。

躺了三天。发烧时，不知为何家人一直给他桃子吃。烧退了，可以喝粥了，总算觉得恢复的时候。

走，去观鱼室……

父亲这么说。

如今回想，那或许是父亲看到儿子大病初愈，难得消沉，出于关怀的提议。虽然也有可能不是这样，只是父亲自己想看鱼而已。想想父亲的个性，礼二郎觉得应该是后者。

他觉得很烦。他不想去人群里。

他不想看到**不存在的东西**。

如果那些东西里又有他自己的话……

可是。

观鱼室有鱼。

鱼眼就像一个洞，空洞，清澈……

棒极了。这很好，只要有鱼眼就好了。

好想要鱼的眼睛——礼二郎心想。

3

肯定是鱼眼吧——关口说。

关口是礼二郎求学时代认识的朋友。准确地说，是小他一届的学弟，不过成人以后，就没有学长学弟可言了。

"既然叫鱼眼，那不就是鱼眼吗？你白痴吗？"

不是啦——关口用含糊不清的声音咕哝说：

"是像这样，可以看到全方位的鱼眼。而影像不是会扭曲吗？"

"我说你啊，那是镜头吧？"

"我就是在说镜头啊。"

"你是真傻了吗？我说的是鱼，鱼的眼睛。"

我知道啦——关口说，却被中禅寺一句"你才不知道"给盖了过去。

中禅寺也是老朋友。中禅寺与关口同年级，所以年纪应该比礼二郎小，但从学生时期开始，礼二郎就不觉得他是个晚辈。

关口把那张有气无力的脸转向好辩的朋友说：

"为什么？就是模仿鱼的眼球构造制作的，所以才叫鱼眼镜头，不是吗？"

"不是。"

"不是吗？"

"不是啦。那只是人们猜测人类像鱼那样从水中仰望水面上的景色时，大概会是那样，所以把它命名为鱼眼镜头而已。那种扭曲完全是水的折射率问题，跟鱼没什么关系。"

果然是以人为基准啊——礼二郎说。中禅寺冷淡地应道：

"因为是人在用的东西啊。要说的话，一切都是以人为基准。倒是关口，你知道什么是原色吗？"

"当然知道啊，红黄蓝，对吧？是纯粹无杂质的颜色。"

真是个差不多先生——中禅寺露出嫌恶的表情说。

"亏你还曾立志要念美术，居然做出这种回答。的确，相减混色的情况，是 magenta、yellow 和 cyan，翻译过来，或许是接近红黄蓝没错……不过日文翻译不太固定。真要说的话，是紫红色、柠檬黄、水绿色比较正确吧。相加混色的情况，则是红绿黄。"

"什么相加相减啊？"

"也就是说，以相同的分量混合就会变暗、变成纯黑色的，就是相减混色。像颜料就是。反过来说，混合在一起会变亮、变成纯白色的，就是相加混色。把相同强度的红黄绿光重叠在一起，就会变成白光。所谓原色，是只要混合在一起，就可以调出所有的颜色，但其本身是无法被调制出来的。magenta 和 cyan 混合在一起可以调出紫色，但凭这两个颜色的组合，绝对无法调出yellow。就是指这种色。"

"这又怎么了？"

"所以啦，人的眼睛只能识别出三原色的组合，但其他动物并非如此。也有些动物无法识别出颜色。而鱼的话，似乎是四原色。"

"是这样吗？原色不是天然自然之理吗？不是固定的吗？"

"只是人类看得到的原色有三种罢了。"

所以才说一切都是以人为基准啊——中禅寺说。

无聊。

礼二郎说，中禅寺应道：

"因为我们是人嘛。唔，人类是靠角膜进行焦点调节，但鱼的角膜折射率似乎几乎和水相同。鱼身在水中，所以无法任意调节，因此似乎是靠着前后移动水晶体进行调节的。可能因为这样，鱼的水晶体形状接近球状。"

是圆的呢，礼二郎说。是圆的，中禅寺复述一遍。

"鱼好像也不会移动虹膜来调节光量。大部分的鱼，瞳孔是完全扩大的。我们常用死鱼的眼睛来做比喻，但或许活鱼的眼睛与死人的眼睛很相似。"

"这样比喻鱼太可怜了！"

同情鱼的人也真罕见，关口说。你一只猴子懂什么？礼二郎应道，在榻榻米躺下。

这间客厅睡起来很舒服。

躺下来看庭院。视线会降低，人类不会进入视野。

心理上……会舒服许多。

礼二郎没有在榻榻米上生活的经验。他喜欢蔺草的香味，坐垫的柔软度也恰到好处。

所以礼二郎常来中禅寺家。复员之后，他一星期会来一次。

猫慢吞吞地经过前方。

礼二郎伸手捞它的尾巴，它倏地溜走了。

这个家的猫几乎都在睡觉。个性很温顺，却不知为何，只跟礼二郎不亲。

他责问主人是怎么管教的，主人说你就爱抓它尾巴，所以被讨厌了。

"你自己不是有时候也会踢它吗？"

"是它挡路，把它挪开而已。"

"书太多啦。碍事的是书吧？"

"这可是我做生意的商品。我说过很多次了，我家是书店，我是开旧书店的。"

从开店以前就全是书了好吗?！——礼二郎说。

中禅寺从学生时代就成天看书，家中也堆满了书。战后他似乎当了一阵子老师，但礼二郎不清楚详情。约半年前，他好像把自家——这个家改建，开了旧书店，但不管怎么看，他都觉得没什么变化。好像有木匠来敲敲打打过一阵，门口也挂上了类似招牌的东西，但礼二郎看不出是在做生意。如果是生意人，才不会大白天就跟老同学喝茶闲聊吧。

不过礼二郎即使来访，也总是从主屋的玄关径自来到这间客厅，然后就只是躺着睡觉。他从没去过店面那里，因此也没确认过。再说，即使中禅寺真的在开旧书店，他觉得那也只是兴趣的延长。中禅寺坚称是店铺，但礼二郎觉得只是书多得溢出来，所以增建房子来放书罢了。中禅寺也是傻瓜一个。

——没错，是傻瓜。

中禅寺……是唯一看穿了礼二郎眼睛秘密的人。

你看到的是别人的记忆……

初次见面时，中禅寺就这么说。

是吗？礼二郎想。

中禅寺怎么能看穿礼二郎看到的不存在于世上的景象，这一点不清楚。虽然不清楚，但无关紧要。中禅寺说的是真是假，也无关紧要。不过真的思考后，许多矛盾也随之焕然冰释了。

不是自己的回忆……

原来看到的是别人的回忆。礼二郎会毫无印象是当然的。大眼瞪小眼时，会看到自己的脸，是因为对方一直在看自己的脸。

话虽如此，也不是一句"哦，这样啊"就能接受的事。即使真是如此，这仍然是一个难以解释的现象，而且也不是值得拿来宣传的事。情况也不会因此有什么改变吧。

再说，与中禅寺认识时，礼二郎已经放弃去想这件事了。此外，当时相较于孩提时代，看到的也减少了许多。

初次见面之后，中禅寺便绝口不提这件事。

他们认识已经超过十五年了，却不曾讨论过这件事。

所以后来才认识的关口什么都不知道。

姑且不论事实为何，但这应该是超乎常理的事；而且如果中禅寺如此确信，应该也是可以拿来大肆喧嚷的。即使不四处宣扬，至少告诉跟双方都熟稔的关口也好吧？但是中禅寺什么也没说。

不，就连揭穿连礼二郎都无从得知的礼二郎的秘密时，这位友人都不动如山，语气也是一派淡然。这个人用一种告知对方肩头沾到灰尘般的态度，道出脱离常识的破天荒事实。

当时礼二郎作何反应？是不是只是一脸古怪？当时中禅寺扬起一边眉毛，说：

"这个世上没有任何不可思议的事啊，学长……"

然后他接着说，要论不可思议，一切都不可思议吧。

也就是说，无论有多么不同，都没有什么好奇怪的，只要本人不感到困扰，那都是小问题吧。

——就跟父亲一样。

平时总是一张臭脸的中禅寺，虽然与云淡风清的父亲截然不同，面对事物的态度却有几分相似。原来并非漠不关心，而是因为不管碰上什么事，都视为理所当然，所以也不感到惊讶吧。简而言之……

——这家伙也是傻瓜一个。

一旦得知对方是个傻瓜，礼二郎顿时与他交心，变得亲密。

学生时代，他们一起干了许多荒唐事。战时相隔两地，音信杳然，但幸而两人都活着回来了。生还以后，他们便频繁见面。

"可是——"

那鱼看到的世界是什么样子的？——关口说：

"鱼的眼睛长在身体两边，对吧？我一直以为那就像鱼眼镜头一样是广角，可以同时涵盖前后呢。"

"应该是吧。"

中禅寺冷淡地回答。

被矮桌挡住，看不到他的表情，但肯定是一张臭脸。

"鱼会前进，也可以察觉来自后方的敌人。不过没人知道鱼看到的景象是什么样子的。鱼的视力应该不好，但似乎具有十分卓越的动态视力。不过这也是从鱼的反应得到的推测而已。鱼在水中看到的世界是什么模样，永远不会有人知道吧。"

"不会知道吗？"

"不会吧。我连你眼中的世界是什么样子都不知道。"

我没办法窥视你大脑里面啊——中禅寺说。

唔，说得也是吧。

"倒是怎么会突然提起鱼的眼珠？"中禅寺讶异地问，"虽然我们聊起天来没头没脑，也不是这一两天的事了。"

"因为我想起来了。"礼二郎应道。

"观鱼室，是吗？对了，观鱼室不是令尊自创的词，恩赐上野动物园也有同名的设施。也有人说它是日本第一座水族馆，不过我也没见过，不知道规模如何。我去过箱崎的水族馆……"

比那里漂亮——礼二郎回答：

"玻璃是透明的。我也去过好几次浅草公园水族馆，那里太糟糕了。"

"以前是演艺场的地方，对吧？那里在很久以前……战前就闭馆了吧？"

"闭馆前我去过好几次。浅草水族馆的二楼是演艺场，但隔壁的木马馆二楼以前好像有昆虫馆。昆虫馆在昭和初期好像就倒了，所以我没见过，但我爸喜欢虫子，所以觉得扼腕。"

儿子则喜欢鱼呢——关口说：

"你是被那个有钱人家水槽里的鱼给迷住了吗？"

"才不是被迷住。"

鱼根本没在看礼二郎。如果鱼在看……

看得到他吗？他们那么近地眼对着眼……

不，鱼什么都没在看。它们一定只看得到对自己来说必要的东西。所以鱼根本没看到礼二郎，只有礼二郎在看鱼。不管怎么看，都看不到多余的东西。

所以他才喜欢。

喜欢……鱼的眼睛。

"对了，你又……"

开始看见了呢——中禅寺声音低沉地说。

4

那是终战几天以前的事。

礼二郎迎面被照明弹的闪光给笼罩了。

一切变成一片纯白，紧接着化为一片漆黑。

他失去视力了。

后来的事，他记得不是很清楚。他被搬进某个地方，有人对他做了什么。当然，他觉得应该是被送进有医疗设备的场所，接受治疗，但不是很清楚。

不是因为看不见。

而是因为看到的全是不必看到的东西。

礼二郎应该是躺在床上。

却不知为何举起枪来，或击发大炮，或遭到轰炸。杀人或被杀。虽然不管是开枪还是刺人，手中都没有感觉；中枪或被刺中，也不痛不痒。

首级横飞，手臂被扯断。

或皮肉焦灼，浑身浴血。

或四周变成一片火海。

或落入漆黑的水中几乎溺毙。

自己的眼睛是谁的眼睛？

咕噜咕噜地沉入海中。

刹那间，鱼游了过去。他不是在海中，而是躺在床上。

但是，他看到了鱼。

——啊啊。

好想像那鱼一样，无止境地游下去，他想。

只是被抬进来的伤病兵的记忆流入脑中罢了吧。但当时的礼二郎无法理解。他没办法那么冷静。因为他不断反复经历着宛如置身炼狱的不愉快的荒谬体验。不，他根本没有体验。礼二郎只是躺着。明明只是躺着……

但礼二郎死了无数次，杀了无数人。

他无能为力。因为这一切都不是他自己的体验。

他必须忍耐。

看不到应该看到的东西以后。

就变得只能看到不必看到的东西。

就在这期间，战争结束了。战争结束了，但礼二郎眼中的地狱景象仍然持续着。无数的过去、恐惧、悔恨、愤怒、痛苦、悲哀不断折磨着礼二郎。

什么都没有结束。

复员后，礼二郎原本隶属的船舰也成了复员输送舰。

复员兵也都给了他在地狱中哀号的记忆。

不可能习惯得了。

但视力还是渐渐恢复了，踏上本土的土地时，他的视力恢复到某个程度。

不过只有右眼恢复了，左眼的视力几乎没有复原。

礼二郎只能用右眼去看**存在**之物，而左眼看到**不存在**之物。

曾有一段时期……

淡薄到可以不必在乎的**那些**，以意料之外的形式又回来了。原本礼二郎以为那些会消失不见的。

本土虽然变得一片混乱，但活力十足。

感觉人变得比战前更多，甚至让人觉得，是否因为建筑物被摧毁了，所以人们只好倾巢而出。当然不可能是这个原因。

喧嚣的世间充满了他不想看的事物。

待在化为焦土的废墟反而更令人心安。

幸而老家没有遭到空袭，毫发无伤地保留下来，所以他在家里待了一阵子，但也不能永远赖下去。

怪人父亲宣布自己没有义务抚养已成年的孩子，并且付诸实行。哥哥与礼二郎都在二十岁生日的时候，得到一句"自食其力吧"，然后被赶出家门。不过并非身无分文地被赶出去。离家时，兄弟都得到了生前赠予财产。不认识父亲的人会说这就是父母心，但这只是父亲在宣示从今而后经济上不会再有任何瓜葛，是在说不管往后我发了多少财，都不会分给你们半毛钱。

所以父亲的想法应该是，钱是有一些，然后命也还在，所以随便你们在外头怎么过活吧。不责骂但也不骄纵——父亲似乎依然贯彻着这样的方针。

父母甚至没有来迎接他，来接礼二郎的是佣人。听说父母很忙。

礼二郎回家后，父亲只对他说了句"你回来了"。

母亲也只是淡然地说，"快去洗个澡。"

就是这样，与出征前完全没变。所以礼二郎不被允许长期停留在老家。即便没有说出口，但父母的态度已经很明白了。

不过他还是在家里住了半个月。

因为他不想见到任何人，也不想工作。

但也不能永远游手好闲下去。他离家后租了处公寓，靠着熟人介绍，在杂志和报纸画些插图。他打的算盘是：当个画家，就不必与人见面了吧。

然而事与愿违，他每天都得见到中介人。

而且这份工作无聊死了。

画得好也被打回票。说什么技巧一流，但不是画技好就行的，不许任意乱画，要听从指示。他说他已经听从指示了，是对方表达得不好。这样的情形接二连三，他不久就与中介人争吵，一气之下辞掉了工作。表面上是为工作闹翻了，但实际上有些不一样。因为他受不了再见到中介人了。

那家伙……八成在战场上杀过小孩。

每次争吵，礼二郎就被卷入那个场面。再也没有比这更令人沮丧的事了。

当时礼二郎的哥哥用父亲赠予的财产开了家爵士乐俱乐部，经营得颇为有声有色。哥哥似乎计划利用俱乐部赚来的钱，在日光还是哪里开一家以外国观光客为对象的度假村。

哥哥说，人手会不够，如果你闲着没事，就来爵士乐俱乐部帮忙。哥哥似乎打算把俱乐部的经营交给他，但礼二郎实在没那个意思，结果老是在乐团帮忙。礼二郎以前就喜欢音乐，而且每一种乐器都很擅长。他弹了吉他，被称赞连职业吉他手都自叹弗如，便加入了乐团。不过这也持续不久。

爵士乐俱乐部……光线阴暗。

暗处充满了拥挤的客人。

因此那里有过去。

还有恐惧、悔恨、怒气、痛苦、悲哀。有这么多、这么多数不清的……

不对。

那不是**他们的心情**。那全是礼二郎自己的感受。如果他看到的是记忆，那就是别人的体验吧。但是要怎么去感觉看到的景象，全看礼二郎自己。

觉得悲伤和难受的，都是礼二郎自己。因为并非连感情都灌入他的脑中，他也不知道别人是否悲伤。或许他们乐在其中。也有人会做出残忍的事并哈哈大笑吧。也有人即使碰到残酷的遭遇，也毫无自觉吧。

因为每个人都不一样啊。

那么……

然后礼二郎在黑暗中看到了无数只眼睛。眼睛不断增加，增加到不计其数，变得满世界都是眼睛。

——哼。

那……全是自己的眼睛。自己的世界是自己打造的。就算看得到看不见的东西，那也不算什么异常。世上没有任何不可思议的事吧。那么，那无数的眼睛也都跟鱼的眼睛一样。虽然空洞，却是清澈的。如果在其中看到悲伤，那是因为自己悲伤。每个人都是既肮脏丑恶又愚昧的，但还没那么糟糕。或许世上意外地……很有意思。不，或许可以让世上变得有意思。

"好。"

礼二郎说，站了起来。

关口狐疑地转头看他。中禅寺正在看书。

"来盖栋大楼吧。"

"什么？"

"老爸给我的钱还没有动过，拿来盖栋大楼绰绰有余。"

盖大楼做什么？——中禅寺抬头问。

"这个嘛，来干侦探吧。"

侦探！——关口错愕地惊叫：

"怎、怎么会扯到那边去？这结论是从哪里冒出来的？不知道是什么意思。"

"没有意思。意思是事后由我来赋予的。现在的问题是名字。"

"名字？什么名字？"

"这点子我刚想到，当然还没有想名字啊。喂，你在听着吗，中禅寺？你从刚才就一直在看什么啊？"

玫瑰十字的名声——中禅寺冷冷地回答。

"就是它！"

就这样，榎木津礼二郎决心成为侦探。

这是昭和二十五年[7]秋天的事。

1　皇族或贵族入佛门者之称呼。

2　平清盛（一一一八～一一八一），平安末期的武将，在保元、平治之乱弹
　　平反对势力，成为太政大臣，平家一族权势如日中天。后来遭源赖朝举兵
　　反抗，于迁都福原时病逝。

3　《平家物语》成书于镰仓时代，为叙述平家一门荣华衰败过程的军记物语。

4　江户时代用来称呼玻璃的外来语，源自葡萄牙语 vidro。

5　江户时代称呼钻石或玻璃制品的外来语，据说源自荷兰语 diamant，或葡
　　萄牙语 diamao。

6　一间约为 1.818 米。

7　即一九五〇年。

百鬼图

图／文 京极夏彦

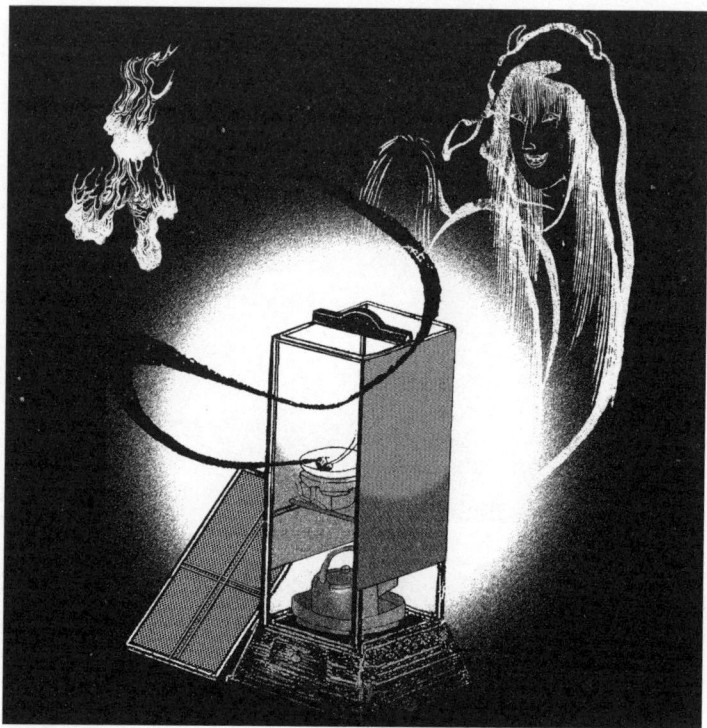

青行灯

Ao Andou

凡百事物，皆因有光而得见。
若光染上妖异之色，则世界亦呈妖异之景；
若光趋于微弱，或能见到非此世之物。

大首
Ohkubi

只有脸。
不会出声，亦不会危害人类。
就是一张巨大的脸。却不知何故，鄙贱而骇人。

屏风窥
Byoubu Nozoki

因为不想被看到，所以覆上、围上、掩上。
然而一旦遮蔽，就会想要一探究竟。
但不看才是礼节，才是规矩。
非此世之物不讲礼节或规矩，所以大抵都会窥觑。

鬼童

Kidou

鬼童只是披了生牛皮的人，而且是孩童。

但是，了不得。

情感或技艺精湛至极，逾越人境，人亦会成鬼。不容小觑。

青鹭火
Aosagi no Hi

古来鹭便常被误认为幽灵。
形姿为亡魂，啼声为死声。且鹭有时亦会绽放光芒。
或许亦非错认。

墓火

Haka no Hi

石头难朽，甚至能承载悠久的时间重量。
刻下文字的石头，超越时代，传承其意。
墓石雕刻有人名。有时亦会发出火光，原因不明。

青女房

Aonyoubou

看似女人，但应该不是人。
自许久以前便一直守在那里。
也不会做什么。然而一旦发现，便令人憎厌已极。

雨女

Ame Onna

不知为雨欢喜或为雨哀怜，每当下雨就会现身。所以浑身濡湿。
雨女或许就是雨。
为何会以女人的形象现身，无人知晓。

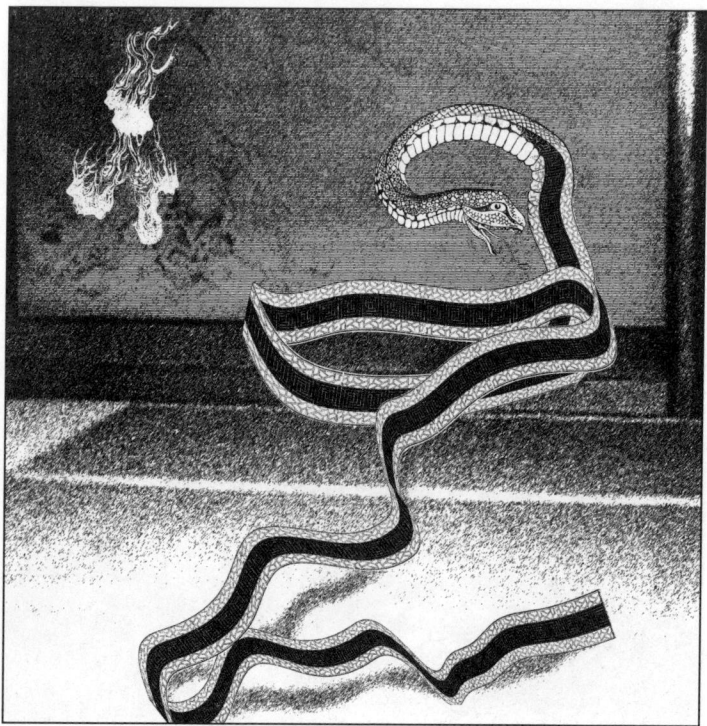

蛇带
Jatai

蛇亦称长虫。

亦说蛇执迷不悟。

形似蛇之物，或许也有近似执念之物寄宿其上。

目竞

Me Kurabe

看它，它就会回看。瞪它，它就会回瞪。

持续看着，它会愈变愈多。不断变多。无止境地增加。

若无法坚定把持心志，就会败给它。

文景

社 科 新 知　文 艺 新 潮

Horizon

百鬼夜行——阳

［日］京极夏彦 著　　王华懋 译

出 品 人：姚映然
责任编辑：卢 茗
营销编辑：王园青
封面插画：五 宝
封面设计：高 熹

出　　品：北京世纪文景文化传播有限责任公司
　　　　　（北京朝阳区东土城路8号林达大厦A座4A 100013）
出版发行：上海人民出版社
印　　刷：山东韵杰文化科技有限公司
制　　版：南京展望文化发展有限公司

开 本：787×1092mm　1/32
印 张：14　字 数：301,000　插页：2
2017年3月第1版　　2021年8月第12次印刷
定 价：59.00元
ISBN：978-7-208-13957-2/I·1562

图书在版编目（CIP）数据

百鬼夜行.阳/（日）京极夏彦著；王华懋译. —
上海：上海人民出版社，2016
ISBN 978-7-208-13957-2

Ⅰ.① 百… Ⅱ.① 京… ② 王… Ⅲ.① 短篇小说-小
说集-日本-现代 Ⅳ.①I313.45

中国版本图书馆CIP数据核字（2016）第162391号

本书如有印装错误，请致电本社更换 010-52187586